Goldmann Science Fiction

Von Herbert W. Franke
sind außerdem im Goldmann Verlag lieferbar:

SF international I. 23345
SF international II. 23388

SCIENCE FICTION
ROMAN

Herbert W. Franke

Die Glasfalle

Wilhelm Goldmann Verlag

1. Auflage September 1964 · 1.–20. Tsd.
2., vom Autor neu überarbeitete Ausgabe
Dezember 1981 · 21.–30. Tsd.

Made in Germany

Umschlagentwurf: Atelier Adolf & Angelika Bachmann, München
Umschlagillustration: Andreas Nottebohm, München
Gesamtherstellung: Mohndruck Graphische Betriebe GmbH, Gütersloh
Verlagsnummer: 23041
Lektorat: Peter Wilfert · Herstellung: Peter Papenbrok
ISBN 3-442-23041-1

1

Einem gegenüber war alles andere bedeutungslos, und dieses eine stand unabänderlich fest: Der Major mußte sterben.

Das Kasernengelände war vollkommen eben und genau quadratisch. Vier Gebäudefronten umgrenzten es. Nur wenige der Gebäude, wie die Maschinenhäuser und die Magazine, besaßen Fenster, alle anderen wiesen mit leeren Mauern nach innen, und auch ihr Zweck war nicht bekannt.

Inmitten der Mauern lagen die Exerzierplätze, die Hindernisbahnen, die Wege, die Steinflächen und einzelne kreuz und quer gebaute Baracken. Die Gebäude waren grau, die Erde war gelb. Gelb waren auch die Uniformen, gelb war die Haut der Männer, und gelb war der Himmel, ein Himmel voll Dunst, der schwer und tief über dem Gelände hing. Die Kaserne war eine Welt für sich, eine Welt in Gelb und Grau.

Das Bataillon war auf dem großen Exerzierplatz angetreten. Es war sechs Uhr dreißig — die Zeit des Tagesaufrufs. Wie ein Block stand die Belegschaft vor dem Major. Hinten in Zehnerreihen die tausend Soldaten; davor, in drei Schritt Abstand, die hundert Korporale und davor, wieder in drei Schritt Abstand, die zehn Sergeanten. Der Major stand weit von allen entfernt, einsam und groß, hochaufgerichtet ihnen zugewandt. Seine Worte, durch Kehlkopfmikrofon und Handlautsprecher verstärkt, dröhnten über den Platz. Er sprach von der Ehre des Soldaten, von der Pflicht, vom Gehorsam, von der Achtung vor dem Vorgesetzten. Er sprach jeden Tag solche Worte, und die Belegschaft nahm sie dankbar auf. Sie schöpfte aus ihnen Glauben, Freude, Begeisterung. Kraft für den schweren Dienst. Tapferkeit für die Waffenübungen, die Mutproben.

»... der Soldat besitzt nichts Wertvolleres als seine Ehre. Unablässig ist er bereit, sie zu verteidigen, um sie zu kämpfen. Unablässig bereitet er sich darauf vor, allem zu begegnen, was sie zu verletzen droht ...«

Nach dem Appell würden sie wegtreten, um ihre Aufgabe zu erfüllen: zu den Schießübungen, zum Unterricht, zum Sport, zum Exerzieren, und immer noch, den ganzen Tag über, würden diese Worte in ihnen nachklingen. Der Dienst war schwer, am Abend fielen sie ausgepumpt und leer in ihre Betten, aber selbst noch im Einschlummern machte sie die Erinnerung an diese Worte glücklich.

»... der Gehorsam ist das Fundament der soldatischen Erziehung. Jeder ist ein Glied in einer großen Kette, die durch den Gehorsam zusammengeschweißt wird. Unverzüglich und unbeirrt gehorcht der Soldat seinen Vorgesetzten ...«

Eintausendeinhundertzehn Männer standen bewegungslos unter dem gelben Himmel, der tief und schwer herunterhing, während der Major sprach.

Eintausendeinhundertneun von ihnen brannten darauf, ihre Dienstbereitschaft zu beweisen, sich zu bewähren. Einer von ihnen dachte darüber nach, wie er den Major töten könnte.

Abel war der sechsundfünfzigste in der siebenten Reihe. Während er wie die anderen mit unbeweglichem Gesicht der Parole des Majors zu lauschen schien, arbeitete er im stillen an einem komplizierten Plan. Er hatte undenklich lange Zeit in der Kaserne gelebt, ohne daß sein Gehirn etwas anderes zu verarbeiten gehabt hatte als die Texte der Kampflieder, die Vorschriften zur Waffenreinigung, die Grundregeln des Soldatentums, die sie in den Unterrichtsstunden lernten. Jetzt war ihm, als ob sein Denken plötzlich von den eingefahrenen Geleisen abwiche, weiter und weiter, und sich in unbekannten bodenlosen Räumen verlor. Etwas bisher

Eingeschlossenes war plötzlich ausgebrochen, ohne daß er es kontrollieren konnte. Es kreiste unablässig nur um eines — um den Tod des Majors. Sein Sterben war durchplant wie eine entscheidende, auf das unabwendbare Matt gerichtete Folge von Schachzügen, durchgerechnet wie ein System Gleichungen mit mehreren Unbekannten, aus dem sich stets dieselbe einzige Lösung ergibt, auf welche Weise man die Rechnung auch beginnt.

Die Spannung in Abel ließ ein wenig nach. Er bemerkte, daß der Major seine Rede beendet hatte. Fast eine Minute lang war es still. Dann kam der abschließende Befehl:

»Zum Tablettenfassen abtreten lassen!«

Jeden Tag und auch heute sprangen die zehn Sergeanten wie etwas Einheitliches, Zusammengewachsenes vor, machten kehrt und gaben das Kommando weiter. Die Salven ihrer herausgestoßenen Worte schossen über die Mannschaft hinweg. Die Starre zerschmolz in einem jähen Zusammenknicken; dann kam ein Moment des Chaos, des sinnlosen Aneinanderstoßens, des Drängens und Schiebens, und dann folgte das Gewirr aus pflichtbewußter Zielstrebigkeit und automatenhaftem Laufschritt, in dem, mit leicht gegrätschten Beinen und zusammengekniffenen Augen, der Major wie vergessen übrigblieb.

Zum erstenmal nach der schlaflosen Nacht und der ersten Dienststunde liefen Abels Gedanken etwas geruhsamer. Noch fühlte er keine Regung, nach Ursachen zu grübeln, nach Hintergründen zu forschen, aber zum erstenmal wunderte er sich über seine Gleichgültigkeit demgegenüber, was seiner Veränderung zugrunde lag — und solcherart hatte er sie immerhin schon zur Kenntnis genommen. Dagegen war er sich über den Anlaß klar, wenn auch nur, weil dieser in seinem Plan eine gewisse Rolle spielte. Er war der Anknüpfungspunkt, von dem aus er Hilfe zu erlangen hoffte: jenes kleine, wahrscheinlich zufällige Ereignis am Vortag, bei der Tablettenausgabe.

Nun standen sie, genauso wie gestern, zugweise angetreten, vor den Schaltern an der Wand des Vorratsmagazins. Es würde etwas Ähnliches geschehen wie gestern zur selben Zeit, nur mit einem kleinen Unterschied: Es würde nicht nur ihn erfassen, sondern auch einen anderen.

Es gab zehn Öffnungen in der Wand, kreisrunde Löcher, aus denen kurze dachrinnenförmige, in schnabelartige Enden auslaufende Blechformen ragten. Ein Mann nach dem anderen stellte sich davor auf, legte die linke Hand mit dem um den kleinen Finger genieteten Kontrollring auf die Registraturplatte neben der Auswurfrinne, und, nach einem trockenen Rasseln aus dem Inneren des Gebäudes, kollerte das Plastiktütchen mit den Tabletten in die aufgehaltene Rechte.

Abel stand in der Reihe und wartete. Verstohlen musterte er seine beiden Nebenmänner. Arthur stand rechts von ihm, aus seinem Gesichtswinkel erblickte Abel nur das angezogene Kinn und die nahezu gerade Linie Stirn-Nasenrücken, die wie ein Dach über die Lippenpartie ragte. Kommt nicht in Frage, dachte er. Er wandte sich nach links. Austin war einen Zentimeter kleiner als er, sein Gesicht um eine Nuance dunkler pigmentiert als die Haut der anderen. Das Auffälligste waren die schwarzen Augen mit den mattblinkenden Lichtern darin. Aber diese Augen blickten starr — geradeaus ins Leere.

Abel entschied sich für Austin. Als ihr Zug an der Reihe war und Abel das durchsichtige Plastiktütchen erhalten hatte, tat er fast dasselbe wie alle anderen. Er trat beiseite, riß es auf und ließ die Tabletten herausrollen. Nun lagen sie auf seinem Handteller, zwei große weiße, mit einer wachsartigen Substanz überzogen, die sie leicht in den Hals hinuntergleiten ließ, eine kleine braune, die süßlich schmeckte, und eine schwarze kugelförmige von der Größe eines Schrotkorns. Abel steckte eine der großen in den Mund und schluckte; er fühlte sie in die Speiseröhre hinuntergleiten. Dann verschlang er die zweite und auch die kleine braune. Flüchtig fiel ihm auf, daß er keine Zähne hatte und daß auch seine

Kameraden keine besaßen. Nur der Major hatte Zähne, die man bei seinen Kommandos schimmern sah. Aber das war jetzt unwichtig. Er blickte sich um ... der Augenblick war günstig, alle um ihn herum waren mit den Pillen beschäftigt, auch der Korporal sah weg ... Abel schloß die Hand um die schwarze Kugel und steckte sie unauffällig in die Seitentasche seiner Jacke ... wieder blickte er sich um ... gelungen!

Das Schwerste kam noch. Er beobachtete Austin, der eben vom Schalter wegtrat und sich seiner Tüte zuwandte. Unauffällig stellte sich Abel neben ihn. Die beiden großen Tabletten hatte Austin schon verschlungen; jetzt griff er nach der schwarzen; offenbar wollte er die süße braune bis zuletzt aufheben, um ihren Geschmack länger auszukosten. Schnell drehte sich Abel um und stieß dabei mit dem Ellbogen nach Austins Hand. Die beiden Tabletten fielen zu Boden. Abel verfolgte den Weg der schwarzen. Als sie zur Ruhe kam, setzte er seinen Fuß darauf. Er trat fest zu und drehte ihn ein wenig — so wie man ein lästiges Ungeziefer zermalmt.

Austin bückte sich nach der braunen Pille und hob sie auf. Dabei sah er erschrocken auf den schwarzen Fleck, der auf dem Stein zurückgeblieben war, und konnte die Augen nur schwer davon lösen. Mechanisch steckte er die braune Tablette in den Mund. Schließlich blickte er Abel an, noch immer mit dem Ausdruck hilfloser Bestürzung. Abel zuckte die Schultern und wandte sich ab. Austin hatte die Pflicht, diesen Vorfall zu melden — aber vorderhand keine Gelegenheit dazu. Er durfte nicht sprechen. Keiner der gewöhnlichen Soldaten durfte jetzt sprechen. Erst um ein Uhr zehn, beim Mittagsappell, ergab sich die Möglichkeit, doch Abel hoffte, daß sie unbenützt bliebe.

Inzwischen konnte Abel anderen Details seines Planes nachgehen. Bisher war er wie alle fest in den Maschen des Dienstplanes verstrickt gewesen. Seine Pflicht hatte ihn voll und ganz in Anspruch genommen, und er hatte sich in dieser schützenden Hülle aus Vorschriften, Kommandos und Drill wohl gefühlt — sie hatte ihn vor allen anderwärtigen Einflüssen geschützt, störenden, verwirrenden und daher schädlichen Einflüssen. Nun fiel ihm auf, wie viele Lücken es darin gab. Ihm war, als könnte er erst jetzt sehen, hören, fühlen, als wäre alles davor ein Traum gewesen, der einen Teil seiner selbst betäubt gehalten hatte, einen wichtigen, vielleicht den wesentlichen Teil seiner selbst. Aber jetzt war er wach, er fühlte das, was von irgendwo auf ihn einstürmte: Gefühle, Wissen, Erinnerungen, alles blaß, nicht greifbar; er wußte, daß ihn dieses Fremde völlig durcheinanderbrachte — aber er gab sich ihm hin.

Die Kompanie, zu der er gehörte, marschierte über die grauen Betonstraßen, zwischen den Baracken hindurch. Die Männer fühlten sich eins mit ihrer Kompanie. Sie stampften ihre Stiefel in den Boden und marschierten über Appellplätze, steinbedeckte Höfe, Sport- und Exerzierfelder. Sie sangen die Lieder, die sie in den Unterrichtsstunden, von elf bis zwölf und von siebzehn bis neunzehn Uhr, gelernt hatten. Sie sangen sie im Takt der pendelnden Arme, der stampfenden Füße. Sie sangen so laut sie konnten: die Texte, die sie auswendig gelernt hatten, ohne ihren Sinn zu verstehen, Texte von Gehorsam, Treue, Pflichterfüllung. Von Soldatentum.

Die Kompanie marschierte über die grauen Betonstraßen, über die fahlgelben Flecke rohen, unbebauten Bodens, und Abel marschierte mitten drin. Er sang die Melodie mit den anderen, aber leise sang er einen neuen Text: Der — Major — muß — sterben. Der — Major — muß — sterben. Er blickte geradeaus, auf den Nacken seines Vordermannes, Arthurs 6/56, und er sah mehr als sonst: Das Blickfeld war weiter, seine Augenwinkel waren saubergewischt, unsichtbare und undurchsichtige Scheuklappen schienen gefallen, und sein Gehirn registrierte das Wippen der Kolonne, die Falten in den straffen Uniformen der Soldaten, die sich bei jedem Schritt in wechselnde, kreuz und quer weisende Richtungen spannten, die blassen, pulsierenden Streifen, die zwischen den Reihen der Marschierenden sichtbar wurden, das fahle Licht des sonnenlosen Himmels, den der scharfe Rand seines Helms abschnitt.

Er war ein Teil dieses Körpers, der marschierte, sang, lief, auseinanderstob, sich zu Boden warf, sich wieder zusammenschloß, marschierte, lief ... Er erlebte es von seinem neuen, nach außen versetzten Standpunkt aus, und es war wie ein interessanter Unterrichtsfilm. Die eigentliche Fortsetzung seines neuen belebten Daseins lief aber erst beim Waffenreinigen nach dem Übungsschießen wieder an.

Vor dem Waffenmagazin hatten sie die Pistolen bekommen, nun hielten sie sich in den Unterkünften auf und reinigten sie. Jede bestand aus zwölf Einzelteilen, die sie mit verbundenen Augen auseinandernehmen und wieder zusammensetzen konnten. Am Ende der halben Stunde, die zum Waffenreinigen bestimmt war, überzeugte sich der Korporal davon, daß die Pistolen einwandfrei gesäubert und mit Molybdändisulfidpaste eingelassen waren. Nach der Prüfung sammelte er sie ein.

Abel brauchte eine Pistole. Das war der schwierigste Teil seines Plans, aber er hatte eine Lösung gefunden. Auf Abels Kontrollring war die Nummer 7/56 eingraviert. Das heißt, er war der siebentgrößte Mann des sechsundfünfzigsten Zuges, und er stand an siebenter Stelle, wenn der Zug, und das war gleichbedeutend mit der Belegschaft eines Zimmers, in einer Reihe angetreten war. Wenn der Korporal bei seinem Appell rechts begann — und das tat er immer —, kam Abel als siebenter dran. Nach ihm folgten noch drei Mann. Ihre Waffen konnte der Korporal in zwei Minuten prüfen. Das war zwar nicht zu wenig für Abels Zeiteinteilung; denn er benötigte zum Zerlegen und Wiederzusammensetzen der Pistole nur dreißig Sekunden, aber trotzdem mußte er einen Kniff anwenden, um den Vorgesetzten abzulenken. Dazu schien ihm die Nummer 9/56, sein Kamerad Allan, ein stumpfsinniger Bursche, der aber recht geschickte Finger hatte, am geeignetsten.

Abel besaß keine Uhr, und auch in der Stube befand sich nichts dergleichen; das Aufstehen, das Heraustreten, Anlauf und Abschluß aller Arten des Dienstes wie auch das Zubettgehen wurden durch Klingelzeichen angezeigt; eine Zentraluhr löste diese durch Funk aus. An dieser Uhr hingen auch die winzigen Lautsprecher, die die Korporale in die Ohrhöhlung geschraubt ständig bei sich trugen, aber die dadurch vermittelten Signale und Befehle blieben für die Mannschaft unhörbar. Deshalb beeilte sich Abel mit seinen Manipulationen an der Pistole. Er wischte mit den Fingern über die Sohlen seiner Stiefel und schmierte den Staub sorgsam ins Innere des Laufes und des Magazins. Dann beobachtete er den Korporal, bis ihm ein leises Zusammenzucken von dessen Augenlidern auffiel — das Zeichen zum Abschließen des Waffendienstes war eingetroffen. Und schon kam der Schrei:

»Achtung!«

Die meisten Kameraden hatten das Reinigen beendet und polierten nur noch die Außenseiten. Auf das Kommando »Achtung!« hatte sich jeder mit geschlossenen Füßen und angelegten Armen gerade aufgerichtet dem Korporal zuzuwenden. Eine Sekunde des Aufspringens und Aufstampfens — und alle standen still. Auch Abel.

»Zum Waffenprüfen angetreten!«

Aber die einzige winzige Sekunde hatte ihm genügt — er hatte seine Pistole mit jener Allans vertauscht, die hinter dessen Rücken auf der weißen Plastiktischplatte gelegen hatte. Hoffentlich hatte Allan auch diesmal wieder sauber gearbeitet! dachte er.

Es war klar, daß der Korporal jedesmal mindestens einen bestrafen mußte. Es konnte jeden treffen — ob nun die Pistole sauber war oder nicht. Um so sicherer aber traf es den, der wirklich nachlässig gewesen war.

Der Korporal stand vor Abel. Er nahm die Waffe aus dessen Hand und drehte sie langsam. Abel hörte sein Atmen. Die Augen mit der grau und weiß gesprenkelten Iris blickten weit geöffnet auf die Waffe. Die Finger strichen darüber hinweg und drückten auf den Abzug. Der elektrische Zündfunke verursachte einen Knisterlaut. Der Korporal gab Abel die Waffe zurück. Abel holte lautlos Luft. Er mußte weiterhin warten, bevor er wieder handeln konnte.

Es traf Allan so sicher wie das Schicksal.

»Was haben Sie sich dabei gedacht?«

Der Korporal fragte es mit gefährlich ruhiger Stimme. Allan starrte ihn hilflos an.

Der Korporal rückte dicht an ihn heran.

»Hören Sie nicht? Was Sie sich gedacht haben?«

Ein Griff zum Schalter des Kehlkopfmikrofons.

»Warum antworten Sie nicht, Sie Drecksack? Sie sind wohl schwerhörig!«

Jetzt donnerten die Worte im Raum.

»Vortreten!«

Allan sprang aus der Reihe und nahm Haltung an. Der Korporal hielt den Lautsprecher dicht an Allans Ohr.

»Hören Sie mich jetzt besser? Geben Sie jetzt Antwort?«

»Ich war ungehorsam und bitte um Bestrafung«, sagte Allan.

Allmählich kam der Korporal in Rage. Wieder hob er das Megafon.

»Ich habe Sie gefragt, ob Sie jetzt besser hören! Warum antworten Sie nicht, Sie Schwein?«

Alle Mann wußten, was das bedeutete. Es war nur eine Zeremonie: das Vorspiel für die Urteilsverkündung. Das Urteil stand natürlich fest.

»Eine Stunde Musikzimmer.«

Der Gemaßregelte trat zurück in die Reihe. Er war dazu verdammt, die Ruhestunde zwischen fünfzehn und sechzehn Uhr im Schallraum des Gefängnisses zuzubringen, der auch für das Training der Ausdauer und Selbstbeherrschung verwendet wurde.

Die Klingel schrillte. Der Korporal brach die Überprüfung ab.

»Vor der Baracke angetreten, marsch, marsch!«

Die Männer stürmten zur Tür hinaus und stellten sich in einer Reihe auf.

»Zur Waffenabgabe, im Gleichschritt, marsch!«

Vor dem Magazin hielten sie. Sie mußten warten — zwei Züge waren vor ihnen angelangt und kamen vor ihnen an die Reihe. Dann reichte jeder seine Waffe dem Korporal, der sie aufnahm und in eine Wandöffnung steckte. Mit einem Klicken der Zählvorrichtung verschwand eine nach der anderen im Innern des Aufbewahrungsraums.

»Zur Unterkunft, vorwärts, marsch!«

Sie marschierten zurück.

»In die Stube, marsch, marsch!«

»Fertigmachen zum Sport!«

Die Soldaten eilten zu ihren Schränken, um die Turnkleidung anzulegen. Als sie sich umzogen, schob Abel etwas unter die Glaswollmatratze seines Bettes. Während sich die allgemeine Aufmerksamkeit auf Allan konzentriert hatte, hatte Abel hinter seinem Rücken die Pistole auseinandergenommen und wieder zusammengesetzt. Eine der Pistolen, die nun im Magazin lagen, war nicht mehr vollständig. Ihr fehlte die Batterie mit der Zündvorrichtung. Aber davon war äußerlich nichts zu bemerken.

2

Zuerst gab es nur den silbernen Nebel. Nichts als den konturlosen silbernen Nebel.

Einige Augenblicke strengte er sich so an, daß die dünne Schicht von Bewußtsein, die ihn getragen hatte, zersplitterte und ihn wieder in die bodenlose Dunkelheit fallen ließ.

Lange Zeit trieb er in der schwerelosen Leere.

Dann wogte wieder der Nebel. Und wieder mühte und peinigte sich etwas in ihm, um das Gestaltlose zu durchdringen.

Mit einemmal lösten sich schwarze Arabesken und weiße Kringel aus einem mit grauen Rechtecken ausgelegten Hintergrund, und dann, als wäre ein projiziertes Bild erst richtig eingestellt worden, fügte sich alles zu glasklarer Ordnung.

Er blickte in einen metallenen Kreis, der eine Milchglasscheibe einschloß. Ein Bügel ging davon aus, um den sich eine weißumsponnene Leitungsschnur schlängelte. Links davon stand ein trogartiger Rahmen — die offene Seite ihm zugewandt —, das Innere von kreuz und quer gespannten Drähten durchzogen.

Das Äußere war ihm eher bewußt geworden als er sich selbst. Jetzt erst kam der Gedanke, daß seine Person existierte, daß sie sich vor diesen Dingen, vor dem metallischen Kreis und dem rechteckigen Rahmen, befand. Hastig versuchte er sich aufzusetzen, aber sein Wille stieß ins Nichts. Er versuchte den Kopf zu drehen ... es gab keinen Widerstand, doch auch nicht die geringste Reaktion.

Er richtete die Augen langsam nach rechts ...

Da war Bewegung ...

Inmitten eines Gewirrs aus silberglänzenden Röhren und Stangen hing ein roter kugeliger Gummibeutel, der sich blähte ... und zusammensank ... sich blähte ... und zusammensank.

Das ging ganz regelmäßig vor sich; wenn er sich vergrößerte, wurde er zu einem prallen Ball, wenn er sich verkleinerte, bildeten sich Lappen, die wie die Rippen eines Fächers zusammenklappten. Dann entstand jedesmal ein feines raschelndes Geräusch, ähnlich dem Pfiff einer Maus.

Daneben stand eine andere Anordnung: Ein Kolben glitt langsam in einem Glaszylinder hin und her. Aus einer Zuleitung strömte eine rote Flüssigkeit hinzu und wurde von dem Kolben in ein schüsselartiges geschlossenes Gefäß gepreßt, in dem sie sprudelte und schäumte, ehe sie durch ein Sieb verschwand.

Ein Laboratorium?

Es gab Hebel und Schalter und Anzeigeinstrumente, Leitungen, Röhren ... also ein Laboratorium.

Wie kam er hierher? Was hatte er hier zu tun? Was war mit ihm?

Er schloß die Augen, und es dämmerten die Erinnerungen, aber sie brachten keine Erklärung. Die Vergangenheit drang beunruhigend in seine Festung der Stille und Wunschlosigkeit ein, und er verdrängte sie. Das Denken strengte an. Das Denken tat weh. Also: nicht denken. Sich dem Wohlbefinden hingeben. Er hielt die Augen geschlossen, und währenddessen erwachten langsam seine anderen Sinnesorgane, tranken das ein, was von außen sanft auf sie einströmte: Wärme, die ihn umschmeichelte, das Körpergefühl, das ihm den Eindruck des Schwebens vermittelte; ein unbekannter, aber angenehmer Geruch nach irgendwelchen aromatischen Chemikalien, ein leises, einschläferndes Summen, dazwischen die kurzen Pfiffe des roten Balls. Was wünscht man sich mehr? Von seinen Erinnerungen blieb nur noch ein sagenhaftes Wissen um nervenzersetzende Betriebsamkeit, dumpfes Angstgefühl, pausenlose Hetzjagd; nur der Anflug eines Schattens — gerade genug, um ihn seine jetzige Situation doppelt angenehm empfinden zu lassen.

Er gab seinen Gedanken freien Lauf. Noch war die Grenze zwischen Wirklichkeit und Phantasie verwischt, und so erfüllten sie seine Wünsche, gaukelten ihm Dinge vor, die er gern sah, ließen ihn empfinden, was er mochte, ließen ihn erleben, was schön zu erleben ist — Abenteuer, wie aus einem spannenden Buch, nicht zu lebendig, um zu bedrücken, nicht zu theaterhaft, um zu langweilen. Geschehnisse rankten sich um Personen und Dinge, beschäftigten ihn in einer unterhaltenden Art, ließen ihn die Wonnen auskosten, die vor dem Erreichen des Erstrebten liegen, wenn kein ernster Zweifel daran besteht, es schließlich doch zu erreichen. Später versuchten Stimmen in seine Welt einzudringen —

eine feste, befehlende und eine leise, nachgiebige, aber er verschloß sich ihnen, und sie verstummten. Der Halbschlaf ging in Schlaf über, und die Traumgestalten gewannen volle Herrschaft über ihn.

3

Die Zeit des mittäglichen Appells rückte allmählich näher. Elf bis zwölf Uhr — die Stunde der körperlichen Ertüchtigung. Heute war Hindernislauf angesetzt. Alle zehn Kompanien befanden sich auf der Rennbahn des Sportplatzes, die Soldaten marschierten, liefen, robbten über den Boden, kletterten über Hinderniswände und sprangen über die Gräben. Sie trugen volle Ausrüstung, schwere Stiefel, Riemenzeug, Behälter mit Gasmasken, Tornister mit Ballastgewichten, Helme aus Platiniridiumstahl. Die Korporale standen bei den Hindernissen und beobachteten mit dem Notizblock in der Hand. Im Zentrum standen die Sergeanten, sie bewegten sich langsam im Kreis, um ihre Kompanie im Auge zu behalten — es sah aus, als zögen sie diese an unsichtbaren Fäden, doch auch Gängelbänder hätten keine engere Verbindung aufrechterhalten können, als es die Kommandos taten, die aus ihren Megafonen prasselten. So explosiv die einzelnen Schreie auch kamen, so verflossen sie doch alle zu einem stetigen Knattern, verwischt durch den linden Zug der vom Boden aufsteigenden Luft, ergänzt durch die dumpfen, rollenden Echos von den Häuserwänden. Aus dieser gewaltigen Melodie aber erklang für jeden der Männer die Stimme seines Sergeanten heraus wie Fanfarengeschmetter, und sie alle reagierten einhellig und prompt.

»Auf, marsch, marsch!«

»Achtung!«

»Hinlegen!«

»Vorwärts, marsch!«

»Robben!«

»Halt!«

»Vorwärts, marsch!«

»Vorwärts, marsch!«

Die fünfte Kompanie, die Kompanie, der Abel angehörte, lief mit angelegten Gasmasken. So hatte Abel Gelegenheit, Austin, der sich links neben ihm in der Reihe bewegte, durch die runden Augenöffnungen unauffällig zu beobachten. In jeder winzigen Pause zwischen Minutenfolgen gespannter Aufmerksamkeit blickte er nach links hinüber, begierig auf jedes Anzeichen, das das Gelingen seines Versuches angezeigt und ihm einen Gefährten verheißen hätte.

»Gasmasken ab!«

Im Laufen nestelten sie an den Kautschukriemen, zogen sie aus den Spangen, zerrten sie durch die Laschen, lösten die Kontaktstreifen von den schweißtriefenden Gesichtern, stülpten den Gesichtsteil über das Ventil, schoben die nun in ein unauffälliges Gummiknäuel verwandelte Maske in die zylindrische Schachtel.

»Zugführer, Kommando übernehmen.«

Die Ertüchtigungsstunde war beendet. Die Blöcke der Kompanien teilten sich in je zehn Reihen, die aus der Bahn scherten und einzeln über die Wege ihren Unterkünften entgegengingen. Sie zogen Spuren von Lehm, Schlamm und Wasser hinter sich her, die sie abends, in der Reinigungsstunde, beseitigen mußten.

Abel war des Wartens müde. Austin benahm sich wie immer. Entweder war er zu schlau, um sich etwas anmerken zu lassen — oder Abel hatte sich getäuscht.

Singend marschierten sie dahin, bis ein Befehl des Korporals den Gesang jäh abreißen lassen würde. Dann mußte jeder trachten, möglichst schnell in die Stube zu kommen, möglichst schnell ausgezogen zu sein, möglichst schnell . . .

»Lied aus!«

Das kurze Zwischenspiel nach der beendeten und vor der folgenden Dienststunde hatte begonnen.

»Abteilung halt!«

Sie hielten vier Meter vom Tor entfernt.

»Wegtreten, marsch, marsch!«

Sie stürzten auf das dunkle Rechteck zu, der Flur verschluckte sie. Der Korporal folgte nicht gerade schnell und nicht gerade langsam — doch langsam genug, um die Männer für acht Sekunden unbeaufsichtigt zu lassen.

Abel packte Austin am Arm und sagte leise, aber drängend:

»Du darfst die schwarze Tablette nicht nehmen. Verstehst du? Die schwarze Tablette nicht nehmen!«

Austin blickte ihn den Bruchteil einer Sekunde lang an. Die Lichter in seinen Augen flackerten. Dann zischte er:

»Halt's Maul.«

Er sagte es wütend und aggressiv, doch Abel merkte nur, daß er etwas sagte, und nicht, was oder wie er es sagte. Zwar bestand auch jetzt noch keine Gewähr dafür, daß ihn Austin nicht anzeigen würde, dafür aber war Abel sicher, daß er richtig kombiniert hatte: Die schwarze Pille war daran schuld, daß sie in einem ununterbrochenen Dämmerzustand dahinvegetierten, in einer stumpfsinnigen Euphorie, die ihnen den Dienst als Belohnung, die Befehle als Quelle der Freude, die Kaserne als Heimat, den Major als Gott erscheinen ließ, daß sie empfindungslos waren gegenüber Recht und Unrecht, daß sie das Vermögen zur Kritik verloren hatten, daß sie keinen Willen besaßen und keine Fähigkeit der Entscheidung. Die schwarze Kugel — ein chemisches Präparat, das das Gehirn vergiftet oder die Drüsen lähmt, das hormonale Gleichgewicht stört oder die Nervenbahnen blockiert. Das mit den Nährmitteln in den Körper eingeschmuggelt wird. Die schwarze Kugel war schuld — daß sie Soldaten waren.

Der Mittagsappell kam heran und ging vorbei. Austin sagte nichts. Tagsüber hatte Abel keine Gelegenheit, mit ihm zu sprechen; er hoffte auf die Nacht. Um sechzehn Uhr fünfundvierzig, bei der zweiten Tablettenausgabe, beobachtete er, wie Austin die schwarze Kugel zum Mund führte, aber nur so tat, als ob er sie nähme. Auch er ließ sie heimlich in die Tasche gleiten. Das war weniger gefährlich, als sie fallen zu lassen.

Die beiden Unterrichtsstunden liefen ab, das Stubenreinigen und das Bad im Waschhaus. Es wurde zwanzig Uhr zwanzig, und sie gingen zu Bett. Um zwanzig Uhr dreißig verlöschte das Licht. Tiefe Atemzüge zeigten an, daß einige schon eingeschlafen waren, obwohl der Korporal noch nicht zur Inspektion gekommen war. Abel spürte keine Müdigkeit. Er lag still unter der grauen, kratzenden Decke und konnte es kaum erwarten, bis der Korporal zum Gute-Nacht-Zauber erschien.

Er ließ nicht lange auf sich warten. Weiß flammte das Licht auf, und die Männer in den Betten hörten seine Schritte. Sie hörten ihn an den Hockern rücken, hörten, wie er da einen Schrank öffnete, dort einen Stiefel unter dem Bett hervorholte. Er prüfte das Schweißband des Helms von Albert und das Kopfkissen Abrahams. Eine knisternde Spannung hatte sich in der Stube verbreitet. Der Korporal ließ sich heute Zeit ...

Diesmal traf es Anton. Er mußte die Beine vorweisen, und seine Zehennägel waren schmutzig.

»Raus aus dem Bett, Sie Dreckfink!«

Anton schnellte von seinem Lager auf und nahm Haltung an. Der Korporal fixierte ihn.

»Sie sind wohl müde, he? Rein ins Bett!«

»Raus!—«

»Rein!«

»Raus!«

»Rein!«

»Nanu! Das klappt nicht? Ich bringe es euch bei! Alles aus den Betten, marsch, marsch!«

»Ihr braucht eine Auffrischung. Auf den Hof, marsch, marsch!«

Draußen herrschte trübes Dunkel. Einige weit voneinander entfernte Lampen brannten. Der Himmel war schwarzgrau mit einem Anflug von Schwefelgelb.

»In Linie angetreten, marsch, marsch!«

Es war kühl, mit ihren bloßen Füßen und in den dünnen Schlafanzügen froren sie und hatten Mühe, ruhig zu stehen und nicht vor Kälte zu zittern.

»Zum Waschhaus, ohne Tritt, marsch!«

Gespenstisch leise bewegte sich die Schlange aus grauen Schatten zur langgestreckten Baracke mit den Duschen, den Wasserhähnen, Schläuchen und Eimern.

»Unter den Duschen angetreten, marsch, marsch!«

Der Korporal drehte selbst den Hahn auf. Die Männer standen in einem Regen dünner Wasserfäden. Um diese Zeit war die Heizung längst abgedreht.

»Einer für alle, alle für einen.«

Das Wasser rieselte auf die kahlgeschorenen Schädel, rann über Stirn, Hinterkopf und Schläfen, drang in und unter die Jacken und Hosen, legte sich wie Gummi auf die klamme Haut von Rücken, Brust und Bauch, strich über die Schenkel abwärts und bei den Hosenbeinen hinaus. Die Füße standen in schwellenden Lachen.

»Ein Lied!«

Sie sangen ein Lied, eines der Lieder von der Ehre, von der Treue und vom Gehorsam.

»Ein neues Lied!«

Sie sangen, zitternd vor Kälte, ein anderes Lied von der Ehre, von der Treue und vom Gehorsam.

»Seid ihr jetzt sauber?«

»Jawohl, Herr Korporal.«

»Abtreten. In die Betten, marsch, marsch!«

Sie rannten: über die Steinkacheln und über die rohe Erde; von der scharfen Kälte gepeitscht, in den dunklen Flur; stolpernd, stoßend, in die Stube. Sie sprangen in die Betten, naß, wie sie waren, und zogen die Decken bis an die Ohren. Das Licht brannte noch. Die Schritte des Korporals klangen dumpf.

»Unter euch ist ein Dreckschwein, das sich die Klauen nicht wäscht. Dem es nichts ausmacht, daß die ganze Stube dafür bezahlen muß. Kerle!« Er brüllte auf. »Ihr müßt selbst dafür sorgen, daß so etwas nicht vorkommt! Ich hoffe, ihr wißt, was ihr zu tun habt! Gute Nacht!«

»Gute Nacht, Herr Korporal!«

Die Tür schlug zu, das Licht erlosch. Einen Augenblick war kein Ton zu vernehmen. Dann ging ein Huschen und Stampfen, ein Trampeln und Schleifen durch den Raum, und dann klatschten Schläge, schlugen Fußtritte; es seufzte, stöhnte und keuchte, es ächzte und würgte, es tobte sich aus, bis sich der Eifer legte, weil es nichts mehr gab, was sich wehrte.

Es wurde ruhig.

Die Nachtruhe hatte begonnen.

4

Sein Traum war nicht so angenehm gewesen wie das Dahindämmern in halbwachem Zustand, aber er konnte sich keiner Einzelheiten entsinnen. Er öffnete die Augen und schloß sie sofort wieder — eine gleißende Sonne blendete ihn. Er versuchte den Kopf abzuwenden, aber das gelang ebensowenig wie das letzte Mal. Nach und nach erprobte er seine Muskeln — der Erfolg war nicht ermutigend. Die Zehen und die Finger — das war alles, was seinem Willen gehorchte. Und die Augen.

Atmete er? Er spürte nichts davon. Es war, als wäre sein Brustkasten erstarrt. Und dennoch erstickte er nicht. Es war unerklärlich.

Er bewegte die Finger und die Zehen, krümmte sie, streckte sie.

Zuerst ging es nur millimeterweise, allmählich aber gewann er die Herrschaft darüber.

Er versuchte sich ein Bild zu machen, welche Stellung er einnahm ... Er schien zu liegen. Von seinem Leib spürte er nichts, aber die Beine waren ausgestreckt. Auch die Arme empfand er als gestreckt, und zwar weit ausgebreitet, wie gekreuzigt.

Er setzte das Spiel mit Fingern und Zehen fort, und endlich stieß die Kuppe seines rechten Mittelfingers auf Widerstand ... sie berührte etwas. Heftiger mühte er sich darum, die Finger durchzukrümmen, und dann lagen auch der Zeige- und der Ringfinger auf etwas Hartem, das aber ein Stück weiter zurücklag als der Widerstand am Mittelfinger. Auch dieser Gegenstand war hart, aber er gab nach ... Etwas schnarrte leise.

»Sie sind wach«, sagte eine Stimme. »Das hat lange gedauert ...«

Sprechen, fiel ihm ein ... kann ich sprechen?

»Bleiben Sie ruhig! Es kommt alles wieder in Ordnung.« Die Stimme war sanft und angenehm anzuhören. Sie sollte weitersprechen!

»Mit jedem Tag werden Sie sich besser fühlen. Der Doktor wird gleich nach Ihnen sehen!«

Er war in einem Spital. Jetzt wußte er es. Ein Spital? Er war krank. Oder verwundet. Was war mit ihm geschehen?

»Versuchen Sie nicht zu sprechen! Bald wird es von selbst gehen. Sie brauchen nichts zu sagen. Zwinkern Sie mit den Augen, wenn Sie mich verstehen!«

Er senkte kurz die Augenlider. Er hatte verstanden.

»Fühlen Sie sich gut? Oder brauchen Sie etwas? Haben Sie Schmerzen?«

Er hatte keine Schmerzen.

»Sie können ja gar keine Schmerzen haben«, sagte die Stimme. »Dr. Myer macht das schon.« Nach einer kurzen Pause fuhr sie fort. »Ich bin Schwester Christine. Alle nennen mich Chris. Wenn

Sie etwas brauchen, drücken Sie wieder den Knopf. Ich bin allein für Sie da.«

Kurz erschien ein Gesicht in seinem Blickfeld. Braune Augen, eine gesunde, leicht gebräunte, an den Wangen rosa schimmernde Haut, ein fraulicher Mund, eine Welle blonder Haare, unter einem Häubchen hervorquellend. Das Gesicht verschwand. Es rasselte leise. Stille — leises Summen und stetige leise Pfiffe.

Chris. Sie war für ihn da. Ganz stark fühlte er wieder die Zufriedenheit, die seine Umgebung in ihm aufkeimen ließ.

Er war krank. Nun gut — es war nicht zu ändern. Er würde wieder gesund werden. Er hatte es sich nicht gewünscht, aber wenn er gewußt hätte, wie es war, hätte er es sich gewünscht. Jetzt erst konnte er die Männer verstehen, die absichtlich eine Prise eines radioaktiven Aerosols einatmeten oder ihre Haut mit Phosphor bestrichen und anzündeten. Aber was er bisher von den Lazaretten gehört und gesehen hatte, vertrug sich nicht mit dem, was er jetzt erlebte. Ja, wenn er ein Staatsmann oder ein General gewesen wäre! Doch er war nur Leutnant — Leutnant der Reserve — und repräsentierte keineswegs einen besonderen Wert. In dieser Zeit, in der Tausende in Sekunden zerrissen, zerstäubten, verglühten, kam es doch auf einen nicht an. Irgend etwas Unerklärliches mußte sich ereignet haben — während er bewußtlos dagelegen hatte. Aber es konnte nichts Böses gewesen sein — da man ihn, einen unbedeutenden Mann, so verschwenderisch betreute.

Er dachte an Chris. Einige freundliche Worte. Ein nettes Gesicht. Es war schön, so jemanden um sich zu haben. Er hatte viele Bekannte und auch einige Freunde, aber niemand stand ihm im Moment so nahe wie Chris. Er malte sich aus, welche Figur sie haben müßte, wie sie sich bewegte. Er stellte sich vor, wie er sich mit ihr unterhielt. Der Wunsch zu sprechen wurde stärker. Er war sehr müde, er mußte schlafen. Er fühlte, wie ihn die Müdigkeit übermannte, aber bevor er einschlummerte, nahm er sich vor, wieder sprechen zu lernen . . .

Er mußte schon eine Weile wachgelegen sein, als ihm das in den letzten Stunden Erlebte in den Sinn kam und ihm dadurch die Gegenwart bewußt wurde. Dann entsann er sich der Krankenschwester und seines Wunsches, sprechen zu können. Seine Hoffnung flackerte hell auf, als er sogleich die Zunge und die Lippen bewegen konnte. Aber seinem Mund entsprang kein Ton. Irgend etwas fehlte noch, und er analysierte das, was sich so einfach sprechen nennt, zergliederte es in Funktionselemente, um ihm auf die Spur zu kommen, und dann merkte er, daß ihm die Luft fehlte. Er hatte keine Luft, um sie über die Stimmbänder gleiten und in der Mundhöhle schwingen zu lassen. Er konnte nicht Atem holen und nicht ausatmen. Seine Nasenflügel ließen sich blähen, aber seine Lungen nicht. Etwas war mit ihm noch nicht in Ordnung.

Er dachte darüber nach und übte inzwischen die Mundbewegungen. Er befahl ›a‹, und seine Lippen öffneten sich zu einem Kreis, er befahl ›e‹, und sie zogen sich etwas zusammen, während sich ihnen die Zunge entgegenhob ... Er ging zuerst die Vokale durch und dann die Konsonanten. Wenn er es gefunden hatte — das, was er tun mußte, um Luft zu holen —, dann wollte er sofort sprechen können. Er hatte keine Angst — ihm konnte nichts Schlimmes widerfahren sein —, sonst hätte man ihn nicht unter die Behandlungswürdigen eingereiht. Vielleicht eine kleine Lähmung, die sich bald gab ...

Er übte weiter und kam darauf, daß zu jedem Buchstaben eine ganz bestimmte Mund- und Zungenstellung gehörte. Es war wie ein verschlüsseltes Alphabet. Ob man es verstehen konnte? Natürlich konnte man es verstehen — daß er nicht schon längst daraufgekommen war! Schnell tastete er mit den Fingern nach dem Druckknopf.

»Ist etwas nicht in Ordnung?« fragte Chris, und ihr Gesicht beugte sich über ihn. Seine Lippen formten die Worte:

»Verstehen Sie mich?«

Ihre Augen blickten besorgt.

»Bemühen Sie sich nicht zu sprechen — es geht noch nicht«, sagte sie.

Ich will nicht sprechen, nicht normal sprechen, dachte er, aber sie muß doch auch so verstehen . . . Er begann noch einmal.

»Verstehen Sie mich?«

Der besorgte Ausdruck ihrer Augen verschwand plötzlich — es war nur noch wache Aufmerksamkeit darin, sie verfolgte gespannt die Lippenbewegungen. Dann sagte sie:

»Ja, ich kann verstehen. Ich kann es ablesen.«

Er schloß einen Augenblick tief befriedigt die Augen. Dann fragte er auf seine stumme Weise: »Wo bin ich? Was ist geschehen?« Sie verstand sofort.

»Ich werde Ihnen alles genau erzählen«, antwortete sie. »Aber Sie müssen noch etwas Geduld haben. Es strengt Sie zu sehr an. Ich verspreche Ihnen, daß ich alles erzählen werde.« Sie hielt einen Moment inne, ihre Augen blickten jetzt an ihm vorbei, als koste es ihre ganze Konzentration, ihre Gedanken von irgend etwas abzuhalten. »Sie müssen jetzt ganz ruhig sein.«

Er spürte, wie müde er schon wieder war. Mit letzter Kraft formte er die Worte: »Bleiben Sie noch bei mir, bitte.«

»Ich bleibe noch«, versprach sie. Ihr Gesicht verschwand aus seinem Blickfeld, und er wußte nicht genau, ob es nur deshalb war, weil ihm die Augen zufielen.

»Ich setze mich hierher«, sagte das Mädchen. »Ich bleibe bei Ihnen, bis Sie fest schlafen.«

Chris war nicht mehr da, als er aufwachte. Er wußte nicht, wie lange er geschlafen hatte, aber er fühlte sich angenehm gestärkt. Am liebsten hätte er gleich wieder den Knopf gedrückt, aber er bezwang sich. Statt dessen probierte er, ob seine Körperbeherrschung Fortschritte gemacht hatte. Finger und Zehen konnte er schon ordentlich regen, und noch etwas kam hinzu: Seine Nakkenmuskeln zuckten, wenn er sie anzuspannen versuchte. Das Zusammenziehen dieser Muskeln — das hätte bedeutet, daß er ein wenig mehr von seinem Krankenzimmer gesehen hätte. Er wußte ja nicht einmal, woher das Licht kam, ob durch ein Fenster oder von einer Lampe. Nachdem er sich vergeblich bemüht hatte, den Kopf zu heben, glückte ihm unvermutet etwas anderes, an das er nicht gedacht hatte: ihn zu drehen. Zunächst nach der einen Seite, nach links — da standen würfelförmige und zylindrische Apparate oder Behälter, aus denen Leitungen, Drähte und Schläuche auf ihn zuliefen. Er vermochte nicht zu sehen, wohin; dazu reichte der Drehwinkel seines Kopfes noch nicht. Nach einigen Minuten wandte er den Kopf zur anderen Seite, nach rechts. Sein Blick fiel auf eine Art Schaltpult, das schräg neben ihm stand: Verschiedene Skalen waren darin eingelassen, darüber tanzten Zeiger, sprangen Ziffern eines Zählwerks, manchmal einzeln, manchmal rasch hintereinander, und auf mehreren kleinen, kreisrunden Leuchtschirmen schossen und glitten Zacken auf und nieder wie Wellenkämme. Und auch von hier aus liefen ein paar Leitungen auf ihn zu.

Das schnarrende Geräusch war zu hören — im Hintergrund öffnete sich eine Tür.

Chris trat ein, er konnte sie fast ganz sehen; nur die Beine von den Knien abwärts waren ihm noch verborgen. Was er sah, entsprach völlig seinen Vorstellungen — sie war ein frisches, elastisches, gut gebautes Mädchen, keine Schönheit, aber gerade das, was man sich als Krankenschwester wünscht.

»Sie können ja schon lachen«, sagte sie. Sie nahm seinen Kopf zwischen ihre beiden Hände und drehte ihn sachte geradeaus. »Wir müssen uns rasch fertig machen, der Chef wird gleich kommen!«

Chris machte sich um ihn herum zu schaffen, er konnte nicht erkennen, was sie tat. Im Moment war er zu ermattet, um den Kopf wieder zur Seite zu drehen. So verfolgte er das, was zufällig innerhalb seines Gesichtskreises vor sich ging — die Hände des

Mädchens hielten ein Fläschchen, ein dicker, tropfender Wattebausch hing an einer Art Zange; ein Schälchen fing die Tropfen auf, zwei Hände streiften Gummihandschuhe über, aus einer Tube glitt ein Stück Paste, ein Spachtel verrieb es auf einem löffelähnlichen Gegenstand. Dann sah er eine Weile nichts, nur an seinen Beinen spürte er gelegentlich einen leisen Ruck. Von Zeit zu Zeit klirrte etwas leise.

Er hätte gern einen Spiegel gehabt. Wie mochte sein Gesicht aussehen? Wie mochte sein Körper aussehen — ob er doch ärger zugerichtet war, als es die Vorschriften über die Behandlungswürdigkeit eigentlich zuließen? In den letzten Kriegstagen mit ihren unzähligen Verwundeten war sie rasch auf die Kategorie D, auf die ›mit felddienstmäßigen Mitteln Kurierbaren‹, beschränkt worden. Aber da hätte er doch längst wiederhergestellt sein müssen . . .

Sein Blick hing an den glänzenden Metallteilen der Decke, und erst als er darin eine gespiegelte Bewegung der arbeitenden Schwester sah, kam er auf die Möglichkeit, die sie ihm boten. Es waren Spiegel, wenn auch gekrümmte, verzerrende Spiegel, so doch solche, die etwas von dem wiedergaben, das unter ihnen lag. Er suchte die größte und glatteste Fläche aus poliertem Metall — es war eine Art Griff in der Mitte des kreisförmigen Gegenstandes oberhalb seines Gesichts, der ihm wie eine Lampe vorkam. Mühsam suchte er die Flecken von Licht und Dunkel, in die sich der Silberglanz schied, zu entschlüsseln, zu erkennen, was Gerät, was Zimmer und was er war. Es war ein ganz kleines, ein winziges Bild, und es war stark verzerrt. Alles, was er sah und verstand, waren sein Kopf und die Arme — sie lagen wirklich seitwärts gestreckt, wie er es empfunden hatte. Sein übriger Körper war unter einer Art Glasdach verborgen, aus dem viele Leitungen herauskamen und zur Apparatur links neben ihm führten. Was unter der Glasplatte steckte, vermochte er nicht auszumachen, es war zu dunkel verschattet.

Was ist mit mir, wollte er fragen, aber er brachte keinen Laut heraus. Er konnte nicht sprechen — jetzt fiel es ihm wieder ein. Er formte die Worte mit dem Mund: »Was ist mit mir?« Aber das Mädchen hörte dieses lautlose Fragen nicht.

»Was ist mit mir?«

Wieder und wieder buchstabierte er vergeblich. Er nahm alle Kraft zusammen und warf den Kopf ruckartig nach rechts . . ., aber die Schwester befand sich wohl eben zu seinen Füßen, und er sah sie nicht, und sie sah ihn nicht. Statt dessen blickte er ohne Verständnis auf einen der Leuchtschirme am Pult, auf dem jetzt kleine Spitzen wie bei einem zwerghaften Raketenfeuerwerk emporschossen, oben angekommen einen Moment verharrten und dann giftgrün verglommen.

Er schloß die Augen.

»Schwester, der Patient ist unruhig!« sagte eine Männerstimme.

Mühsam hob er die Lider, direkt vor ihm schwebte eine Hand, und ein ausgestreckter Zeigefinger wies auf die Mattglasscheibe mit den emporsteigenden funkelnden Spitzen.

Die Stimme von Chris erscholl:

»Es ist alles normal, Herr Oberarzt.«

Jetzt konnte er den Mann sehen. Er hatte einen weißen Ärztemantel an. Er war hochgewachsen und hielt sich aufrecht. Das Gesicht war streng und nicht mehr jung, doch aus den Zügen sprach deutliches Wohlwollen, als er sich hinabbeugte und seinen Patienten musterte.

»Ganz gut sehen Sie aus, Phil Abelsen«, sagte er. »Keine Sorge, wir flicken Sie wieder zusammen. Wie fühlen Sie sich, mein Junge?« Zur Schwester gewandt, fragte er: »Hat er schon auf Worte reagiert?«

»Er hat mit den Lippen Sprechbewegungen gemacht; ich konnte sie ablesen.«

Dr. Myers Hand erschien vor dem rechten Auge Phils und zog ihm die Lider auseinander. Eine Taschenlampe blinkte auf und blendete, doch die Finger des Arztes ließen nicht zu, daß sich das Auge schloß.

»Pupillenreaktion merklich verstärkt«, sagte der Arzt. »Wir können das Tetralin langsam absetzen.«

Er wandte sich wieder zum Pult.

»Das klappt ja vorzüglich, mein Junge«, sagte er. »Wir haben uns ganz schöne Mühe mit Ihnen gegeben. Sie hätten sich sehen sollen — wie Sie ausgesehen haben, als ich Sie aufgelesen habe.«

»Herr Oberarzt«, sagte die Schwester. »Ich habe dem Patienten noch nichts gesagt. Es könnte einen Schock ...«

»Nur nicht so zimperlich, Jungfrau«, sagte der Arzt und sah das Mädchen auf eine eigenartig ungenierte Art an, gegen die sich sofort etwas in Phil sträubte.

»Sie waren zerfetzt wie ein Ochse nach dem Schlachten«, fuhr der Arzt fort. »Der Brocken muß Ihnen genau in die Brust geschlagen sein — es war nicht mehr viel übrig davon, gerade daß der Kopf noch an der Wirbelsäule hing. Ich habe schon vielen den Pelz zusammengeflickt, aber Sie sind mein Meisterstück. Das Herz verschwunden — einfach nicht mehr da, die Lunge zerfetzt, nicht zu reden von Speiseröhre, Zwerchfell, Magen und den anderen nützlichen Dingen. Ausgeblutet, ausgequetscht wie eine Zitrone. Was an Haut noch vorhanden war, zerschunden, aufgeplatzt, versengt, erfroren — je nachdem. Aber keine Bange. Ich habe Sie durchgebracht, aus der Gefahr sind Sie längst heraus. Was jetzt noch fehlt, ist Routinesache. Glauben Sie mir? Haben Sie verstanden?«

Phil nickte.

»Gut so«, sagte der Oberarzt. »Nach und nach bringe ich Sie wieder in Schuß. Wollen Sie Ihren Korpus mal sehen?«

Er wartete die Antwort nicht ab. Seine linke Hand hob den Kopf des Patienten, die rechte unterstrich die Erklärungen. Im Hintergrund sah Phil das Mädchen stehen. Vor ihm, über seinem

Körper, lag das Glasdach. Es bedeckte ein Art Wanne, die mit einer leicht trüben Flüssigkeit gefüllt war. In dieser Flüssigkeit lag er selbst — sein Körper.

»Alle wesentlichen Adern haben wir an das künstliche Herz angeschlossen. Sehen Sie — hier ist es, diese Pumpe.« Er deutete auf den Kolben, der in ständig gleichem Takt hin- und herfuhr. »Auch die Funktion der Lunge erfüllt eine elektrisch betriebene Pumpvorrichtung — es ist dieses Ding, das wie ein Blasebalg aussieht. Der kleine Blutkreislauf, der von der rechten Kammer in die Lunge und von dieser in die linke Vorkammer führt, geht natürlich ganz außerhalb vonstatten. Das alles, was Sie hier sehen«, er deutete auf das Pult an Phils rechter und auf die Behälter an Phils linker Seite, »das alles gehört jetzt zu Ihnen, es ist ein Teil Ihres Körpers. Übrigens funktioniert er präziser als das organische Material.«

Er lachte leise und fuhr fort:

»Ich könnte Sie Ihr ganzes Leben an dieser Maschinerie hängen lassen. Aber ich weiß ganz genau, daß diese Aussicht nicht sehr erfreulich klingt; Sie brauchen keine Sorge zu haben. Es gibt genug konservierte Organe — dafür hat der Krieg gesorgt. In den nächsten Tagen setze ich Ihnen eine vollständige Ausrüstung ein. Ein starkes Herz, wahrscheinlich ein besseres als Ihr altes. Und eine gute Lunge. Ich habe sie heute ausgesucht, sie ist schon aufgetaut und liegt in der Nährlösung. Vor einer Stunde habe ich das Herz für kurze Zeit probeweise zum Schlagen gebracht. Das ist sehr eindrucksvoll — monatelang, vielleicht jahrelang war es tot, und dann jagen Sie einen Stromimpuls hindurch, und es wird wieder lebendig.«

Er ließ den Kopf des Kranken hinuntersinken. Phil hatte die Augen geschlossen.

»Sie sind ein kräftiger Mann, Abelsen, und können schon einen Puff vertragen«, sagte der Arzt. »Ich bin für Offenheit und Wahrheit — deshalb habe ich Ihnen nichts verschwiegen. Der moderne

Arzt kommt dem Patienten oft wie ein Ingenieur vor, der fortschrittbegeistert an seinem Material herumexperimentiert und der sich von verblendetem Ehrgeiz leiten läßt, immer kränkere und funktionsunfähigere Menschen durch allerlei Tricks am Leben zu erhalten, ganz gleich, ob dieses Leben noch menschenwürdig ist oder nicht. So bin ich nicht. Mir geht es um den Menschen in seiner natürlichen Form und Handlungsfreiheit. Mir geht es darum, das Höchste und Wertvollste des Menschengeschlechts zu erhalten. Ich sage Ihnen ganz offen — ich hätte Sie nicht behandelt, wenn ich Sie nicht vollständig wiederherstellen könnte.«

Seine Hand lag auf einem Regelknopf, er beobachtete einen Zeiger, als er den Knopf ein wenig drehte.

»Ich habe dafür gesorgt, daß Sie sich wohl fühlen. Wir verfügen heute über chemische Mittel, mit denen wir alle Gefühlseindrücke, gleichgültig ob körperliche oder emotionelle, fast beliebig steuern können. Sie haben also nichts zu befürchten, keine Angst und keinen Schmerz. Und ich verspreche Ihnen nochmals — Sie werden wieder ein vollgültiges Mitglied der menschlichen Gesellschaft sein.«

5

Abel wußte nicht, wie spät es war, aber es hatte lange gedauert. Er hoffte, daß der Nachtalarm diesmal nicht zu früh kommen würde. Er lag im obersten Stockwerk eines der dreistufigen Betten und war von unten schwer zu sehen, selbst wenn es unvermutet licht wurde. Es war nicht ratsam, ohne zwingenden Grund das Bett zu verlassen, aber er begann die Matratze von der Wand abzurücken, die Matratze aus Glashaar, in deren Bezug er während der Ruhezeit ein Loch gerissen hatte und in der nun die Teile einer Pistole versteckt lagen. Er schob und drückte, bis er eine Art Beule erzeugt hatte, eine Einbuchtung, die entlang der Wand einen Kanal zum mittleren Stockwerk des Bettes bildete. In diesem Bett lag Austin.

Mit kleinen Rucken, zwischen denen er immer wieder innehielt und lauschte, schob er sich an die Wand, bis sein Ohr an der Öffnung lag. Lange Zeit horchte er. Seine Augen starrten weit aufgerissen ins Leere. Um ihn herum war die wesenlose Dämmerung der Nacht, fahler Schein stand wie kalter Dunst an den Fenstern, Schatten hingen als graue Vorhänge an den Bettgestellen. Undeutliche Buckelformen gestreckter oder zusammengekrümmter Körper bauschten die Decken. Die Atemzüge pfiffen wie die sich abwechselnd öffnenden und schließenden Ventile einer Pumpanlage — mit maschinenhafter Regelmäßigkeit. Auch Austin atmete ruhig, aber nach einer Weile drehte er sich herum, und dann noch einmal.

»He, Austin!« Abel hauchte die Worte in das Loch hinein. »Austin, hörst du?«

Die Atemzüge unten wurden leiser . . . hielten an. »Austin, antworte doch!«

Abel hörte ein leichtes Streifen, dann ertönte unversehens und erschreckend laut die Stimme Austins:

»Was gibt's?«

Austin hatte sich aufgesetzt, sein Kopf befand sich direkt unter dem Verbindungskanal.

Abel fuhr zurück und sah sich vorsichtig um.

Dann erst antwortete er:

»Ich muß mit dir sprechen!«

»Laß mich in Frieden!«

Unten knarrte es. Die Decke raschelte. Abel sagte: »Stell dich nicht so blöd an! Wenn jetzt wieder eine Spur Vernunft in deinem Schädel ist, hast du es mir zu verdanken. Hörst du? Wir sind die einzigen klaren Köpfe in diesem Stall von Belämmerten. Wir müssen zusammenhalten!«

Er schwieg ein paar Sekunden. Unten rührte sich nichts. Da redete er weiter in das Schwarze hinein.

»Paß auf: Ich habe schon einen Plan. Es ist zwar nicht einfach, aber es ist möglich. Verstehst du! Es ist möglich! Er wird sterben! Wenn du mir ...«

Aus dem mittleren Bett kam ein dumpfer Laut. Austin hatte sich hastig aufgesetzt. Sein Mund war an der Öffnung.

»Wer wird sterben?«

»Der Major natürlich — wer sonst?« Für Abel war es unbegreiflich, daß der andere nicht verstand. »Der Major — das ist doch klar!«

»Du bist verrückt«, sagte Austin.

»Paß auf!« sagte Abel. »Es geht wirklich. Glaube mir. Ich habe alles überlegt. Ich mache es mit einer Pistole. Ich weiß auch schon, wie ich eine bekomme: Ich organisiere mir einen Teil nach dem anderen. Daraus setze ich die Pistole zusammen.«

»Du bist verrückt!«

»Pst!«

Im Nebenbett wälzte sich einer der Schlafenden stöhnend auf die andere Seite. Abel und Austin verhielten wie erstarrt ... Dann gingen die Laute von drüben in rasselndes Schnarchen über.

»Alles ist durchdacht«, flüsterte Abel. »Es kann nicht schiefgehen. Munition hole ich mir während der Schießübung.«

»Warum willst du ihn töten?«

»Warum?« wiederholte Abel zögernd. »Warum?« Seltsame Frage. Alles war selbstverständlich — und da fragte der, warum! »Er muß sterben, ich werde ihn töten«, sagte er lahm.

»Mensch, du setzt doch alles aufs Spiel«, sagte Austin. »Was schert uns der Major. Ob er lebt oder krepiert — mich läßt das kalt.«

»Was setze ich aufs Spiel?« fragte Abel.

»Die Freiheit, was sonst? Wie willst du entkommen, wenn du hier Theater inszenierst?«

»Entkommen? Ich will nicht entkommen. Ich will den Major töten. Ich muß den Major töten. Ich werde den Major töten.«

»Und was dann?«

Abel war überrascht. Was dann? Die Frage hatte er sich noch nicht gestellt. Sie lag so weit weg. »Hör zu«, sagte er. »Du kannst tun, was du willst. Ich mache mit. Aber zuerst mußt du mir helfen.« Seine Gedanken schwenkten wieder in die alte Fahrbahn. »Gib acht: Ein paar Teile kann ich bekommen, ohne daß es auffällt. Dann aber müssen wir ... In der Nacht ...«

»Du phantasierst«, unterbrach ihn Austin. »Tu mit deiner Pistole, was du willst, aber ohne mich. Ich will hier raus — das ist alles, was ich will. Raus, verstehst du das?«

»Was willst du draußen?« fragte Abel.

»Draußen, Mensch, da ... was für eine Frage. Nun, nun ja ...« Austin stockte.

»Was ist draußen, Austin?«

Austin setzte erneut an. »Draußen, da ist keine Kaserne, kein Exerzierplatz, kein Vorgesetzter, keine Uniform ...« Wieder schwieg er.

»Na, was ist nun draußen?« drängte Abel.

»Ganz einfach — die normale Welt, das normale Leben ... eben die Freiheit!«

»Geschwätz«, flüsterte Abel. In seinem Kopf flackerte ein schwaches Licht, aber es erlosch, ohne eine Erinnerung zu entfachen.

»Was meinst du ... was ist draußen?« fragte Austin. Und lauter setzte er hinzu: »Es muß doch etwas draußen sein!«

»Still!« zischte Abel. Die Muskeln seines Oberarms, auf den er sich stützte, schmerzten, und er veränderte vorsichtig seine halb liegende, halb kauernde Position.

»Warum soll etwas draußen sein?« fragte er. »Ich glaube, draußen ist nichts! Die Welt ist begrenzt. Für jeden Menschen ist die Welt begrenzt; es gibt etwas, über das er nicht hinauskann. Wir können aus der Kaserne nicht hinaus. Das ist es. Man muß sich seine Ziele innerhalb seiner Welt suchen. Und das tue ich. Der Major ...«

Austin kniete auf seinem Bett und preßte den Mund an den Rand der Glashaarmatratze.

»Das, was du sagst ..., das hast du doch nicht von hier! Das muß doch von woanders sein. Abel, versuche dich zu erinnern ... Was war vorher? Vor der Kaserne?«

Wieder flackerte in Abel das Licht. Bilder zuckten und verschwanden, ehe er sie fassen konnte. Er strengte sich an, ohne zu wissen, was in ihm arbeitete, um etwas herauszubeschwören, das irgendwo in seinem Innern verborgen lag. Schweiß stand auf seiner Stirn.

»Irgend etwas ... ja ... es ist möglich.« Er sprach tonlos, fast unhörbar. »Aber nicht außerhalb. Vielleicht in der Vergangenheit?« Er riß sich zusammen. »Was hat es für einen Sinn? Jedenfalls ist es nicht erreichbar. Bleib hier und hilf mir, den Major zu töten. Dann wird alles gut — du wirst sehen!«

»Abel«, hauchte es aus der Öffnung an der Wand. »Abel, ich weiß, was draußen ist: Die Engel kommen von draußen. Draußen müssen Engel sein!«

In Abel zog sich etwas zusammen. Eine Saite schwang nicht mit. Eine Kluft trennte ihn von seinem Kameraden. Austin war schon einmal bei ihnen gewesen — bei den Engeln. Er, Abel, nicht. Alle vier Wochen, nach der medizinischen Untersuchung, wurden vier Männer bestimmt. Sie wurden an einem Abend abgeholt und kamen erst am Morgen wieder. Niemand wußte, nach welchem Gesichtspunkt die Auswahl erfolgte. Es war keine Belohnung; denn Belohnung gab es nicht. Lohn — das war das Bewußtsein, seine Pflicht erfüllt zu haben. Es war auch nicht wie die Strafe, die manchmal begründet war und manchmal nicht. Es war das Unbestimmte selbst: das Irrationale, das Glück, die Sehnsucht, die Hoffnung.

Abel hatte noch keinen Engel gesehen. Aber die Auserwählten hatten von ihnen erzählt: von ihrer weißen Haut, von den weichen Lippen, von der warmen Geborgenheit, der Mütterlichkeit, dem Zuhausesein. Vom flaumigen, alles verwischenden Schleier der Haare.

Grell wie ein Blitz gellte das Klingelsignal. Das Licht flammte weiß und fahl. Decken flogen beiseite. Weiß und grau gestreifte Pyjamas plumpsten aus den Betten, die Tür wurde aufgerissen . . .

In das auflebende Hasten hinein sagte Austin: »Mach, was du willst — ich will hinaus!«

Das oberste Stockwerk seines Bettes bot Abel einen besonderen Vorteil — das Licht der Lampen traf es nur schräg, und überdies konnte es von unten nicht eingesehen werden. So hatte er Zeit, die Matratze zurechtzurücken, bevor er auf den Boden sprang, gerade als der Korporal die Tür aufstieß.

»Achtung!«

Er stand mit den anderen, dem Vorgesetzten zugewandt, die Füße aneinandergelegt, die Arme an die Seiten gepreßt. An den Unterarmen, knapp über den Handgelenken, um die die Ärmel des Pyjamaoberteils straff geschlossen waren, spürte er den Druck harten Metalls — die Zündvorrichtung der Pistole, die er dort eingeknöpft hatte. Sie verursachte ihm einen genußreichen Schmerz. Ihr Funken würde das tödliche Projektil aus dem Lauf jagen, in den massigen Körper des Majors hinein.

»Alarm! Marschausrüstung anlegen. In einer Minute ist alles draußen in den Gräben. Wegtreten!«

Fieberhaft zogen sie die Kleidung über, schnürten die Stiefel, warfen die Gürtel um.

»Schneller, ihr lahmen Hunde!«

Sie wanden sich in die Tornisterriemen, klappten die Helme auf die kahlen Schädel.

»Raus, wird's bald!«

Der Korporal stand in der Tür und musterte jeden, der gerade durchlief. Den letzten hielt er an. Es war Abel.

»Sie melden sich beim Mittagappell!«

»Jawohl, Herr Korporal!«

Einen Augenblick lang starrten die beiden Männer einander ins Gesicht, dann senkte Abel die Augen. Der Korporal gab ihn frei, und er hastete den anderen nach.

Am Himmel hing eine Dunstglocke, von der diffuses Licht ausging. Kalter Wind versprühte Nebeltropfen. Die mit Leuchtfarbe auf die Helme geschriebenen Registraturnummern der Soldaten irrlichterten, als sie ameisenhaft ihren Stellungen zustrebten. Der Übungsplatz war ein zerwühltes, zerstampftes Lehmfeld, kreuz und quer von Schützengräben durchschnitten. Nach Sekunden war das Getümmel vorüber; zehn schwarze Körper, die Sergeanten, waren übriggeblieben. Etwas abseits stand unbewegt eine elfte Gestalt — der Major. »Sturm! Auf, marsch, marsch!«

Sie quollen aus den Gräben, taumelten vorwärts.

»Tiefflieger von Süd!«

Sie warfen sich zur Erde, in den nassen Lehm, die Köpfe angezogen, für Bruchteile von Sekunden erschlafft, aber die Ellbogen schon sprungbereit aufgestützt . . .

»Auf, marsch, marsch!«

Der Lehm saugte sich an den Stiefeln fest, zerrte an den Sohlen und blieb in dicken Klumpen daran haften.

»In die Gräben, marsch, marsch!«

Sie glitten, kollerten, stürzten in die mannstiefen Einschnitte, an deren Boden das Wasser in kleinen Rinnsalen abfloß.

»Sturm! Auf, marsch, marsch!«

Die Gräben waren etwa halbmeterbreit, schwarze Schnitte in dem braunen Feld, das die Männer im taumelnden Lauf durchpflügten. Abel kannte das Bild; er brauchte nicht aus dem Graben zu sehen, in dem er zurückgeblieben war. Er lag unten am Grund, mitten im träge sickernden Wasser.

»Nieder! Eingraben!«

Die Kameraden draußen klappten die zusammenlegbaren Stiele ihrer Spaten auseinander und arretierten sie mit dem dazu vorgesehenen Querriegel. Im Liegen stießen sie die Schneiden in die weiche Erde, schaufelten die nassen Brocken nach vorn, öffneten Mulden, wühlten sich ein wie Erdgeschöpfe — in die feuchte Masse, von der sie sich nicht unterschieden, mit den dicken Krusten aus Lehm, die ihre Kleider wie Panzerschuppen überzogen.

Auch Abel wühlte in der Erde. Er kostete den Spaß aus, einem Befehl zu folgen und doch dagegen zu handeln. Er grub seitlich in die Grabenwand hinein, zwei Meter links von der Ecke, wo sein Grabenschnitt begann, kniehoch über dem Boden, dreißig Zentimeter tief, ein enges, flaches Loch. Eilig streifte er den Ärmel seiner Uniformjacke hoch und knöpfte den Pyjamaärmel auf.

»Sprung auf! Marsch, marsch!«

Mochten sie laufen! Abel zog die Zündvorrichtung aus dem Ärmel. In dem Plastiktütchen, das er bei der Pillenausgabe eingesteckt hatte, würde sie trocken bleiben. Er hatte es an einen Faden vom Rand seines Putzlappens angebunden.

»Kehrt, marsch, marsch!«

Sorgfältig schob er das Päckchen in die Höhlung und führte den Faden heraus, so daß etwa drei Zentimeter hervorsahen. Dann nahm er mit den bloßen Händen Lehm vom Boden auf und stopfte ihn in das Loch.

»Besetzt die Gräben, marsch, marsch!«

Abel verschmierte den Lehm an der Wand. Rasch sah er sich um. Die ersten Kameraden hopsten von oben in die Gräben — schwarze Bälle vor dem gelben Dunststrich des Himmels. Abel knöpfte den Pyjamaärmel zu und streifte den Jackenärmel darüber. Die Kameraden hockten geduckt im Graben, keuchend, mit eingezogenen Köpfen.

Niemand beobachtete ihn.

Niemandem war etwas aufgefallen.

»In die Gräben, marsch, marsch!«

Sie taumelten schwerfällig und langsam hinein.

»Sturm! Auf, marsch, marsch!«

Abel hetzte und sprang mit den anderen, eine Stunde lang, bis zur völligen Erschöpfung. Es war nicht mehr das beglückende Gefühl, seine Pflicht als Soldat zu tun, das ihn aufrecht hielt, sondern der Rausch des Erfolgs.

Die Schule war eine Baracke, in der sich nur ein Raum befand. Sein ganzes Mobiliar bestand aus einer Tafel und aus elf Bänken, zehn hintereinander im Mittelfeld des Raumes für die einfachen Soldaten, eine an der rechten Wand für Korporale. Den Unterricht hielt der Sergeant.

Fragen wurden nur den Insassen der ersten Bank gestellt. Die Sitzordnung wechselte so, daß sich vor jeder Unterrichtsstunde jede Reihe um eine Bank nach vorn verschob. Auf diese Art kamen alle nacheinander auf die erste Bank. Der Sergeant sagte: »Das Tragen einer Waffe ist eine Ehre und eine Verantwortung zugleich. Die Waffe ist nicht unser Eigentum; sie ist uns verliehen für unsere wichtigste Aufgabe, für den Angriff und die Verteidigung im großen Krieg, auf den wir alle unsere Gedanken richten müssen. Es ist daher unsere Pflicht, ständig mit der Waffe zu üben, um besser und besser in ihrem Gebrauch zu werden. Dazu dienen die Schießübungen. Ist das klar, Männer?«

Der Chor antwortete: »Ist klar, Herr Sergeant!«

»Weiter ist es unsere Pflicht, die Waffe zu pflegen, die uns anvertraut ist. Den Vorschriften gemäß haben wir sie jeden Tag zu reinigen. Um sie stets bereithalten zu können, müssen wir mit ihrer Funktion vertraut sein. Wir müssen alle ihre Teile kennen und sie im Schlaf auseinandernehmen und wieder zusammensetzen können. Welcher Teil der Pistole ist das, Soldat Daniel?«

Der Feldwebel ließ die Spitze des Zeigestocks auf die Tafel vorschnellen, wo sie mit einem leichten Knacken liegenblieb. Daniel sprang auf und nahm Haltung an. Er starrte auf die Zeichnung, die einen schematischen Schnitt durch eine Pistole wiedergab.

»Der Abzug, Herr Sergeant.«

»Und was ist das, Soldat Derek?«

Ein anderer Mann sprang auf.

»Die Zündvorrichtung.«

Die Stimme des Sergeanten schwoll drohend an: »Die Zündvorrichtung ...«

Das Gesicht Dereks arbeitete eine Sekunde lang in bedrohlicher Stille. Dann entspannte es sich. Die Worte sprudelten:

»Die Zündvorrichtung mit der Batterie.«

»Jawohl, die Zündvorrichtung mit der Batterie. Beide gelten als ein Teil. Beim Reinigen sind sie nicht auseinanderzunehmen. Merken Sie sich das, Soldat Derek!«

»Jawohl, Herr Sergeant!«

Der Zug Abels saß auf der letzten Bank — er war am Vortag an der Reihe gewesen.

Die Zündvorrichtung mit der Batterie! dachte Abel. Die Schrauben. Das Magazin. Er rückte ein wenig näher zu Austin und wartete einen Augenblick ab, als sie vorn wieder zu sprechen begannen. Ohne den Kopf zu verdrehen, flüsterte er: »Heute nachmittag ist Waffenreinigung.«

Austin antwortete nicht gleich. Aufmerksam sah er nach vorn. Dann sagte er leise: »Na und?«

»Heute hole ich mir das Magazin.«

»Mach, was du willst.«

»Ich habe nun die Zündvorrichtung mit der Batterie, die Feder und drei von den Schrauben. Im ganzen sind es fünf, aber zwei davon sind überflüssig. Mit ihnen wird der Griff befestigt — und ich brauche keinen Griff.«

»Warum erzählst du mir das?«

»Ich brauche keinen Griff und keinen Ausstoßhebel. Auch keinen Hahn; zum Zünden nehme ich den Zeigefinger.«

»Was geht das mich an?«

»Ich will dir zeigen, daß die Sache unumstößlich sicher ist. Willst du mir helfen?«

»Nein.«

Das Gespräch war von vielen Pausen unterbrochen. Manchmal schwiegen sie minutenlang.

»Du willst doch hinaus, oder nicht?« sagte Abel.

»Ja«, murmelte Austin widerwillig.

»Weißt du schon, wie?«

Austin gab keine Antwort.

»Ich weiß einen Weg«, sagte Abel.

Austin zuckte die Schultern.

Abel fuhr flüsternd fort:

»Ringsherum ist alles von Gebäuden umstellt. Man kann nirgends hinaussehen. Aber es gibt eine Tür . . .«

»Wo?« fragte Austin.

»Ich zeig sie dir, wenn du mir hilfst!«

»Du lügst!«

»Bist du sicher?«

»Ich werde sie selbst finden!«

»Das kann lange dauern.«

»Ich habe Zeit.«

Sie schwiegen wieder eine Weile. Die laute Stimme des Sergeanten dröhnte im Raum:

»Zum Reinigen der Pistole dient das Putzzeug. Es besteht aus einem Lappen, einer Rundbürste und einer Tube Reinigungspaste. Wozu verwenden Sie den Lappen, Soldat Donald?«

Abel rückte näher an Austin heran.

»Wenn ich nicht gewesen wäre, hättest du gar keine Möglichkeit, an draußen zu denken. Du wärst noch genauso stumpfsinnig wie die andern — von den Tabletten, mit denen wir den Gehorsam und das Vergessen schlucken. Ich habe dich befreit.«

»Ich habe dich nicht darum gebeten.«

Abel schwieg wieder einige Zeit hindurch. Dann sagte er: »Na schön. Du wirst mir trotzdem helfen, so oder so.«

Austin antwortete nichts darauf, und auch Abel sprach nicht mehr.

Phil fühlte sich wohl, wie es ihm Dr. Myer angekündigt hatte. Er fühlte sich gesunden. Tag für Tag merkte er, wie er Gewalt über die eine und die andere Muskelgruppe gewann. Dann kam die Stunde der großen Operation — er sank in eine lange Ohnmacht, und als er aufwachte, spürte er etwas, was er lange entbehrt hatte —: seinen eigenen Körper, das Zucken in den Muskeln, wenn er zu einer Bewegung ansetzte, obschon er seinen Oberkörper noch nicht bewegen konnte. Aber auch ohne eine wirkliche oder auch nur beabsichtigte Bewegung spürte er einfach das Vorhandensein seines vollständigen Selbst. Noch immer glitt der Kolben auf und ab, Herz und Lunge arbeiteten nicht, obwohl sie schon eingebettet lagen in den Brustkasten mit den Kunststoffrippen, in das Gewebe der Muskelstränge und Sehnen, ins Netz der Adern und Nerven. Noch immer blähte sich der rote Ball. Noch ragten neben dem Brustbein und aus der Magengrube transparente, elastische Schläuche und Platindrähte heraus, aber schon wuchsen die neuen Organe ein, legten sich zurecht, reagierten, lebten.

Phil Abelsen war zufrieden. Er achtete und bewunderte Dr. Myer als den Meister über sein Leben — mit einer Ergebenheit, in die sich nur manchmal ein kalter Hauch einer unbestimmten Angst mischte. Die Schwester Chris empfand er als Verheißung eines wundersamen Geschenks. Andere Menschen brauchte er nicht, und es zeigten sich auch keine. Er verbrachte seine Zeit zwischen Wachträumen und Schlaf. Er kam weder dazu, sich mit seiner Vergangenheit noch mit seiner Zukunft zu beschäftigen — er hatte nichts vergessen, aber er wollte über nichts nachdenken und schob jede Erinnerung weit von sich. Sein ermatteter Zustand half ihm dabei — jede kleinste Gefühlswallung ermüdete ihn ungemein. Bevor ein Gedanke die Oberfläche seines Bewußtseins kräuselte, war er schon eingeschlafen. Nur im Traum schien manches lebendig zu werden — aber sobald er aufwachte, war es ausgelöscht.

Sein ungewöhnlicher Zustand der Zufriedenheit und Interesselosigkeit hielt lange an. Es brauchte einen besonderen Anstoß, um jene Kräfte in ihm zu wecken, die den Willen anstacheln und das Tun auslösen: die Aufmerksamkeit, die Unzufriedenheit, das Mißtrauen, die stete wache Bereitschaft, zu entscheiden, auch gegen andere, sich zu entschließen, auch für Unangenehmes, einen Weg zu gehen, den andere nicht zu gehen bereit waren. Der Anstoß kam, als Dr. Myer den entscheidenden Eingriff an Phils Herz vornahm.

Dr. Myer kam zur festgesetzten Stunde.

»Wie geht's?« fragte er.

»Danke, Herr Doktor«, sagte Phil. Seine neue Lunge war noch nicht ans Blutsystem angeschlossen, aber die Atemtätigkeit funktionierte schon, wenn auch schwach und vorderhand nur zu dem einzigen Zweck, die Muskeln des Brustkorbs zu stärken. Aber es reichte zum kurzen, leisen Sprechen.

Der Arzt schob einen Drehschemel ans Schaltpult heran und beobachtete die Instrumente.

»Auf dem Leuchtschirm können Sie Ihre eigenen Körperfunktionen kontrollieren«, sagte er. »Diese Kurve zum Beispiel gibt Ihre Gehirnströme wieder. Sehen Sie das Ausschlagen der Zakken? Rechnen Sie schnell 17 mal 29 . . . Sehen Sie — Sie brauchen nicht mehr weiterzurechnen —, da ist schon die verstärkte Reaktion, die Ausschläge reichen fast dreimal so hoch wie vorher.« Er wandte sich einem anderen Instrument zu. »Das ist die Anzeige für die beförderte Blutmenge — ein einfacher Strömungszähler, wie man ihn auch bei den Tankstellen verwendet. Er ist an der Hauptleitung unserer Pumpe angeschlossen! Und hier wird dann das Elektrokardiogramm erscheinen.«

Er drückte ein Hebelchen hinunter, und ein schwaches grünes Leuchten huschte über die Scheibe. Dann erschien ein einzelner Punkt, hellte sich rasch auf, langsam zitternd, wobei er sich zu einem horizontalen Strich auseinanderzog.

Chris stand wieder im Hintergrund. Wie immer verschwand sie nahezu, wenn ihr Vorgesetzter im Raum war, doch jetzt fragte sie:

»Narkose, Herr Oberarzt?«

»Nein, wozu?« entgegnete er. Er griff nach Phils Oberkörper, der nun nicht mehr im Lösungsbad lag, und rollte zwei Drähte auf, die aus der Haut hervorliefen. Die Bananenstecker an ihren Enden stöpselte er in zwei Löcher an ein Elektroimpulsgerät: einen Schrittmacher. Der Arzt schob den Zeiger einer Schaltung auf 20 Mikrovolt und drückte dann einen an einem Kabel befestigten Knopf hinunter.

Etwas zuckte kurz in Phils Körper, dann war es wieder still.

»In Ordnung«, sagte Dr. Myer. Mit dem Fuß schob er den ›Schrittmacher‹ ein wenig vom Bett ab.

»Stellen Sie auf 30«, befahl er.

Chris verschob den Zeiger — 30 Mikrovolt.

Der Arzt drückte den Knopf kurz hinunter und hierauf in Sekundenabständen immer wieder. Er schaute nicht auf Phil, sondern auf die Leuchtscheibe, auf der der Strich bei jedem Niederdrücken zu zersprühen schien. Die Schläge hieben in Phils Brust hinein, wie die Schneide einer Axt. Dann hielt der Arzt inne. Der grüne Lichtstrich zitterte noch einmal, dann war er still.

»50 Mikrovolt«, sagte der Arzt.

Wieder drückte sein Finger im Takt auf den Knopf. Die Schläge wühlten in Phils Körper. Sein vormals ruhiger Atem ging in lautes

Keuchen über. Der Finger ließ los, und der grüne Strich fiel in sich zusammen.

»Ich muß es anders versuchen«, murmelte der Arzt. Laut fügte er hinzu:

»200 Mikrovolt!«

Chris drehte die Dezimaleinstellung und schob den Zeiger auf den zweiten Teilstrich zurück.

Der Finger fuhr hinunter.

Phil bäumte sich auf. Muskeln, die lange tot gewesen waren, erwachten, spannten sich im Krampf. Die Riemen, die ihn an das Bett fesselten, schnitten tief in seine Haut. Sein Atem flog. Der Finger hatte den Knopf schon losgelassen, aber in Phil zuckte und flimmerte es, es wand sich und schüttelte ihn . . . Dann fiel er zurück. Es war vorbei.

»Fast!« sagte der Arzt. »400 Mikrovolt.«

Chris verschob den Zeiger auf 4.

Der Finger drückte kurz, aber entschlossen.

Ein Blitz zuckte durch Phil. Etwas explodierte, ein Riese stieß um sich, dann lief etwas, ungestüm, wild, sich überschlagend, aber es lief und hielt nicht an, schlug zuerst dröhnend, dann dumpfer . . .

Phils Augen hingen an der Leuchtscheibe. Der Punkt durchlief eine Berg- und Talbahn, hüpfte zuerst über kleine Erhebungen, stieg dann über einen sich jäh aufbäumenden Hang, fiel jenseits des Gipfels wieder hinunter, sprang an seinen Ausgangspunkt zurück, begann seinen Weg von neuem. Es war sein Herz, das da schlug. Nun erst war es sein Herz.

Er lag tief erschöpft auf seinen Luftkissen, den Kopf zur Seite gedreht; Schweiß rann von seiner Stirn, die Umgebung verschwamm vor seinen Augen. Durch das verwaschene Grau und Beige lief eine Lichtschlange wie eine Leuchtreklame.

»Gut gelungen«, sagte die Stimme des Arztes. »Es schlägt! Geben Sie eine Spritze Revital! Lassen Sie ihn vorderhand nicht aus den Augen. Wenn der Herzschlag nachläßt, rufen Sie mich. Morgen sehe ich wieder nach ihm. Auf Wiedersehen!«

Phil spürte eine Hand an seiner Wange, dann flatterte der weiße Kittel durch die Schleier vor seinen Augen.

Der Arzt hatte das Zimmer verlassen.

Er hatte Phil wieder in Ordnung gebracht — er war tüchtig, tüchtig wie vielleicht kein zweiter. Dieser Mann hatte alles getan, um Phil wieder zu einem Menschen zu machen.

Trotzdem mochte ihn Phil nicht mehr. Mit einemmal wurde es ihm klar: Jetzt haßte er ihn.

7

Nun besaß Abel auch das Magazin. Wie die anderen Teile war es im Schützengraben versteckt, eingebacken in dem Lehm, sicher vor jeder Suchaktion. Hatte sie schon begonnen? An sechs Pistolen fehlten Teile — es mußte aufgefallen sein, doch Abel hatte kein Anzeichen dafür bemerkt. Ob sie einen Zusammenhang ahnten? Wahrscheinlich. Natürlich konnte einmal ein Pistolenteil verlorengehen, aber eine solche Häufung von Verlusten konnte niemand als Zufall ansehen. Das Gute daran war, daß sich keine Verbindung zu ihm herstellen ließ. Er hatte gut beobachtet: So wie die Waffenausgabe und -einnahme organisiert war, kamen die Pistolen jeden Tag in andere Züge und an andere Soldaten. Auf ihn fiel soviel Verdacht wie auf jeden anderen.

Abel lag wachend in seinem Bett und durchdachte seinen Plan wie schon so oft. Die Szenen liefen ab, als wären sie Wirklichkeit. In seinen Gedanken war der Major schon tot, ein Anflug von Befriedigung darüber hatte sich über sein Bewußtsein gelegt. Abel lag auf seinem harten Lager, die Querstangen, die die Matratze hielten, drückten sich bis zu seinem Rücken durch, aber er spürte sie nicht. Sein Körper badete in der wohligen Ruhe, er war noch von der Nachtübung erhitzt, die ihm das letzte abverlangt hatte, und schwebte in einem Bett aus Müdigkeit und Wärme. Nur sein Denken, vom Dienst kaum beansprucht und von keinem Betäubungsgift eingelullt, war hellwach und arbeitete.

Um ihn herum war das Atmen und Röcheln der Schlafenden wie in jeder Nacht, doch jetzt drang etwas durch diesen Mantel aus verwischten Geräuschen. Ein Laut, eine Erschütterung? Ein leises Beben lief durch die Streben seiner Bettstatt. Abel horchte angespannt, doch er bewegte sich nicht. Er hatte sich nicht getäuscht: Unter ihm rührte sich etwas. Er hörte einen dumpfen Laut . . . schleichende Schritte . . . das Knarren des Schranks. Vorsichtig wandte er den Kopf . . . blickte über den Rand seines Kissens. Es war das, was er erwartet hatte — Austin kleidete sich an. Immer wieder vergewisserte er sich, daß niemand erwacht war. Dann schlich er zur Tür . . . zog sie auf . . . schlüpfte hindurch. Der Türspalt schloß sich.

Abel fuhr aus dem Bett . . . lief zum Fenster. Zuerst sah er nichts. Dann bemerkte er Austin, der unschlüssig an der Tür stand. Abel lief zu seinem Schrank, streifte den Mantel über, packte die Schuhe und ging mit eiligen kleinen Schritten auf bloßen Füßen zur Tür.

Nun stand er im Gang mit den zehn Türen zu den Stuben dieser Baracke. Ein Blick durchs Fenster zeigte ihm Austin, der die Wand entlang in Richtung auf die Vorratsräume ging. Abel schlüpfte in die Schuhe, schnürte sie notdürftig zusammen und verließ das Gebäude. Eilig, aber leise folgte er Austin.

Er wunderte sich selbst über seinen und Austins Mut. Es mußte am Nachlassen der Giftwirkung liegen — noch am Tag zuvor hätte er es nicht gewagt, während der Ruhezeit das Bett oder gar die Unterkunft zu verlassen.

Austin überquerte laufend einen freien Platz und tauchte im Schatten des Nachbargebäudes unter. Abel wartete, bis er ihn weiterschleichen sah, dann hastete auch er über den Platz, gebückt, wie er es bei den Übungen gelernt hatte, und schlug dann dieselbe Richtung ein wie Austin. Abel dachte an die unzähligen Stunden der Ertüchtigung und des Sports — nun kam ihm das zugute, was er gelernt hatte. Sein Körper reagierte blitzschnell, weder Kälte noch Müdigkeit beeinträchtigten das Spiel der Muskeln. Der Wind drang unter den Mantel, aber das war nur Aufmunterung — er empfand ihn als angenehm.

Austin war bei einem Vorratsgebäude angekommen und machte sich an der Tür zu schaffen. Abel beobachtete seine Aktion von der nächsten Ecke aus mit Spannung. Dann glitt die Tür auf, Austin war eingetreten. Wieder lief Abel ihm schnell nach. Bevor er in die nur wenig aufgezogene Tür trat, blickte er umher und erschrak. Quer über das freie Feld vor dem Haus ging jemand in Mantel und Helm, aufrecht, mit ruhigen, sicheren Schritten. Er war noch weit, aber er kam geradewegs auf ihn zu.

Abel schob sich ins Innere, ohne ihn aus den Augen zu lassen: eine Wache! Hatte er nicht damit gerechnet? Er hatte nicht daran gedacht.

Aus dem Innern des Raumes kam ein Geräusch. Abel fuhr herum, aber er sah nichts — seine Augen hatten sich noch nicht an die Dunkelheit gewöhnt. Ein Arm legte sich von hinten um seine Brust, eine Hand packte seinen Hals, ein Knie bohrte sich in seinen Rücken . . . er verlor den Halt und kippte hintüber. Verzweifelt rang er nach Luft, ein Stöhnen quälte sich aus seiner Kehle.

»Warum spionierst du mir nach?« fragte Austin. »Hast du geglaubt, ich bemerke dich nicht?«

Abel wollte antworten, aber er brachte nur ein Ächzen heraus, das er sofort unterdrückte. Er wollte mit der Hand nach draußen weisen, aber es wurde ein hilfloses Rudern daraus, das Austin nicht verstehen konnte.

Der erste Schreck war vorbei. Abels Verstand arbeitete wieder. Vor Austin hatte er keine Angst, Austin war nicht stärker als er;

nur die Überraschung hatte ihm den ersten Vorteil geschenkt. Abel drehte den Kopf zur Seite, um seine Kehle zu schützen, und der Druck ließ etwas nach. Er brachte zwei Worte heraus. »Loslassen! Aufhören!«, aber Austin faßte nach und erstickte die Laute.

»Das möchtest du wohl, was?« spottete er.

Abel griff nach seiner Hand und rückte sie Zentimeter um Zentimeter von seinem Hals weg. Der Griff um seine Brust lockerte sich, aber der Druck des Knies schob ihn weiter hintüber. Ein starker Schmerz stach in seiner Wirbelsäule. Das alles regte ihn nicht weiter auf, aber das Bewußtsein, daß sich die Wache in jeder Sekunde um einen Meter näherte, brachte ihn der Verzweiflung nahe. Seine Beine waren frei, und er versuchte, mit dem rechten Fuß die Tür zu erreichen, aber beim Ringen hatten sie sich um etwa einen Meter von ihr entfernt. So tauchte er sich und den andern, der an ihm hing, zur Tür, und endlich konnte er sie mit der Fußspitze berühren. Er nahm alle Kraft zusammen, um zu verhindern, daß sich die Bewegungen Austins auf sein Bein übertrugen. Dann drückte er die Tür langsam und ohne Lärm, aber fest zu. Das Schloß schnappte.

Jetzt erst richtete sich seine Wut gegen den anderen. Er hob das Bein hoch über den Körper und traf den Kopf Austins schwer. Sofort öffnete sich dessen Griff, Abel schlüpfte heraus und drehte sich um, bereit, noch einmal zuzuschlagen. Draußen knirschten Schritte ...

Austin machte eben eine schwache Bewegung auf Abel zu, da traf ihn ein rechter Haken. Austin kippte aus seiner sitzenden Stellung zu Boden.

Die Schritte waren vor der Tür ...

Abel packte den Kameraden am Kragen ... geduckt lief er ein paar Schritte in den Raum hinein und schleifte ihn hinter sich her, in den Schatten eines Regals. Er selbst warf sich daneben, keine Sekunde zu früh ...

Die Tür ging auf, ein Stück schwärzlichgrauen Himmels wurde sichtbar ... eine Silhouette erschien ... der Strahl eines Scheinwerfers tastete durch den Raum, erfaßte einen Packen aufgeschichteter, zusammengelegter Hemden, eine Kiste Helme, aneinandergereihte Dosen, Tornister, Gürtel, Stiefel. Er streifte das Regal, hinter dem sich die Männer verborgen hielten, klebte an den mit Tarnbemalung versehenen Leinwanddreiecken der Zweimannzelte, die wie Häute zum Trocknen an Schnüren hingen, traf die Scheibe eines an der Seitenwand lehnenden Fensterrahmens, von dem ein reflektierter Strahl auf den Fußboden sprang ... Das Licht erlosch. Die Silhouette verschwand. Mit einem dumpfen Laut schloß sich die Tür. Abel und Austin blieben noch eine Minute liegen. Dann ging Abel zum Fenster und sah hinaus. Der Mann entfernte sich mit abgezirkelten, festen Schritten ...

Abel drehte sich um. Austin hatte sich aufgerichtet. Er massierte sein Kinn.

»Du Narr«, sagte Abel. »Du verdammter Narr.«

»Warum spionierst du mir nach?« fragte Austin.

»Willst du mir vorschreiben, was ich zu tun habe?« fragte Abel zurück.

Austin machte eine unbestimmte Bewegung mit der Hand.

»Mach, was du willst«, sagte er, »aber laß mich in Ruhe.«

Er wandte sich ab und trat an die Wand. Langsam wanderte er an ihr vorbei.

»Du suchst wohl die Tür!« sagte Abel.

Austin ließ sich nicht stören. Er suchte weiter. Um die Vorräte kümmerte er sich nicht. Ihn interessierte nur die Wand — die Rückwand, die Schranke zur Außenwelt. Es war finster im Raum, und er mußte die Finger zu Hilfe nehmen, um jede Ritze abzutasten.

Abel beobachtete ihn nebenher. Seine Aufmerksamkeit galt den Vorräten. Es war nichts da, was er hätte brauchen können — keine Waffen, keine Munition. Nun, er war nicht darauf angewiesen. Es hätte ihm Mühe erspart, seinen Weg verkürzt, aber er war fast froh, daß es nicht zu einfach war. Hier gab es keine Waffen. Und das Waffenmagazin brauchte er nicht zu untersuchen. Es stand frei, mitten auf einem Exerzierplatz — und es hatte keine Tür. Die Waffenausgabe erfolgte automatisch, ausgelöst durch die Siegelringe der Korporale.

Abel stieß auf ein Wandbrett mit Taschenlampen. Er nahm zwei davon; eine steckte er ein und eine reichte er Austin, der sie nach kurzem Zögern annahm.

Die Rückwand wies keine Tür auf. Da es auch keine Verbindung zum Nebengebäude gab, traten sie vor die Baracke und versuchten, die Tür zum Maschinenhaus zu öffnen. Auch sie bot keinen Widerstand.

Ein leises Surren zitterte in der Luft; sie roch schwach nach Ozon. Das Licht ihrer Taschenlampen, gedämpft durch die vorgehaltenen Finger, blieb am einzigen hängen, das auf den ersten Blick als bewegt zu erkennen war — schwere Kolben, die wie geschmeidige Gliedmaßen vor- und zurückstießen. Das große Schwungrad, von dem das Surren ausging, schien dagegen stillzustehen — ein spiegelnder, glatter Metallklotz. Nur eine Schraube lief daran rundum.

Austin trat sofort an die Rückwand. Abel sah sich aufmerksam um.

»Hier könntest du Glück haben«, sagte er. »Dieses Gebäude hat dieselbe Vorderfront wie das Vorratshaus, aber sein Innenraum ist schmaler. Hinten muß noch ein Raum sein.«

Austin sah ihn von der Seite an.

»Wozu interessiert dich das?«

»Nur so«, antwortete Abel. Er trat an eine große Schaltwand und versuchte sich zurechtzufinden. Mit Leuchtfarbe bestrichene Zeiger standen unter Glas über den Skalen. Darunter lag eine lange Reihe von Hebeln, durch Schaltzeichen untereinander und mit den Skalen verbunden.

Stirnrunzelnd stand Abel vor den Schaltern, wie vor einem Instrument, das man früher einmal flüchtig gekannt hat und dessen Beherrschung man sich jetzt nicht mehr recht zutraut. Das hier war ein Instrument der Macht. Richtig benützt, müßte es ihm die Herrschaft über das ganze Gelände und die Menschen darin schenken. Rauschhaft stieg dieser Gedanke in ihm auf. Er fühlte sich versucht, die Schalter zu drehen, die Hebel herumzureißen, und dann ... aber er unterdrückte diese wahnwitzige Idee. Bevor er sich über die Bedeutung nicht klar war ...

Er konzentrierte sich auf die Zeichnung. Hier — das konnte das Schema der Lichtleitungen sein: der Kreis mit der Wellenlinie die Spannungsquelle, die Striche die Leitungen ... Ja, nun konnte er den Schaltplan des Lichtes durchschauen. Es war gewissermaßen ein Abbild der Kasernenanlage selbst. Mit einem bitteren Lächeln stellte er fest, daß nirgends eine Linie nach außen führte. Es gab kein ›Außen‹, das war wieder ein Beweis dafür, aber er teilte es Austin nicht mit.

Das Licht konnte Abel wenig nützen. Vielleicht ließ sich der Sender lahmlegen? Er suchte nach den Schaltzeichen, und er fand sie. Es juckte ihm in den Fingern, mit einem Griff das ganze Nachrichtenwesen der kleinen Gemeinschaft lahmzulegen — er wußte, wie wichtig das System der Fernsprechanlagen und Sender für das Funktionieren einer organisierten Gruppe ist —, aber er unterdrückte auch diesen Wunsch. Statt dessen wandte er sich einer Serie von Hebeln zu, die neben jenen der Sendeschaltung aus der Kunststoffwand ragten. Lange studierte er den Schaltplan, aber der Zusammenhang erschloß sich ihm nicht. Nur einzelne Zeichen waren ihm klar: die Ziffern 1 bis 12, Stromverzweigungen, Potentiale, und dazwischen eine Windrose. Endlich legte er die Hand an einen Knopfschalter und drehte ein wenig daran. Er sah sich um, er wußte nicht, was geschehen würde, aber er mußte es bemerken, bevor es schaden konnte ... Und wirklich: Irgend etwas hatte sich verändert, aber er erkannte nicht, was. Er spürte, wie aufgeregt er war. Etwas Bedrohliches war erwacht. Gehetzt blickte er um sich, dann richteten sich seine Augen auf eine Anzeige-Nadel, derer sich eine leichte Unruhe bemächtigt hatte; sie pendelte in einem Anschlagbereich von wenigen Graden über eine Skala — das war alles. Er zwang sich, über sich selbst zu lachen. Behutsam drehte er den Knopf noch ein wenig, und noch um ein Stück. Wieder rührte sich nichts . . . dann klirrte plötzlich das Fenster, und jetzt wußte er auch, was sich ereignet hatte, ohne daß es bis in sein Bewußtsein gedrungen war: Der Wind hatte sich verstärkt. Wieder lachte er über seine Nervosität, aber das Lachen lag plötzlich wie ein Klumpen in seinem Hals. Er starrte auf seine Hand, die noch immer auf dem Regelknopf lag. Der Verdacht eines ungeheuren Zusammenhangs war in ihm aufgestiegen. Er drehte den Knopf wieder in die Ausgangsposition zurück . . . lauschte. Das Fenster klirrte noch, aber nicht mehr so stark, und bald wurde es wieder ganz still; es war keine Täuschung.

Abels Hand zitterte. Wind und Sturm, dachte er. Die Windrose. Regen, Schnee. Hitze, Kälte. Licht und Dunkel. Wieder peitschte ihn ein Gedanke: Wußten die Korporäle, die Wache schoben . . .?

Er hastete zum Fenster, sah hindurch. Nein, der Wachtposten hätte längst hier sein müssen. Sie wußten nichts. Für sie war Wind Wind und Regen Regen. Auch sie fraßen die Tabletten. Gut so. Wahrscheinlich wußte es nur einer: der Major. Und er: Abel!

Am oberen Rand der Schalttafel war eine Uhr in die Kunststofffläche eingesenkt. Der Stundenzeiger wies auf die Drei. Es war noch nicht spät, die Nachtübung hatte diesmal recht früh stattgefunden.

Abel blickte sich nach Austin um. Er ging zum Hintergrund des Raumes, dorthin, wo er ihn zuletzt hantieren gehört hatte. Aus einer spaltweit geöffneten Schiebetür fiel ein matter Lichtstreif über den Boden. Es war eine schwere Metalltür. Sie ließ sich mit Hebeln sichern, doch diese waren jetzt auf die Seite gelegt. Abel betrat einen Korridor. Notlampen spendeten trübes Licht, das ihn aber, der aus dem Dunkel kam, trotzdem die Augen schließen ließ. Er öffnete sie rasch wieder, Austin war nicht hier. Die Lampen liefen als schimmernde Perlenkette in die Tiefe des Ganges. Viele Türen lagen in der Wand. Alle, außer jener, durch die sie gekommen waren, waren verschlossen, und alle führten nach innen. Die Außenwand war leer, eine grauweiße Betonwand, roh gemauert, mit Tausenden feiner, glitzernder Tröpfchen Kondenswasser überzogen.

Austin mußte hinter einer Ecke verschwunden sein. Abel ging in den Gang hinein. Bei jeder Tür blieb er stehen und lauschte. Er hörte nichts. Die Türen waren unwahrscheinlich dick. Durch miteinander zusammenhängende, an Achsen drehbare Hebel waren sie verschlossen, aber diese Maßnahme konnte nicht der Sicherung gegen Menschen dienen, denn keine Sperre verhinderte es, sie zu öffnen. Abel neigte zur Annahme, daß sie auch von innen nicht gesichert wären — genausowenig wie die Tür, die sie benützt hatten. Gegen Menschen war keine Sicherung nötig. Abel dachte an die schwarzen Pillen — sie waren eine viel wirksamere Sperre. Wieder kam er an eine Tür — eine Tür mit geöffneten Hebeln! Sie war zugezogen, aber sie bewegte sich ohne Geräusch auf Rollen seitwärts, als Abel an einem Bügel anschob.

Abels Hand verkrampfte sich am Bügelgriff. Drinnen war das helle Licht, und in dem Schein stand jemand, der ihm den Rücken zuwandte. Langes blondes Haar fiel über einen schmalen Rücken, der von einem roten Pullover bedeckt war. Ein enger blauer Rock spannte sich über runde Hüften. Er gab von rötlichbraunen Nylons bedeckte Waden frei. Die Füße steckten in blauglänzenden hochhackigen Pumps.

Eine helle Stimme sagte: »... einen Garten, Heckenrosen, Rehe ... Tannen, ein See. Brombeeren, der Geruch von Heu ... Efeu an der Mauer. Die Sonne ... ja, vor allem: die echte Sonne ...«

Das Mädchen stand an einer chromblitzenden Maschine. Direkt vor ihr waren einige blockartige Kästen aufgebaut. Relais klickten, ein Lochstreifen lief.

»... eine Wiese, Zittergras, Moos. Wärme ... das Rauschen eines Brunnens. Und die Sonne ...«

Die Relais klickten, der Lochstreifen lief. Dann war es zwei Sekunden lang still. Nichts bewegte sich. Das Mädchen wartete regungslos ... Schließlich heulte die Maschine kurz auf. Eine Klappe öffnete sich. Das Mädchen streckte die Hand aus. Aus einer Rinne glitt ein Plastiktütchen heraus. Die Finger griffen zu, die andere Hand zerrte den Rock hinauf ... entblößte die Schenkel bis zu den Spangen des Strumpfbandgürtels ... das Tütchen verschwand unter dem Strumpf, der Rock wurde wieder hinabgezerrt ... die Hände strichen die Falten glatt.

Ruckartig hob das Mädchen den Kopf und lauschte. Dann flog sie auf die Tür zu ... riß sie auf ... Abel legte seine Hand auf den rotgeschminkten Mund und erstickte den Schrei. Er hielt das Mädchen eisern fest und zog die Tür wieder bis auf einen Spalt zu.

Zum erstenmal sah er in das Gesicht einer Frau. Es war eine Frau. Es war ein blasses, verhärmtes Gesicht, von Falten durchstrichelt. Die Augen blickten weitaufgerissen auf Abel. An den Lidern saßen lange, gebogene Wimpern. Die Pupillen waren braun. In Abel fluteten Erinnerungen auf. Er preßte die Frau an sich, spürte ihre Wärme, den Duft ihrer Haare ... er drückte sein Gesicht an die blonde, weiche, seidige Masse ...

Er zuckte zurück, als sie ihn in den Finger biß. Er hielt das Gesicht ernüchtert von sich ab ... der Ausdruck ihrer Augen war anders, als er erwartet hatte. Kein Ärger — eher Entsetzen. Dieses Entsetzen kam aus dem anderen Raum ... ihre Augen hingen am Türspalt. Auch Abel blickte hindurch: Vor ihm stand der Major, keine Armlänge von ihm entfernt, und blickte ihn an. Abel stand zu Eis erstarrt. Der Major streckte die Hand aus ... sie geriet aus dem Blickfeld ... die Tür schloß sich. Der Hebel bewegte sich. Es waren Hebel, die man von innen und außen bewegen konnte. Der Major hatte die Tür geschlossen.

Abels Hand sank vom Mund der Frau hinunter. Das Lippenstiftrot auf ihren Wangen war verschmiert.

»Laß mich los«, forderte sie.

Abel gehorchte. Sie wandte sich um und ging davon. Abel zögerte einen Moment, dann lief er ihr nach. Sie hörte Schritte und drehte sich um.

»Rühr mich nicht an!« sagte sie.

Er lief neben ihr her.

»Was machst du überhaupt hier?« fragte sie. Sie erholte sich allmählich von ihrem Schreck. »Wie kommst du her?« Ihre Stimme klang tief und rauh. Sie blieb stehen und sah Abel an.

»Du hast dich selbständig gemacht, Kleiner! Gib es auf, es nützt dir nichts.«

Abel konnte den Blick nicht von ihren Augen lösen.

Vor diesem Blick wurde sie mißtrauisch. »Was starrst du mich so an? Warst du vielleicht schon einmal bei mir?«

Abel sagte noch immer nichts. Sie tätschelte seine Wange und sagte:

»Bist ein netter Junge. Schade um dich. Sie machen dich fertig.«

Sie wandte sich zu einer Tür und zog sie auf. Abel blickte in einen Raum voller Rohrleitungen. Sie trat ein, und als er ihr folgen wollte, sagte sie:

»Du mußt hierbleiben!«

»Warten Sie!« bat Abel.

»Es geht nicht. Es wäre sowieso fast schiefgegangen, heute. Hab keine Angst, ich zeig dich nicht an. Vergiß mich!«

Sie verschwand in der Tür und zog sie hinter sich zu.

Abel blieb kurze Zeit unschlüssig vor der Tür stehen. Dann schüttelte er die Überraschung von sich ab und zwang seine Gedanken in ruhige Bahnen. Er hatte einen von den ›Engeln‹ getroffen — doch was bedeutete das schon! Es bedeutete nichts in seinem Plan. Aber trotzdem hatte er gewonnen: Das letzte Steinchen war in sein Mosaik eingefügt: Er wußte, wie er an den Major herankommen konnte. Er hatte sich oft ausgemalt, wie er es tun würde — daß er während der Befehlsausgabe aus den Reihen stürmte und ihn mit Kugeln durchlöcherte, daß er während des Vorbeimarsches aus den paradierenden Reihen heraus feuerte, oder bei einer Nachtübung an ihn heranschlich, bis er ihm die Pistole in den Rücken setzen konnte. Alles das war nicht so sicher, und, vor allem, es ließ dem Major zu wenig Zeit. Denn das war wichtig: Er mußte es begreifen, bevor er starb, mußte begreifen, daß ein anderer stärker war, daß nicht alles geschah, was er wollte, daß seine ganze wunderbare Welt aus Soldatentum wie ein Kartenhaus in sich zusammenstürzte.

Abel hielt nichts mehr in diesen Mauern. Am liebsten wäre er auf dem schnellsten Weg zurückgekehrt: in die Unterkunft, in die Sicherheit des Anonymen, der Masse. Sein Plan durfte durch keinen überflüssigen Schritt gefährdet werden.

Aber da war ja noch dieser Narr, Austin. Er fragte sich, wozu er ihn eigentlich brauchte; es war doch alles so geplant, daß er es allein tun konnte! Vielleicht hatte er den andern von Anfang an nur als wissenden Zeugen seiner Tat vorgesehen — er war der einzige, der das Ungeheure daran begreifen mochte. Aber er konnte im letzten Moment alles gefährden! Abel machte sich auf die Suche. Er lief durch den Korridor, bog um zwei Ecken, und da war es, was er niemals erwartet hätte: An der Außenwand war eine Klappe offen.

Auf allen vieren kroch er durch. Hier gab es keine Notbeleuchtung, er drehte die Taschenlampe wieder auf. Der Raum, den er betreten hatte, sah aus wie eine Höhle. Einige Schritte ging es waagrecht weiter, dann kamen Stufen — Stufen, die hinaufführten! Von vorn hörte er Geräusche. Es rollte dumpf. Er rief:

»Austin!«

Der Lichtkegel seiner Taschenlampe tanzte vor ihm her, hüpfte über die steilen und rohbehauenen Steinstufen, die stetig hinaufführten ... Er mußte längst die Höhe eines fünfstöckigen Gebäudes erreicht haben — obwohl es in unmittelbarer Nähe des Kasernenfeldes sicher kein fünfstöckiges Gebäude gab. Aber er wunderte sich über nichts mehr. Sein einziger Wunsch war, Austin zurückzuholen.

Er fand ihn nach wenigen Schritten. Hier waren die Stufen zu Ende. Am Boden lagen Schutt und größere Gesteinstrümmer. Von Austin waren nur die Füße zu sehen. Er steckte zwischen Blöcken, war hineingekrochen in einen Berg von ineinandergekeiltem Gestein, das den Raum nach vorn und nach oben abschloß. Es rollte und polterte im Innern, Austins Beine erschienen, dann sein Körper — die Hände schoben einen kleinen Wall Steine heraus. Dann tauchten sie wieder unter.

»Hallo, Austin!« rief Abel und zerrte an den Beinen des Gefährten.

Wieder kam der Teil von Austins Körper, der noch im Freien lag, in Bewegung, wand und drehte sich. Langsam schob er sich aus dem Loch.

Austins Gesicht war von Schweiß und Dreck verklebt, aber er strahlte. Der Mund zuckte.

»Ich hab's gefunden! Hier muß der Ausgang sein!«

»Es ist spät«, sagte Abel. »Höchste Zeit, daß wir verschwinden!«

»Aber es geht hier hinaus, verstehst du denn nicht? Schau doch selbst — dort drinnen ist eine Tür!«

Abel sah zweifelnd zur Öffnung. Er leuchtete mit der Taschenlampe hinein, konnte aber nichts erkennen.

»Wenn du dich nach vorne schiebst, siehst du es!« drängte Austin.

Abel streckte die Hand mit der Taschenlampe aus und schob sich auf dem Bauch einwärts. Über seinem Kopf lagen lockere Felsstücke. Bei jeder Bewegung rieselte Sand aus den Ritzen.

Schließlich sah er, was Austin gemeint hatte: Dort vorn, etwas über ihm blinkte eine glatte Fläche, und daraus ragte ein kreisförmiger Metallgriff, wie er bei Unterseeboten gebraucht wurde.

Abel schob sich zurück. Austin packte ihn am Arm. »Hast du es gesehen?«

»Vielleicht ist es bloß ein eingekeiltes Metallstück. Vielleicht hast du auch recht. Ich weiß es nicht. Jedenfalls mußt du lange arbeiten, bis du diesen Schuttberg beseitigt hast. Es sieht aus, als wäre der Ausgang zugesprengt. Kommst du mit?«

Auf Austins Gesicht erlosch die Begeisterung.

»Du hast recht«, sagte er verbissen. »Gehen wir. Aber ich komme wieder!«

Kurz nach vier kamen sie in ihrer Unterkunft an.

Als Abel wieder unter der Decke lag, zitterte das Abenteuer der letzten Stunde noch in ihm, aber nicht wie etwas tatsächlich Erlebtes — sondern eher wie ein Traum. Bald übermannte ihn der Schlaf, doch die Gedanken blieben wach, unablässig liefen Szenen ab wie in einem Theaterstück, die Wache ließ den Scheinwerfer kreisen, das Licht streifte ihn ... Wo es ihn berührt hatte, blieb ein verkohlter Fleck zurück; das Mädchen lag in seinen Armen ... dann hielt er nur mehr ein Bündel Kleider, über die gelbe Haare zu Boden rieselten; der Major trat auf ihn zu, ein riesengroßer Major, der die Hand mit einer Injektionsspritze nach ihm ausstreckte und sagte: »Draußen ist nichts, nur der Abgrund. Und jetzt lasse ich dich fallen!«

Das Klingelzeichen ertönte. In automatischer Reaktion sprang er aus dem Bett, zog die Turnhose an und lief mit den anderen in den Waschraum. In seinem Kopf hinter den Augen pochte ein dumpfer Schmerz, doch als das kalte Wasser an seinen Körper schlug, ließ er etwas nach. Er bemühte sich um klares Denken, keine Sekunde wollte er nachgeben und sich gehenlassen, stets mußte er sich auf seinen Plan konzentrieren. Und auch jetzt stand ihm wieder eine Aufgabe bevor, keine schwere, aber trotzdem eine wichtige — wie jede in dieser Kette von Handlungen, die klar auf ein einziges Ziel gerichtet waren.

Das Innere des Waschraumes bestand aus einem Raum, der durch brusthohe Kunststoffwände mehrfach unterteilt war. Im Hintergrund lagen die Toiletten, den Mittelteil bildete die pferchartig abgeschlossene Duschanlage, vorn waren Wasserhähne und Schüsseln in vier langen Reihen angeordnet; zwei von ihnen an den Außenwänden, zwei diesseits und jenseits einer der niedrigen Zwischenbarrieren. Der Boden war von Abflußlöchern durchbohrt und trotzdem mit Pfützen bedeckt.

Jeder Mann besaß ein Handtuch und ein Stück Seife. Die Handtücher wurden jede Woche einmal gegen gereinigte ausgetauscht. Seife konnte jeder beim Mittagsappell anfordern, wenn sie verbraucht war. Die Korporäle notierten die ausgegebene Stückzahl und die Empfänger.

Abel brauchte ein Stück Seife, oder richtiger gesagt, er brauchte ein zweites Stück. Ein völlig ungebrauchtes — er hatte es erst gestern bekommen — lag schon im Spind, in einem Stiefel versteckt.

Er stand mit vielen anderen Unbekannten in einer Reihe; absichtlich hatte er seinen Platz nicht zwischen den Stubenkameraden eingenommen. Der Mann neben ihm benützte ein neues Stück Seife, und das war der Grund, weshalb er sich neben ihn gestellt hatte.

»Mehr Beeilung, ihr müden Krieger!«

Die Schreie der Korporäle stießen ins Wassergeplätscher, in die stickige, feuchte, tropfendurchsprühte Luft. Abel hatte das Reststückchen verschmiert, in einer dünnen, glänzenden Schicht aufgetragen, die das matte Innere verbarg.

Er mußte den richtigen Moment abwarten, und den hielt er jetzt für gekommen. Sein Nachbar schien mit dem Waschen fertig zu sein und steckte nun Kopf und Nacken unter den Wasserstrahl, um den Schaum abzuspülen. Seine Seife lag am Rand des Beckens.

Abel legte sein präpariertes Stück daneben und nahm das gute des Nebenmannes. Verstohlen blickte er umher ... niemand hatte etwas von dem Tausch bemerkt. Er drehte sich um und rannte davon, in die Unterkunft zurück.

Er lag lange mit geschlossenen Augen still und horchte auf das Pochen in seiner Brust. Von diesem Zentrum aus fluteten Wellen durch seinen Körper, als wäre es ein Sender, der eine Botschaft ausschickt, die Botschaft, die hieß: erwache, erwache, erwache ... Sie wirkte seltsam belebend, aufmunternd, drängend. Er dachte an die Gefühlswerte, die dem Herzen von alters her verhaftet sind, an Freundschaft, Zuneigung, Liebe — Ungereimtheiten, wenn man sich erinnerte, was es wirklich war, ein Muskel, und welche Aufgabe er erfüllte: die einer Pumpe. Und doch war ihm, als strömten mit den ersten Schlägen Empfindungen in ihn ein, gute und auch schlechte, aber vor allem solche eines lebendigen Wesens.

Obwohl er die Augen geschlossen hielt, spürte er die Nähe von Chris. »Wann werde ich wieder gehen können?« fragte er.

»Die ersten Schritte ... in zwei, drei Wochen vielleicht.«

Zwei, drei Wochen waren lange. Diese Wochen, die ihm bevorstanden, kamen ihm viel länger vor als die Monate, die er hier schon verbracht hatte. Plötzlich glaubte er, nicht mehr so lange warten zu können. Auch die Ungeduld hatte sich seiner bemächtigt. Es war fast so etwas wie Abscheu, das er fühlte, als er die präzise arbeitende, seelenlose Apparatur anschaute, an die er gekettet war — den hin- und hergleitenden Kolben, den abwechselnd prallen und schlaffen Ball.

»Wozu arbeitet das noch?« fragte er. »Ich kann atmen, und mein Herz schlägt.«

»Gewiß, das Herz schlägt, und es wird bald alles in Ordnung kommen. Aber das Herz hat noch nicht Kraft genug, um das Blut allein durch die Adern zu pumpen, die Herz-Lungen-Maschine muß noch helfen.«

»Es ist doch ein kräftiges Herz, und es schlägt«, sagte Phil eigensinnig.

»Vielleicht wäre es schon stark genug, aber wir dürfen nichts riskieren. In einigen Tagen werden wir die Maschine einmal ausschalten, und an den folgenden Tagen längere Zeit — bis wir sie nicht mehr brauchen. Dann werden Sie sich aufsetzen können, und später werden Sie wieder gehen lernen.«

»Wieso gehen lernen? Meinen Beinen ist doch nichts geschehen!«

»Die Muskeln sind nicht gerade gut in Form. Sie haben zu lange geruht.«

Phil dachte einige Zeit nach. Dann sagte er: »Wie ist die Situation — ich meine draußen. Wie steht der Krieg? Oder«, er hatte einen frappierenden Einfall: »Ist er zu Ende?«

»Er ist zu Ende«, antwortete Chris leise.

»Wer hat gewonnen? So sprechen Sie doch schon!«

»Wer soll gewonnen haben — bei einem solchen Krieg? Niemand hat gewonnen.«

»Was ist geschehen?« fragte Phil. »Ist das ein Militärlazarett? Wo sind die anderen Patienten?«

»Die meisten sind längst geheilt, nur noch vier befinden sich in Behandlung. Einer davon wird morgen«, sie zögerte, als suche sie nach einem passenden Wort, »entlassen.«

»Aber wo sind wir?« rief Phil. Er hatte die Augen längst wieder geöffnet und versuchte krampfhaft, sich aufzurichten, um Chris zu sehen . . . da saß sie, an der Wand an seiner Fußseite, in einem mit schwarzem Kunststoff bespannten Stahlrohrsessel. Jetzt sprang sie auf und lief zu ihm. Mit sanfter Gewalt drückte sie ihn in die Kissen zurück.

»Nicht aufregen! Es ist doch alles in Ordnung! So beruhigen Sie sich doch!«

Phil war zu schwach, um ernsthaften Widerstand leisten zu können. Er mußte sich fügen, aber seine Gedanken arbeiteten. In den vergangenen Tagen hatte er gelegentlich Fragen gestellt, aber nur nebenher und ohne Erwartung, ja — selbst ohne den echten Wunsch, Antwort zu erhalten. Nun verstand er das nicht mehr. Wie hatte er sich zufriedengeben können?

»Sie haben mir versprochen, Chris . . .«, erinnerte er. »Sie wollten mir alles erzählen.«

»Ich habe es versprochen, aber ich habe nicht gesagt, wann ich es tun werde. Verstehen Sie doch — jetzt, nach diesen Belastungen —, das wäre der ungünstigste Zeitpunkt. Sobald Sie sich etwas erholt haben, werde ich mein Wort halten.«

»Nun ja, Sie können mit mir tun, was Sie wollen«, sagte Phil. »Gut. Ich frage nicht mehr. Ich brauche Sie jetzt nicht mehr, Schwester. Sie können mich allein lassen.«

Chris sah ihn mit großen Augen an. Er blickte gleichgültig zur Decke hinauf.

»Ich bleibe hier, solange es nötig ist«, sagte Chris, und dann ging sie nach hinten, zu ihrem Stuhl. Phil hörte, wie sie nervös darin wippte. Er hatte sie verletzt, und das freute ihn. In diesen Minuten war er verbittert, verbittert gegen alle anderen. Die anderen — das waren Dr. Myer und Chris, die ihn wie ein Möbelstück behandelten.

Er schloß die Augen und beruhigte sich langsam. Nach einer Weile sagte er: »Es war nicht so gemeint, Chris!«

»Ist schon gut«, sagte sie.

In diesen Tagen, während er sich langsam wieder zu einem willensbefähigten Wesen entwickelte, kam ihm seine Schwäche besonders unerträglich vor, obwohl sie sich fast mit jeder Stunde um ein winziges gab. Er spürte es deutlich und wohltuend, wie er seine

Muskeln zu beherrschen lernte. Systematisch arbeitete er an sich. Riemen hielten ihn an seinem Bett fest und ließen ihm wenig Bewegungsfreiheit, aber es genügte ihm, sich gegen sie zu stemmen und zu merken, wie er sie allmählich straffen und lockern konnte. Er arbeitete stumm und verbissen, und er ließ weder die Schwester noch den Arzt etwas davon merken. Es gab keinen triftigen Grund zum Heimlichtun, aber ein ihm eigener Charakterzug ließ es einfach nicht zu — vielleicht war es bloß der Wunsch, etwas für sich allein zu haben.

Vier Tage, nachdem sein Herz zu schlagen begonnen hatte, glückte es ihm, den rechten Arm aus der Schlinge zu ziehen, die sein Handgelenk festhielt.

Einen Tag danach konnte er sich so weit nach links schieben, um die rechte Hand durch Abwinkeln des Arms an den Riemen heranzubringen, der seinen Oberarm umschloß. Er fingerte lange daran herum, um ihn zu öffnen, und brauchte noch länger, um ihn wieder zu schließen. Er schloß ihn so, daß niemand etwas von seinen Versuchen merken konnte.

Wieder einen Tag später gelang es ihm, sich so weit aufzustemmen, daß er mit der rechten Hand die Riemen des linken Arms berührte. Er löste sie vorsichtig und übte nun Beugen und Strecken mit beiden Armen.

Vier Tage danach hatte er auch den Gurt gelöst, der seine Brust umschlang, und er richtete seinen Oberkörper zwei Zentimeter hoch auf.

Die neu erworbene Bewegungsfreiheit erlaubte es ihm, sein Zimmer genauer zu studieren. Er kannte bald jede Einzelheit, wußte, daß ein Videofon hinter seinem Kopf an der Wand montiert war, daß darüber zwei Reihen Leuchtstoffröhren saßen, daß mehrere medizinische Geräte, deren Zweck er nicht erriet, zu seinen Füßen an der Wand standen, und daneben ein Schrank mit Glaswänden, in deren Fächern silbern glänzende Geräte und Flaschen standen. Zu seinem Bedauern gab es kein Fenster. Er hatte keine Möglichkeit festzustellen, wo er war. Mehrmals angelte er nach dem Druckknopf des Videofons, aber vergeblich: Seine Liegestatt stand viel zu weit von der Wand ab.

Der einzige Bereich, den er noch nicht überblicken konnte, war jener, der sich unter ihm befand. Er versuchte hinunterzutasten, und da kam ihm ein Kästchen mit mehreren Druckknöpfen in die Finger, das an einer Querstange befestigt war. Kurz entschlossen drückte er einen Knopf.

Unter ihm surrte etwas leise, etwa fünf Sekunden lang — dann war es wieder still. An der Wand links neben ihm, vom Apparateaufbau verdeckt, war etwas geschehen, aber er konnte nicht erraten, was.

Er löste die rechte Hand von der Druckknopftastatur und stemmte den Ellbogen ein, um sich nach links zu schieben. Es ging nur ein kurzes Stück, sein Brustgurt war noch geschlossen, und er löste ihn eilig. Erneut bemühte er sich, tastete nach einem festen Punkt, rutschte ab, stieß sich seitwärts und wand sich zentimeterweise vor. Jäh gab etwas nach, seine Schulter war aus einer Eintiefung geglitten, und sein Kopf hing schon über dem Bettrand. Schnell drehte er sich nach links, blickte zwischen zwei Geräten hindurch . . .

Zuerst verstand er nichts. Nur, daß draußen Nacht war. Schwach erhellt konnte er den Teil eines dicken silbernen Reifens und einige Streben erkennen, die auf ihn zuliefen. Dahinter sah es schwarz hervor, weiße, hingespritzte Punkte wanderten darüber, der Himmel — unter ihm war der Himmel. Jäh erfaßte ihn ein heftiger Schwindel, er glaubte, ins Bodenlose zu sinken. Die Füße seines Bettes ruhten im Nichts, und es fiel mit ihm in den schwarzen Abgrund. Er war bewußtlos geworden.

Als er die Augen öffnete, sah er ein freundliches Gesicht vor sich, einen leicht geöffneten Mund, eine blonde Strähne.

»Chris«, flüsterte er. Er streckte die Arme aus und zog das Gesicht an seines. Es war warm und weich, er hatte die Augen geschlossen, seine Finger lagen, in die Haare verflochten, unbewegt an ihrem Nacken. Ihre Hand streichelte seine Haare, seine Schläfen. Dann löste sie sich, blieb aber noch immer so nahe bei ihm, daß er sie nur verschwommen sah.

»Ist es . . . sind wir . . . der Weltraum . . .«, stammelte er.

»Das Fenster ist wieder geschlossen«, sagte sie. »Uns kann nichts geschehen. Wir sind in einem Raumschiff. In Sicherheit.«

»Aber . . . die Erde . . .?«

»Die Erde ist weit weg von uns. Wir sind weit entfernt von ihr — von der Erde.«

»Aber, was war . . . was ist . . .?«

»Warum fragst du immer?« Aus dem verschwommenen Gesicht vor ihm schauten die braunen Augen. Eine Hand strich über seine Stirn. Sein Blick war flehend.

»Die Erde«, sagte sie, »unsere Erde existiert nicht mehr. Was von ihr übriggeblieben ist, ist ein Meer aus Glut und Asche. Der Chef sagt, das Deuterium ist verbrannt; was das bedeutet, werden Sie besser verstehen als ich. Irgend jemand hat die Superbombe geworfen. Wir wissen nicht einmal, wer. Das Wasser hat zu brennen begonnen. Alles Wasser dieser Erde. Die Bäche, die Flüsse, die Seen, die Meere. Die Wissenschaftler haben gesagt, das gibt es nicht. Jetzt sind wohl alle tot — und niemand versteht es.« Chris stützte das Kinn in die Hand und fuhr fort:

»Ich befand mich hier oben, auf diesem Schiff, 20000 Kilometer von der Erde entfernt. Ich sah, wie es sich fortpflanzte. Es kam hinter der Erdkugel hervor, von links, von der Ostküste Kanadas. Es verbreitete sich im Meer wie rote Tinte in Löschpapier. Wo es die Küste erreichte, liefen feurige Schlangen landeinwärts, verzweigten sich in ein Geäst, das feiner und feiner wurde — orange mit giftgrünen Säumen. Und dann erst kam die weiße Glut. Ich konnte nicht mehr hinsehen — es war wie eine Sonne. Die Luken wurden geschlossen, und wir rasten von der Erde weg.«

Chris schwieg.

»Was war mit mir?« fragte Phil schwach.

»Auch Sie waren hier im Schiff. Bewußtlos. Seien Sie froh.«

»Sag wieder du«, bat Phil.

»Du warst bewußtlos. Sei froh«, sagte Chris. Nach einer Weile fügte sie hinzu: »Ich kann es nie vergessen. Es war das Ende. Alles danach ist sinnlos.« Und wieder nach einer Weile: »Ich habe Angst gehabt, es dir zu sagen.«

Phil atmete tief. Die leicht nach Chemikalien duftende Luft drang in die Lungen, die noch nicht ganz ihm gehörten.

»Es macht nichts besser — das Schweigen.«

»Du verstehst es noch nicht«, sagte Chris.

»Vielleicht hast du recht«, antwortete Phil.

Chris stand auf.

»Ich muß die Riemen wieder anlegen. Dr. Myer könnte kommen. Das darfst du nicht wieder tun.« Sie drückte die dünnen Arme des Patienten zurecht. »Du hättest dir den Tod holen können. Dein Kopf hing über der Bettkante. Die Zuleitung zur Aorta war geknickt und halb abgequetscht. Wie konntest du so leichtsinnig sein! Menschen sind jetzt rar geworden.«

Phil hätte jetzt alles fragen können, und er hätte Antwort bekommen, daran zweifelte er nicht. Aber er hatte zunächst genug zu verarbeiten. Widerspruchslos ließ er alles geschehen, was mit ihm geschah.

»Du wirst jetzt bestrahlt«, sagte Chris. »Mit Ultraviolett. Das ist wichtig — der Körper braucht es, damit die Fermentsysteme wieder in Ordnung kommen. Vorderhand wirst du noch über das Blut ernährt, aber schließlich muß ja auch dein Magen wieder zu arbeiten anfangen. Langsam stellen wir auf orale Ernährung um. Und das ist die Vorbereitung dazu.«

Sie setzte eine Brille mit dicken dunkelbraunen Gläsern auf Phils Gesicht, erfaßte den Metallkörper, der noch immer an seinem Bügel über ihm hing, und zog ihn ein paar Handspannen tiefer. Dann schaltete sie ein, und mit leisem Summen glomm die glasige Masse innerhalb des metallenen Rings auf, als ob sie sich von innen heraus mit Licht füllte. Wie Rauhreif lag das Licht auf Abels Gesicht und Oberkörper, in einer pelzigen Schicht, ohne zu wärmen.

Nach fünf Minuten schaltete die Schwester ab und schwenkte die UV-Lampe fort. Sie beugte sich zu Phil, flüchtig berührten ihre Lippen die seinen.

»Schlaf jetzt«, befahl sie.

Sie ging hinaus.

9

Beim Morgenappell sagte der Major: »Jeder Tag des Soldaten ist Vorbereitung auf den großen Krieg. Wir wissen nicht, wann der Feind angreift, aber wir sind bereit. Wann immer er zuschlägt, wir werden zurückschlagen. Wir werden kämpfen bis zum Sieg oder bis zum Untergang. Wir werden unsere Pflicht tun, für Freiheit und Vaterland.«

Die Blöcke aus Reihen und Gliedern standen unbeweglich. Die eisernen Gesichter waren dem Major zugewandt. Abel stand neben Austin. Keiner von beiden zuckte mit der Wimper.

»Ununterbrochen müssen wir an uns feilen, um in Höchstform zu bleiben. Ununterbrochen müssen wir gegen den inneren Schweinehund ankämpfen. Wir Soldaten sehen geradeaus — es gibt nichts, was uns hindern könnte, unsere Pflicht zu tun. Hört ihr, Leute: Nichts kann uns hindern.«

Zum erstenmal bewegte sich der Major — er zog die Schultern nach hinten und stand noch gerader da als vorher —, einsam inmitten der geballten Masse seiner Leute.

»Jeden Tag kann der Krieg ausbrechen. Jede Stunde müssen wir damit rechnen. Vieleicht ist er näher, als wir ahnen.«

Er schwieg. Die Mannschaft harrte regungslos auf den nächsten Befehl.— »Zum Tablettenfassen weggetreten!«

Wie etwas Einheitliches, Zusammengewachsenes sprangen die zehn Sergeanten vor, machten kehrt und gaben das Kommando weiter. Die Salven ihrer herausgestoßenen Worte schossen über die Mannschaft hinweg. Die Starre zerschmolz in einem jähen Zusammenknicken, dann kam ein Moment des Chaos, des sinnlosen Aneinanderstoßens, des Drängens und Schiebens, und dann folgte das Gewirr aus pflichtbewußter Zielstrebigkeit und automatischem Laufschritt, das in ein anderes Ordnungssystem überleitete — das Grätenmuster der abmarschbereiten Züge.

Jeder Tag begann wie der andere. Alle Befehle klangen gleich. Es war kein Unterschied zwischen gestern, heute, morgen. Oder doch?

Abel hatte das Tremolieren der Stimme des Majors gehört, als er davon sprach, daß der Krieg nahe bevorstand. Hatte er schon oft davon gesprochen? Abel erinnerte sich nicht. Aus den Augenwinkeln blickte er zum Major ...

Es gab einen Unterschied. Der Major stand nicht allein — die zehn Sergeanten waren vor ihm angetreten. Er sprach, doch das Kehlkopfmikrofon war abgeschaltet, der Major hielt es in der Hand.

Es gab einen weiteren Unterschied: Als sie zur Tablettenausgabe angetreten waren, standen neben den zehn kreisrunden Löchern des Vorratsmagazins die Sergeanten.

Als das Plastikpäckchen aus dem Schnabelende der Rinne kam, fühlte Abel den Blick des Sergeanten auf sich ruhen. Langsam, um Zeit zum Überlegen zu gewinnen, riß er das Tütchen auf und steckte eine Tablette nach der anderen in den Mund — auch die schwarze; er hielt sie unter der Zunge, bis er wieder in der Reihe stand. Dann erst spuckte er sie aus.

Sie hatten also Verdacht geschöpft. Er hatte nicht mehr viel Zeit. Er brauchte auch nicht mehr viel Zeit.

Die Schießstände befanden sich am Rande des Exerzierplatzes. Die Scheiben waren an der Mauer angebracht, sie steckten in den Rahmen einer komplizierten Vorrichtung, die sie nach jedem Schuß hinunterführte und abtastete. Dann erschien an der linken Seite die Zahl des getroffenen Ringes in großen, leuchtenden Ziffern auf schwarzem Grund. Fünfzig Meter davor lagen die Holzblöcke, von denen aus die Schüsse abgefeuert wurden.

Die zehn Soldaten des sechsundfünfzigsten Zuges standen davor angetreten.

»Feuerstellung, marsch, marsch!«

Sie stürzten nach vorn und warfen sich auf die Pritschen.

»In Linie angetreten, marsch, marsch!«

Der Korporal stand auf der trockenen Betonstraße. Die Mannschaft stand im zerstampften Lehm. Jeder tiefeingedrückte Fußtritt war von Wasser gefüllt.

»Feuerstellung, marsch, marsch!«

Sie stoben auseinander. Das Wasser spritzte. Die Lehmklumpen flogen. Die Hosenbeine waren braun gesprenkelt. Es rollte wie Kanonenfeuer, als sie sich fast im gleichen Moment auf die Pritschen warfen.

»Das geht zu langsam. In Linie angetreten! Kehrt, marsch, marsch! Fliegerdeckung! Auf, marsch, marsch! Fliegerdeckung! Auf, marsch, marsch! Ganze Abteilung kehrt! Fliegerdeckung!«

Der Boden war weich. Man lag bequem. Aber die Kleidung wurde immer schwerer, während sie sich langsam vollsog. An Knien und Ellbogen war die Nässe längst durchgedrungen. Auf den Gesichtern krustete der Lehm.

»Auf, marsch, marsch! Feuerstellung!«

Im Rennen rissen sie die Pistolen aus den Taschen. Während sie über die Pritschen fielen, brachten sie sie in Anschlag.

»Wir schießen auf Scheiben«, sagte der Korporal. »Ich gebe fünf Schuß frei. Archie 56/1 beginnt. Ich werde zählen: Eins, zwei, drei, los! Auf los geht's los. Achtung: Eins, zwei drei, los!«

Der erste Schuß krachte. Die Scheibe senkte sich. Die Leuchtziffer erschien: eine Drei.

Archie versuchte, seinen fliegenden Atem zu beruhigen. Er zog durch, zielte genau und drückte ab. Eine Zwei. Die nächsten Schüsse brachten eine Sieben, eine Vier und noch eine Vier.

Der Korporal brüllte: »Das ist ein Skandal! Sie Knalltüte! Sie Hammel! Archie! Sie melden sich beim Mittagsappell. Verstanden!?«

Archie sprang auf: »Jawohl, Herr Korporal!«

»Jawohl, Herr Korporal! heißt das!« Der Korporal brüllte es wie toll in das Megafon. »Warum flüstern Sie mich an? Sind Sie schwach auf der Lunge? Ist Ihnen der Atem ausgegangen? Damit Sie es lernen: hundert Kniebeugen. Arme in Vorhalte. Los!«

Der Korporal sah ihm eine Weile zu. Dann seufzte er:

»Der nächste! Adam 56/2! Sie schießen besser. Haben Sie gehört? Ich befehle Ihnen, besser zu schießen. Unser Zug muß die besten Ergebnisse haben. Das ist ein Befehl. Männer, habt ihr verstanden?«

Wie an unsichtbaren Fäden aufgezogen, fuhren sie empor.

»Jawohl, Herr Korporal!«

»Gut so«, sagte der Korporal. Er musterte seinen Zug. Sein Kinn war vorgeschoben. Ruckartig drehte er den Kopf von einem zum andern.

»Feuerstellung! Wer nicht besser schießt als der da«, er deutete verächtlich auf Archie, »mit dem fahre ich Schlitten. Leute, das verspreche ich euch. Also, Adam! Achtung! Eins, zwei, drei, los!«

Adam schoß besser, wenn auch nicht gut. Der nächste kam dran.

Die Schüsse blafften in kurzen Serien. Langsam näherten sie sich Abel, dem siebenten der Reihe.

Abel hatte fünf Schüsse im Magazin, doch er hatte nicht die Absicht, sie alle zu verschießen. Er brauchte Munition. Zwei Kugeln mußten genügen.

»Abel 56/7, Sie kommen dran. Zeigen Sie, was Sie können!«

Abel war ein guter Schütze, der Korporal erwartete viel von ihm. Heute konnte ihm Abel die Enttäuschung nicht ersparen. Zwei Schüsse neben die Scheibe — das kostete mindestens zwei Stunden Nachexerzieren. Aber er würde es mit Vergnügen tun.

»Achtung! Eins, zwei, drei, los!«

Den ersten Schuß drückte er normal ab. Eine Zehn. Er zog durch und legte wieder an. Der Korporal stand weit genug von ihm entfernt. Jetzt mußte Abel es wagen ...

Die Schießbahnen zogen sich weit nach links und rechts. Hundert waren es im ganzen. Hundert Mann übten zugleich, im besten Fall hatten zehn von ihnen zugleich den Schießbefehl. Es knallte unablässig, manchmal näher, manchmal ferner. Das Geprassel der Schüsse hatte sich Abel tief ins Gedächtnis geprägt. Früher, bevor er seinen Willen wiedererlangt hatte, war es eines seiner Vergnügen gewesen, sich in freien Minuten die Stakkatomusik der Pistolen vorzustellen; es hatte ihm ebensolches Vergnügen bereitet wie das Dröhnen der marschierenden Kolonnen oder das Durcheinanderrufen der Befehle. Heute konnte er das nicht mehr verstehen.

Aber er kannte das Gesetz des Pistolengeknatters genau. Nur selten fiel ein einzelner Schuß, häufiger waren zwei Schüsse kurz hintereinander und noch häufiger drei Schüsse. Vier Schüsse in einer ununterbrochenen Abfolge kamen schon wieder seltener vor, und noch seltener waren längere Serien.

Abel wartete einen Einzelschuß ab, und sobald nach einer kurzen Pause wieder ein Schuß knallte, verließ er sich darauf, daß dieser wieder eine kleine Serie einleitete — und er bekam recht. Er tat so, als drücke er ab — er ließ den Arm zurückschnellen, als hätte ihn der Rückstoß getrieben, und zog frisch auf.

Die Scheibe bewegte sich ...

Ja, die Scheibe bewegte sich — er konnte es nicht fassen; denn er hatte keinen Schuß abgegeben. Er schielte zum Korporal ...

dessen Augen waren zusammengekniffen und hingen an der Zielanzeige.

»Ganz ordentlich, Abel«, sagte er.

Abel sah nach vorn: Dort leuchtete die Zwölf. Hatte er aus Versehen abgedrückt? Er hatte seinen Trick erst beim zweiten Durchgang wiederholen wollen, aber dafür bestand nun kein Grund mehr. Einen Schuß gab er normal ab und erzielte eine Neun. Die nächsten beiden täuschte er wieder vor — und die Anzeige brachte eine Zehn und eine Acht.

Abel verstand nicht, was geschehen war. Zwar hatte er an sein Täuschungsmanöver geglaubt, er hatte sich auf die Schußserien verlassen und auf den Stecklautsprecher im Ohr des Korporals, der verhinderte, daß dieser richtunghören konnte; dafür hatte er in Kauf genommen, für zwei Fehlschüsse bestraft zu werden. Und nun hatte alles auf unerklärliche Weise besser geklappt, als er gehofft hatte. Er zerbrach sich den Kopf nicht weiter darüber. Hauptsache, es hatte geklappt.

Nach ihm schossen drei Kameraden, doch er hörte ihre Schüsse nicht. Er hatte drei unversehrte Patronen aus dem Magazin gleiten lassen, und sie lagen jetzt kalt und hart in seiner Handfläche — kleine Metallzylinder, die die Wunden und den Schmerz brachten. Er hielt den Tod in der Hand. Zum erstenmal, seit er sich zurückerinnern konnte, fühlte er sich glücklich.

Als sie zur Mittagsruhe in die Baracken traten, trafen sie ihre Stube in heillosem Durcheinander an. Alle Schränke waren geöffnet und von den Wänden abgerückt; der Inhalt lag über den Boden verstreut — die Mäntel, die Hosen, Jacken und Mützen der guten Uniform, die sie an den Sonntagen beim Verlesen der Wochenparole und danach beim Vorbeimarsch am Major und den Unteroffizieren anhaben mußten; die Tornister, Gasmasken, Zeltstäbe, Handtücher, Seifenbehälter, das Unterzeug, die Turnhosen und die Pyjamas, kurz all ihr kärgliches, einheitliches Eigentum. Die Schächtelchen mit dem Putzzeug für die Schuhe, für die Kleidung und für die Waffen waren geöffnet, die Bürsten, Lappen und Tuben waren ausgeschüttet. Selbst die Decken, Kissen und Matratzen lagen neben den Betten, deren Stangengerippe leer im Raum standen.

Die Sergeanten hatten inspiziert. In jedem Soldaten konzentrierte sich das Denken auf mögliche Fehler und Unterlassungssünden. Hatte alles auf seinem Platz gestanden? War alles sauber gewesen? Wenn sie auch stets mit einer Inspektion rechneten und sich beim Aufräumen um die vorgeschriebene Ordnung bemühten, so hatte doch jeder das Gefühl der Schuld. Jeder wußte: Die Sergeanten konnten immer und überall etwas finden — ein Quentchen Erde auf den Schuhen, eine Spur Lehm auf der Kleidung, einen Fingerabdruck auf dem Koppelschloß, eine falsch gefaltete Decke, eine quietschende Spindtür — irgend etwas, an das niemand gedacht hatte und das doch entscheidend war: Denn der kleinste Fehler zerstört die Ordnung des Ganzen. Der ausgefranste Rand einer Turnhose — er zerstörte nicht bloß die Ordnung des einzelnen, nein, auch die der Züge, die der ganzen Mannschaft, die der gesamten Kaserne. Und er mußte entsprechend geahndet werden.

Die Belegschaft der Stube wirbelte durcheinander. Sie hatte zehn Minuten Zeit, um die Ordnung wiederherzustellen, dann kam der Korporal, sie hatten in den Betten zu liegen, und ihre Kleidungsstücke mußten säuberlich auf den Hockern angeordnet sein.

Auch Abel konnte sich diesem Schreck nicht verschließen. Zwar hatte er alles so eingerichtet, daß kein Verdacht auf ihn fallen konnte, aber als er sich wie alle anderen Stück um Stück seiner Ausrüstung, der ihm anvertrauten Gegenstände durch den Kopf gehen ließ, da verdeutlichten sich seine Vorstellungen unter der Last des Schrecks, der Drohung und der Schuld, und sofort trat die Situation einer Unterlassungssünde überdeutlich in sein Denken: eine aufgetrennte Naht, Glaswolle, die herausquoll — seine

Matratze, sein Versteck.

Natürlich war das Versteck leer. Die Teile seiner Pistole befanden sich längst in der Sicherheit des weiten Exerzierfeldes, die gestohlene Seife hatte er breitgequetscht — sie lag als dünner Hökker an der Innenseite seines Stahlhelms, den er aufhatte —, und die drei Schuß Munition hatte er durch das Futter seiner Tasche gebohrt. Er konnte sie am unteren Jackensaum fühlen. Wenn es sein mußte, wenn sich irgendeine weitere Untersuchung andeutete, ein Kleidungs- oder ein Körperappell, dann würde er sie verschlucken. Trotzdem war es bedenklich, wenn sie die offene Stelle in der Matratze gefunden hatten; vielleicht erfaßten sie den Zusammenhang? Abel malte sich ein düsteres Bild aus: Der Korporal verkündete den aufgefundenen Mißstand und verhängte eine strenge Untersuchung, Strafdienst, Gefängnis, vielleicht einen außerordentlichen medizinischen Test durch die Automaten. Dann war alles vorbei, was er sich erhofft und erträumt hatte. Der Major würde triumphieren. Der Gedanke daran krampfte ihm die Eingeweide zusammen. Heftig pulsierte die Halsschlagader in der engen Fessel des Kragens. Die Spannung wurde unerträglich.

Einen Augenblick lang ergriff ihn der dringende Wunsch davonzulaufen, sich irgendwo zu verkriechen und die bevorstehende Entladung in einem entlegenen Winkel des Exerzierplatzes, möglichst weit von ihrem Schauplatz abzuwarten. Mühsam unterdrückte er das Verlangen. Es war sinnlos. Sicher war er nur zwischen den anderen. Er versuchte, die tief in seinem Fühlen sitzende Furcht zu überspielen, indem er sich auf seinen Plan konzentrierte. Nur nicht nachlassen! Er wandte die eiserne Selbstüberwindung, die ihn die Vorgesetzten gelehrt hatten, nun gegen sie an, gegen sie und auch gegen alle, die den Major verehrten. Mit ihm traf er das Ganze.

Die Ordnung war fast wiederhergestellt, die Spinde eingeräumt, die Kleider hingen an den Haken, einige Soldaten hatten schon die Pyjamas angelegt und schichteten ihre Kleidungsstücke auf den Hockern übereinander. Abel ergriff Besen und Kehrichtschaufel und fegte. Es gab nicht viel zu fegen, nur einige frisch hereingetragene Krümel, aber es mußte geschehen, und es gab ihm die Möglichkeit, für kurze Zeit allein zu sein. Er kippte die Schaufel in den Mülleimer und trug ihn hinaus an die Seitenwand der Baracke, zu den Abfalltonnen. Er öffnete den Deckel . . . niemand befand sich in der Nähe . . . er bückte sich tief, nahm den Helm ab und drückte gegen die angekittete Seife. Sie löste sich glatt, und er fischte sie zwischen dem Stirnstreifen und den Kopfbinden heraus. Keine fünf Sekunden waren verlaufen, und er hatte den Helm wieder auf dem Kopf und ging zur Stube zurück. Die Seife steckte in seiner Tasche.

Auf dem Rückweg hatte er noch etwas zu besorgen. Er blieb lauschend vor einer Stubentür stehen. An ihr befand sich wie an jeder anderen ein Rahmen, nach oben offen und an den Seitenteilen schienenartig aufgebogen. In jedem steckte eine rechteckige gelbe Kunststoffolie, auf die schwarz die Stubennummer gedruckt war. Abel zog sie in einer raschen Bewegung heraus und klemmte sie innerhalb der Jacke unter den Arm. Er kehrte in die Stube zurück und stellte den Mülleimer an die dafür vorgesehene Stelle. Darauf trat er zu seinem Spind, zog die Schuhe aus, reinigte sie eilig und stellte sie hinein. Die Schuhpasteschachtel behielt er in der Hand, dann nahm er auch noch das gestern erhaltene Seifenstück. Er tat so, als hätte er nun noch etwas an der Matratze seines Bettes zu richten und stieg hinauf. Er war bloßfüßig, doch die übrige Kleidung hatte er noch anbehalten, und hinter der vor Einsicht geschützten Oberkante seiner Liegestatt ließ er die beiden Stücke Seife, die Schuhpasteschachtel und die Plastikfolie unter die Decke gleiten. Nun war er für seine letzten Vorbereitungen gerüstet.

Der Korporal kam pünktlich. Flüchtig sah er sich in der Stube um. Einer der Männer regte sich unter der Decke, und der Korporal bemerkte es.

Er schrie: »Mensch, es ist Mittagsruhe! Sie haben den Befehl, zu schlafen! Sie sind wohl nicht müde, was? Raus aus dem Bett, Allan! Da Sie noch so munter sind, muß ich Ihnen Bewegung verschaffen. Sie drehen fünfzig Runden um das Haus. Spritzen Sie los, Sie Trantüte!«

Mit dröhnenden Schritten ging er zwischen den Betten umher.

»Wie haben Sie Ihre Kleider aufgebaut, Adam! Raus aus der Kiste! Sehen Sie sich das mal an!« Mit dem Fuß streifte er die Kleider vom Hocker. »Bauen Sie Ihre Klamotten richtig auf! Na, wird's bald!«

Adam gehorchte.

»Männer, herhören!« sagte der Unteroffizier. »Heute war Stubeninspektion. Der Major hat sie selbst vorgenommen. Wißt ihr, was er gefunden hat?« Er klappte ein Notizbuch auf. »Archie 56/1, Sie ... Sie ...! Unter Ihrem Spind war eine Menge Staub. Außerdem fehlte ein Stück Sohle an Ihrem Stiefel. Bleiben Sie liegen, wir sprechen uns später!

Adam! Wo ist er? Ach, der läuft seine Runden. Anton! Wenn man Ihre Gasmaske sieht, wird einem speiübel. Sie blödes Rindvieh! Sie haben sie seit Wochen nicht gereinigt. Die Augenfenster sind verklebt. Das Filter stinkt. Außerdem fehlt ein Knopf an Ihrem Mantel. Albert ...«

Es war schlimm, aber Abel fühlte sich sicherer, je näher ihm das Unheil rückte. Der Major war übergenau gewesen. Nichts war ihm entgangen. Hatte er Angst? Ahnte er Unheil? In der Menge des Beanstandeten mußte Abels Fehler untergehen.

»Abel 56/7. Sie Trottel bewahren Ihre Seife im Stiefel auf! Sind Sie wahnsinnig geworden? Wozu benützen Sie Ihre Seifenschachtel? Sie Flasche! Ihre Kleiderbürste ist vor Dreck nicht zu sehen. In Ihrer Matratze ist ein Loch. Warum melden Sie das nicht? Austin ...«

Es war vorbeigegangen. Das Loch in der Matratze — eine Lappalie. Aber die Seife in den Ersatzstiefeln! Er hatte sie vergessen, völlig vergessen. Es war eine erschütternde Erkenntnis für ihn, daß er etwas vergessen konnte. Daß er nicht unfehlbar war. Der Mensch, der aus ihm geworden war, seit er kein Betäubungsmittel mehr nahm, machte Fehler. In Zukunft mußte er sich nicht nur vor den anderen schützen, sondern auch vor sich selbst.

»Ich bin noch nicht fertig«, sagte der Korporal. »Ich habe noch eine Mitteilung zu machen. Im Magazin wurde eine Taschenlampe entwendet. Sie wurde hinter der Nachbarbaracke, im Mündungsstutzen des Dachrinnenabflusses eingeklemmt, gefunden. Weiß jemand, wie diese Taschenlampe dort hingekommen ist? Hat jemand etwas beobachtet?«

Es war still. Keiner wagte sich zu rühren. Etwas Ungeheuerliches war geschehen. Sabotage. Jede Regung, jetzt nach der Mitteilung des Unteroffiziers, hätte Verdacht erwecken können.

»Niemand etwas beobachtet?«

Austin. Das war Austin gewesen. Abel hatte seine Taschenlampe in den Müllschacht geworfen, diese mit einem Deckel versehene Grube, in die die Abfälle geschüttet wurden; in der Tiefe fielen sie klatschend auf. Abel hatte beim Leeren der Tonnen einmal hineingesehen — die Flüssigkeit löste alle Materialien in ein paar Sekunden auf. Es zischte und sprudelte, dann war keine Spur mehr davon da. Er hatte Austin geraten, dasselbe zu tun, aber dieser Narr war nicht mit ihm gekommen, bevor sie in die Baracke zurückgekehrt waren. Nun erst wußte Abel, was er getan hatte.

»Der Major befiehlt, jede kleinste Beobachtung zu melden!«

Der Korporal machte eine Pause. Dann sagte er:

»Wer sich irgendwie mitschuldig gemacht hat und die Sache jetzt meldet, geht straffrei aus. Fällt jemand etwas ein?«

Stille.

»Der Major ist großzügig. Wenn jemand etwas aufgefallen ist, hätte er es längst melden müssen. Und er wird trotzdem nicht bestraft.«

Er machte wieder eine Pause.

»Wer etwas meldet, das zur Aufklärung dient, darf einmal zu den Engeln.«

Die Worte klangen im Raum und in den Hirnen nach. Sie waren nicht sofort erfaßbar.

Der Korporal drehte sich auf seinem Absatz um und ging hinaus.

Heute konnte wohl kein Mann der Belegschaft gleich einschlafen. Abel mußte ungeheuer leise zu Werke gehen. Glücklicherweise hatte er nichts vor, was Lärm machte. Er feuchtete die beiden kleinen Seifenziegel mit Spucke an und knetete sie unter der Decke, einen nach dem anderen, bis sie genügend elastisch waren, um sich zu einem Stück vereinigen zu lassen. Das war genug für den Lauf. Nun fügte er noch etwas schwarze Schuhpaste hinzu. Verstohlen holte er den Klumpen ab und zu hervor, um sich zu überzeugen, ob die Farbe gleichmäßig verteilt und schon dicht genug war. Allmählich erhielt die Masse jenes Aussehen, das Abel sich wünschte, den stumpfen Glanz von Metall.

Als das zur Zufriedenheit gelungen war, wälzte er das Material zwischen den Händen zu einem wurstartigen Gebilde, um das er hierauf die Plastikfolie wickelte. Mit raschen, geschickten Bewegungen rollte er das Ganze weiter, wobei er die Hände kräftig zusammendrückte, so daß sich der Durchmesser allmählich verkleinerte, bis er das richtige Maß hatte — jenen des Pistolenlaufs.

Wieder schob Abel die Decke zurück und sah sein Werk prüfend an. Es war noch zu lang. Er biß die beiden Enden ab und polierte sie dann an der Betteinfassung glatt. Noch einmal prüfte er das Ergebnis: Von der Seite war das Gebilde von einem Pistolenlauf nicht zu unterscheiden.

Der letzte Akt der Vorbereitungen lief beim Pistolenreinigen ab. Die paar Handgriffe waren leichter auszuführen als der nun schon fast zur Routine gewordene Aktionsablauf, durch den er an jedem der vorangegangenen Tage um einen Pistolenteil reicher geworden war. Es war nicht nötig, die Attrappe besonders zu verbergen. Von der Hand auch nur teilweise bedeckt, konnte sie irgendeines der Stücke sein. Die äußere Ähnlichkeit mit dem Lauf wurde vollkommen, als Abel mit dem Stab, der mit dem herumgewundenen Putzlappen zum Reinigen und Schmieren des Laufes diente, eine Öffnung in die Seifenmasse bohrte — das Mündungsloch. Ohne am Gelingen seines Vorhabens zu zweifeln, steckte Abel die Attrappe in die Tasche und wartete die abschließende Prüfung ab. Diesmal war es nicht einmal nötig gewesen, einen Kameraden hereinzulegen, um ein Ablenkungsmanöver zu inszenieren. Während er hinter dem Rücken die Schraube lockerte, zog er den richtigen Lauf von der Pistole ab, steckte den falschen hinein, zog die Schraube wieder zu; die Seifenmasse bot keinen Widerstand.

Dem Korporal fiel nichts auf, als er Abel die Pistole abnahm. Ahnungslos schob er sie in die Wandklappe des Magazins. Der echte Lauf steckte in Abels Rockfutter.

10

Gewiß war der Bericht des Mädchens ein Schock für Phil gewesen, aber er beobachtete an sich selbst, daß er deshalb den Lebensmut nicht verlor. Es hinderte ihn auch nicht daran, seine Übungen fortzusetzen.

Nach wie vor interessierte ihn das Kästchen mit den Druckknöpfen. Chris hatte dem Oberarzt offenbar nichts von Phils Erlebnis verraten, und das war gewiß schon gegen ihre Order; Phil wollte sie nicht in noch größere Konflikte bringen und fragte sie nicht nach der Bestimmung der einzelnen Knöpfe. Bei nächster Gelegenheit probierte er sie einen nach dem andern aus — sie dienten dazu, um vom Krankenbett aus einige Dinge zu verändern: das Fenster zu öffnen und zu schließen, die Temperatur zu erhöhen oder zu erniedrigen, einen Ventilator an- oder auszuschalten, die Zimmerbeleuchtung zu verstärken oder zu dämpfen. Dabei befand sich nichts von tieferer Bedeutung.

Phil fand dann heraus, daß sein Bett auf Rädern stand und daß er ihre Blockierung lösen konnte. Wenn er hinuntergriff und sie drehte, dann konnte er wie mit einem Wägelchen vor und zurück fahren, wenn auch nur innerhalb der Grenzen, die die Leitungen zu den danebenstehenden Apparaturen freiließen.

Sein besonderes Ziel war der Videoapparat. Er versuchte oft, das Bettgestell näher heranzurollen, und schließlich gelang es ihm auch — als er das Pult mit den Skalen und Bildschirmen ein wenig vorgezogen hatte.

Zuerst holte er sich eine Tafel, die neben der Aufnahmeröhre an einem Haken hing. Darauf waren einige Nummern vermerkt: Zentrale 006, Chef 011, Büro 283, Nachtschwester 268 und einige andere, die ihn nur soweit interessierten, als er sie nicht wählen wollte. Nun drückte er den Einschaltknopf und horchte. Ein leises Tuten zeigte, daß der Apparat in Betrieb war. Phil suchte auf gut Glück die Nummer 631 aus und drehte mit mühsamen Verrenkungen die Wählscheibe: 6 — 3 — 1. Er bemühte sich, auf den Bildschirm zu sehen, aber dieser blieb dunkel. Vielleicht gab es nicht so viele Anschlüsse?

Er wählte 531 und dann 431, aber er hatte keinen Erfolg. Schließlich ging er von 431 aufwärts: 432, 433, 434 und so weiter. Fast hätte er schon seine Bedenken zerstreut und es mit noch niedrigeren Nummern versucht, da wurde der Bildschirm plötzlich hell.

»Ja?« sagte eine Männerstimme.

»Wer spricht?« fragte Phil.

»Gus Morley«, antwortete der Mann bereitwillig. Aber er erschien nicht auf dem Bildschirm.

»Ich bin Phil Abelsen, ein Patient«, erklärte Phil.

»Mensch, ich werd' verrückt!« erklang es aus dem Lautsprecher. »Ein Patient — ist das die Möglichkeit! Ich habe es längst aufgegeben, einen zu erreichen!«

»Sind Sie auch verwundet?« fragte Phil.

»Kann man wohl sagen. Beide Beine ab. Jetzt haben sie mir neue eingepflanzt. Was fehlt Ihnen?«

»Mich hat's am Brustkasten erwischt; ich bin noch ans Bett gefesselt. Darum kann ich mich nicht zeigen.«

»Ich komme auch noch nicht hoch. Na, Hauptsache, es existiert noch jemand.«

»Was meinen Sie damit?« erkundigte sich Phil. Er hatte die Lautstärke richtig reguliert und konnte sich liegend bequem unterhalten.

»Nun, die anderen sind offenbar gesund. Ich habe nichts mehr von ihnen gehört. Wer denkt auch noch an einen Lädierten, wenn er selbst gesund ist.«

Phil fragte sich, ob der andere von den Geschehnissen wußte. Vorsichtig erkundigte er sich: »Wissen Sie, wo wir sind?«

»Auf einem Raumschiff — wußten Sie's nicht?«

»Doch«, sagte Phil.

»Die Misere haben wir hinter uns. Wir sind in Sicherheit. Wir bauen uns irgendwo ein neues Leben auf.«

»Und die Erde?«

»Die Erde kann uns gestohlen bleiben. Gut, daß sie kaputt ist. Mir ist es in meinem ganzen Leben dreckig gegangen. Zum erstenmal geht es mir gut.«

»Aber wo sind die anderen — die jetzt gesund sind?«

»Ich weiß es nicht. Der Chef hat es mir nicht gesagt. Manchmal ist er recht gesprächig. Feiner Kerl. Aber meine Krankenschwester — eine Zitrone ist süß gegen diese miese Giftnudel.«

»Meine ist nett«, sagte Phil.

»Da haben Sie aber Glück gehabt. Meine hat einen richtigen Klaps. Wenn man sich mit ihr unterhalten will, heult sie einem gleich etwas von der Erde vor.«

»Ich muß jetzt aufhören«, sagte Phil. »Ich weiß nicht, ob das Telefonieren erlaubt ist, und will mich nicht gleich beim erstenmal erwischen lassen. Ich habe keine Uhr, um herauszukriegen, wann Nacht ist und mich niemand stört.«

»Es ist vier Uhr nachmittags«, sagte Gus. »Sie brauchen nur die Nummer 222 anzurufen, da läuft ein Magnetband mit der Zeitansage. Wie ist Ihre Nummer?«

Phil hatte noch nicht an seine Nummer gedacht, nun sah er sich um, um sie irgendwo zu entdecken. Schließlich fiel ihm die Tafel ein, und er hob sie vom Bettrand auf, wo er sie niedergelegt hatte. Auf der Rückseite fand er die Zahl 412.

»Ich glaube, es ist 412«, antwortete er.

»Meine ist 447. Auf Wiederhören. Ich rufe Sie mal an.«

»Fein«, sagte Phil. »Gute Besserung! Auf Wiederhören!«

Kurze Zeit darauf betrat Chris den Raum. Sie hatte eine Plastikflasche mitgebracht, aus der Phil ein wenig lauwarme Zuckerlösung trinken durfte. Das war das erstemal nach seiner Verwundung, daß er etwas zu sich nahm. Er wußte selbst nicht, wie er die notwendige Flüssigkeit bekommen hatte, wahrscheinlich durch die Zuleitungen, die in seine Magengrube führten.

Das Zuckerwasser schmeckte wie das feinste Getränk, aber nachher fühlte er sich ein wenig übel. Chris reinigte ihn und bereitete dann die Bestrahlung vor.

»Was geschieht mit den Männern, die gesund sind?« fragte er.

»Ich weiß es nicht, Phil«, antwortete sie.

»Ist es etwas so Schlimmes?« fragte er.

»Ich weiß es wirklich nicht«, versicherte sie. »Der Chef spricht nicht viel mit uns. Er nimmt Frauen nicht für ganz voll. Vielleicht sagt er es dir, wenn du ihn fragst.«

»Wie soll ich wissen, ob er mir die Wahrheit sagt?«

Phil lag unter dem Ultraviolett, seine Augen waren hinter der Schutzbrille verborgen.

»Wie viele Menschen sind auf dem Raumschiff?« fragte er.

»Es dürften etwas über tausend sein.«

»Lauter Verwundete?«

»Die meisten waren verwundet. Dr. Myer und einige Assistenzärzte haben sie behandelt, wir vier Schwestern haben sie gepflegt, und einige Gesunde, vor allem die Männer der Besatzung, mußten uns dabei helfen.«

Phil kam wieder auf seine Frage zurück. »Was ist mit diesen Leuten jetzt?«

»Sie sind in einem anderen Teil des Schiffes. Wir Schwestern dürfen ihn nicht betreten.«

»Hast du dir nie Gedanken darüber gemacht? Hast du nie nachgesehen?«

Chris seufzte.

»Warum sollte ich mir Gedanken darüber machen? Hier ist der Lazaretteil des Schiffes, und hierher gehöre ich; ich bin Krankenschwester und weder Soldat noch Spionin — um die Gesunden habe ich mich nicht zu kümmern.«

»Und wenn ich gesund sein werde?«

Chris stand hinten am Bett zu seinen Füßen und antwortete nicht.

»Was wird, wenn ich gesund sein werde?« fragte Phil hartnäkkig.

»Was erwartest du dir?« fragte das Mädchen leise.

Jetzt war Phil um eine Antwort verlegen. Ja, was durfte er wirklich erwarten? Was sollte geschehen? Was war geplant? Was hatte das alles für einen Zweck?

»Es sind über tausend Männer an Bord«, fuhr Chris fort. »Und vier Mädchen. Glaubst du, ich könnte einfach bei dir bleiben?«

Chris hatte recht. An diese Konsequenz hatte er nicht gedacht. Das war eine ganz außergewöhnliche Situation, und er wußte nicht, wie sie zu lösen war. Ob es Dr. Myer wußte?

»Wer ist noch an Bord — außer den früheren und jetzigen Patienten, den vier Schwestern und dem Oberarzt? Ich meine, gibt es einen Kommandeur des Schiffes, Offiziere, Besatzung?«

»Dr. Myer ist der Kommandeur des Schiffes. Es ist eines der modernsten, die je gebaut wurden. Fast alles funktioniert automatisch. Dr. Myer ist der höchste Chef. Außer ihm hat niemand etwas zu sagen.«

Langsam wurde ihm die Bedeutung dieser Tatsache klar. Jemand war der höchste Vorgesetzte von tausend Menschen; das war nichts Besonderes. Aber diese Menschen waren abgeschnitten von allen anderen, vielleicht waren sie die einzigen Menschen überhaupt; da sah die Sache völlig anders aus: Er war der uneingeschränkte Gebieter über die ganze Menschheit, ihr Kaiser, ihr Gott. Und die Mädchen? Phil wagte nicht weiterzudenken. Er hob den Kopf. Chris saß in ihrem Sessel an der Wand und hielt den Kopf gesenkt. Er konnte sie durch das dicke Glas nicht deutlich sehen, aber es war ihm, als ob sie lautlos weinte. Er ließ den Kopf wieder sinken. Alles in ihm lehnte sich gegen das auf, was er dachte. Er fragte nichts mehr, weil er das Mädchen nicht unnütz aufregen wollte. Er hätte gern etwas Beruhigendes gesagt, aber es fiel ihm nichts ein.

Am späten Abend wählte er die Nummer des anderen Patienten, Gus Morley ... Aber es meldete sich niemand, obwohl er lange wartete. Da drückte er auf den Knopf, der, an der Leitungsschnur befestigt, noch immer an seiner rechten Hand lag.

Bald schnarrte die Tür, und Chris trat ein.

»Fühlst du dich nicht wohl?«

Er wartete, bis sie die Tür hinter sich geschlossen hatte, dann fragte er:

»Wo ist Gus Morley?«

Verständnislos sah sie ihn an.

»Was meinst du? Wer ist das?

»Ich will wissen, wo Gus Morley ist«, sagte Phil. »Es ist ein anderer Patient, ich habe heute mit ihm telefoniert. Jetzt ist er nicht mehr da; es meldete sich niemand — auf Nummer 447. Wo ist er?«

»Ich kenne ihn nicht«, sagte Chris, »ich weiß es nicht!«

Phil machte eine ungeduldige Handbewegung.

»Du weißt es nicht. Schön — ich glaube dir. Aber warum nimmst du denn alles hin?« Er war lauter geworden und zwang sich nun mühsam zur Ruhe, aber schon in den nächsten Worten klang wieder die Erregung durch: »So tu doch etwas! Sieh nach! Erkundige dich bei deinen Kolleginnen! Geh — und sag mir dann, was du herausgefunden hast! Hörst du, du mußt gleich wiederkommen!«

Chris brachte kein Wort der Entgegnung heraus. Ein Teil von Phils Unruhe hatte sich auf sie übertragen. Sie wandte sich zur Tür und trat hinaus.

Obwohl es nur fünf Minuten dauerte, bis sie wiederkam, hielt es Phil vor Ungeduld kaum aus.

»Hast du es herausgebracht? Was ist mit ihm?«

Der Atem des Mädchens flog, sie war gerannt. Sie beruhigte sich erst, bevor sie antwortete.

»Gar nichts Geheimnisvolles. Schwester Magde hat ihn betreut. Er ist als gesund entlassen worden.«

»Er ist nicht gesund«, sagte Phil. »Heute nachmittag konnte er sich noch nicht aufrichten. Was ist also mit ihm geschehen?«

»Muß es denn etwas Schlimmes sein?« fragte Chris. »Niemand von uns hat bisher an etwas Schlimmes gedacht.«

Phil sprach jetzt beherrscht und überlegen:

»Es muß nichts Schlimmes sein, Chris. Aber man muß wissen, was los ist. Wenn man sich nicht mehr darum kümmert, was um einen herum vorgeht, dann hat man sich schon selbst aufgegeben. Dann kann man nichts mehr tun, als den Kopf hängen lassen. Deshalb will ich wissen, was mit Gus und den andern passiert ist. Nicht, weil ich etwas Böses vermute, sondern weil ich mir ein Bild von der Lage machen will.«

Chris nickte, doch Phil hatte nicht den Eindruck, daß sie ihn ganz verstand.

»Komm her«, sagte er und streckte ihr die rechte Hand entgegen. Sie ergriff sie, und er zog sie näher an das Bett. Dort setzte sie sich auf den Hocker.

»Ich habe über unsere Situation nachgedacht«, fuhr er fort. »Es ist keine angenehme Situation, aber es spricht nichts dagegen, daß man sie verbessern könnte.«

»Aber wie?« fragte Chris.

»Ich weiß noch nicht, wie«, antwortete Phil. »Weil ich es aber wissen will, darum müssen wir etwas unternehmen. Oder bist du mit allem einverstanden — so wie es ist?«

Chris schüttelte den Kopf.

»Ein Mann, der die ganze Macht besitzt, dessen Wille allein regiert — das kann auf die Dauer nicht gutgehen. Ich weiß nicht, was der Oberarzt anstrebt — er ist viel zu undurchsichtig. Er ist kein Patriarch, der Rücksicht auf die Wünsche seiner Leute nimmt. Wenn er sich etwas in den Kopf gesetzt hat, wird er es durchsetzen, auf Biegen oder Brechen.«

Das lange Reden strengte Phil an, aber ließ es sich nicht anmerken. Unbeirrt fuhr er fort:

»Wer solche Dinge reifen läßt und nichts dagegen tut, macht sich mitschuldig. Du tust so, als wäre alles schon vorbei, alles schon entschieden — aber gar nichts ist entschieden, solange noch jemand da ist, der sich dagegen wehrt. Und ich bin noch da, Chris. Vielleicht klingt es überheblich; denn ich bin verwundet, krank, schwach, ans Bett gefesselt. Aber ich glaube an mich selbst, und ich bin bereit. Willst du mir helfen?«

»Wenn ich es kann — ja. Wenn es nichts nützt, so schadet es nicht.«

»Gut. Weißt du, wann Dr. Myer schlafen geht?«

Chris antwortete nicht gleich. Dann sagte sie:

»Gegen Mitternacht. Manchmal auch etwas später.«

»Dann gib acht! Du wartest bis drei Uhr nachts. Dann gehst du in jenen Teil, wo sich die anderen Männer aufhalten. Du siehst nach, was sie tun, wie sie sich befinden.«

Chris stand abrupt auf.

»Aber Phil, das kann ich doch nicht!«

»Warum nicht?« fragte er scharf. »Handelt es sich um Räume, die verschlossen oder sonst irgendwie gesichert sind?«

»Ich weiß es nicht, aber . . .«

»Hast du es schon einmal versucht?«

»Nein, aber . . .«

Für ein paar Sekunden verlor Phil die Fassung. Er bäumte sich so wütend auf, daß das Bettgestell ächzte und einige Flaschen im Wandschrank klirrend zusammenstießen.

»Verdammt, dann laß mich selbst gehen . . . es ist doch egal, was mit mir geschieht . . . wenn niemand etwas unternimmt . . .«

Er hatte den rechten Arm aus dem Riemen befreit und war daran, den Gurt, der um seine Brust lag, zu lösen. Chris packte seinen Arm und drängte ihn zurück. Seine Muskeln waren schon überraschend leistungsfähig, und sie brauchte ihre ganze Kraft, um ihn zu bändigen. Die Kräfte hielten jedoch nicht lange an. Nach diesem Energieverbrauch war er matt und zitterte, aber noch immer wehrte er sich, als sie die Riemen festschnallte. Dann lag er schwer atmend da, den Kopf abgewandt.

Chris ordnete ihr Haar. Dann sagte sie:

»Ich werde es tun.«

Sie wartete. Langsam drehte er ihr sein Gesicht zu.

»Ich werde es tun, Phil«, sagte sie.

»Gut«, sagte er. »Dann geh jetzt. Es wäre nicht gut, wenn dich jemand hier fände.«

Sie blieb noch einen Augenblick stehen, dann ging sie.

Phil konnte nicht schlafen, obwohl er versuchte, sich ganz zu entspannen. Er bekam jetzt keine schmerzstillenden Mittel mehr, und so spürte er ein eigenartiges Sichregen in seinem Körper. Sein Herz schlug tief und ruhig — es tat wohl, diesem festen Schlag zu lauschen. Auch die Atemtätigkeit erfolgte regelmäßig; nur manchmal zog ein stechender Schmerz die Rippen aufwärts. An allen möglichen Stellen aber zuckte und zerrte es unvermittelt, um dann ebenso scheinbar grundlos aufzuhören. In seinen Gedärmen saß ein unbestimmter Druck, der sich von Zeit zu Zeit an eine andere Stelle verlagerte. Manchmal verkrampften sich seine Muskeln, und dann stemmte er sich gegen die Gurte, die in seine Haut einschnitten, und drehte sich ein wenig nach der anderen Seite hin. Am schlimmsten war der Juckreiz; irgendwo, fast stets an Stellen, die er mit den Händen nicht erreichen konnte, begann es zu kitzeln und zu beißen und hörte meist erst auf, sobald es an einer anderen Stelle von neuem begann.

Natürlich dachte er über seine Lage nach, aber er kam zu keinem Schluß; seine Gedanken liefen im Kreis. Als er endlich in einen unruhigen Schlaf verfiel, schnarrte die Tür — vor ihm stand Chris.

»Hast du nachgesehen? Wie ist es dir gegangen? Erzähle!«

»Ich habe sie gefunden«, sagte Chris. Sie setzte sich, wie schon oft, auf den Schemel an Phils Lager.

»Das Raumschiff besteht aus einem zylindrischen Mittelstück. Im einen Ende ist eine Art Navigationsraum — mit Sendern und Empfängern, Radargeräten, Thermodetektoren und so weiter. Im mittleren Teil liegt der Reaktor, dahinter das Rubidiumlager, dann kommen der Verdampfungsofen und die Ionisierungseinrichtung, und am anderen Ende sitzen die Ionendüsen.«

In eine Atempause hinein fragte Phil verblüfft: »Wieso kennst du das auf einmal so gut — diese technischen Details?«

»Ganz einfach — ich konnte nicht einschlafen, und die Zeit verfloß unerträglich langsam. Da ging ich in den Leseraum und suchte einen Mikrofilm mit Informationen über das Schiff.«

Phil nickte. Die von ihm ausgestreute Saat ging auf.

»Konzentrisch um die Mittelachse herum sind Ringe angeordnet — insgesamt drei. Sie sind durch Streben miteinander verbunden. Sie bilden die Rahmenkonstruktion eines Trichters, der sich nach vorn verengt. Kannst du es dir vorstellen? Mit der Mittelachse zusammen sieht es aus wie ein Kreisel.«

Phil erinnerte sich an das, was er durch das Fenster gesehen hatte.

»Die Ringe enthalten die Räume?« fragte er.

»Ja. Wir sind jetzt im mittleren — es ist der Lazaretteil. Im äußeren liegt der Wohntrakt, in dem auch die Schwestern und der Chef untergebracht sind. In der Zeit, zu der wir die vielen Verwundeten zu betreuen hatten, benützten wir alle entbehrlichen Räume als provisorische Krankenzimmer. Jetzt sind sie leer. In diesem Ring, wir nennen ihn die dritte Etage, gibt es einen Aufenthalts- und Gesellschaftsraum mit einer Bar und einer kleinen Tanzdiele, einem Kino- und einem Fernsehsaal, ein Lesezimmer, ein Bad und einen Speisesaal. Dazu gehören eine Küche und eine Vorratskammer. Alle nicht unmittelbar benötigten Dinge sind in der ersten Etage — im innersten Ring — untergebracht.«

»Das Ganze rotiert«, sagte Phil, weniger als Frage denn als Feststellung.

»Ja, es rotiert«, bestätigte Chris. »Dadurch wird im äußeren Ring normale Schwerkraft erzeugt, in den inneren Ringen ist sie dementsprechend geringer.«

»Ich habe es erst spät bemerkt«, sagte Phil, »als ich mich das erste Mal richtig aufsetzen konnte — ich meine: daß wir hier verringerte Schwerkraft haben. Aber als ich damals aus dem Fenster sah, da fiel mir auf, daß sich die Sterne bewegten.«

»Die Verbindungsstreben zwischen den Ringen sind hohl. Darin sind Aufzugschächte. Ich war früher nie in der ersten Etage; was sollte ich in den Vorratsräumen?«

Phil schwieg, und Chris machte eine kleine nachdenkliche Pause. Phil hatte den Eindruck, als zöge sie die Vorgeschichte absichtlich lange hinaus — als hielte sie etwas davor zurück, den Kern der Sache zu berühren.

»Nun warst du also in der ersten Etage«, sagte er, um sie zum Weitersprechen aufzumuntern.

»Ja. Ich war oben.«

In Gedanken versunken strich Chris einige Falten aus dem Bettlaken, das über die Luftmatratze gespannt war. Dann erzählte sie weiter:

»Ich fuhr mit dem Aufzug aufwärts. Es ist ein ganz eigenartiges Gefühl, mit diesem Aufzug zu fahren. Wenn er sich zu heben beginnt, ist es wie bei jedem Lift — er drückt einen sanft in die Höhe. Dann aber folgt bald der Eindruck, daß man stehenbleibt, obwohl man noch fährt, und wenn er schließlich wirklich hält, hat man das Gefühl zu fallen, tiefer und tiefer. Dieses Gefühl hält noch lange an, auch wenn man schon längst ausgestiegen ist.

Als ich aus der Kabine stieg, kam ich in einen Gang. Alles sah genauso aus wie im zweiten und im dritten Stock. Viele Türen führen seitwärts — nach rechts. Links ist eine Reihe von Fenstern. Durch sie sieht man zum Heck, in die Richtung zur Erde, zur Sonne. Man kann sie noch deutlich erkennen — sie ist der hellste Stern am Himmel.«

Chris sah auf ihre Armbanduhr.

»Ich muß mich beeilen. Ich ging also in den Gang hinein und machte einige Türen auf — es waren Vorräte drinnen, Behälter aller möglichen Formen, aus Karton, Kunststoff und Glas, und auch größere Dinge, eingepackte Maschinenteile, ein paar Traktoren und Luftkissenboote als Ganzes festgeschnürt, und einige größere Gegenstände in einzelne Stücke zerlegt. Es müssen Kräne, Laufbänder, Ballonfahrzeuge und ähnliches sein.«

»Weiter«, drängte Phil, als Chris wieder eine Pause machte. »Hast du sie gefunden, dort unten bei den Vorräten?«

»Ja«, sagte Chris. »Es ist aber ... etwas Gespenstisches ... Ich bin ungeheuer erschrocken ... aber es muß nichts Schlechtes zu bedeuten haben. Ich bin mir noch nicht klar darüber ...«

»Was war es?« drängte Phil ungeduldig.

»Ich kam an eine Tür. Als ich sie öffnete, wußte ich schon, daß es kein gewöhnlicher Vorratsraum war. Zuerst erblickte ich einige Rollwagen, wie man sie zum Transport der Kranken verwendet. Es war dämmrig, ich mußte mich erst daran gewöhnen. Ich hatte plötzlich das Gefühl, nicht allein zu sein. In dieser unbestimmten Dunkelheit vor mir regte sich etwas . . . ich fühlte diese Bewegungen. Vielleicht war es aber auch nur deshalb, weil ich etwas hörte — ganz leise gurgelte es . . . Dann sah ich . . . der Raum war langgestreckt wie alle größeren Räume in einem Schiff; an beiden Wänden standen Gestelle, und darin befanden sich Glasbehälter, von der Form und Größe von Särgen. In diesen lagen sie, einer neben dem anderen, jeder fein säuberlich eingepackt.

Sie waren nicht deutlich zu erkennen, denn um sie herum hing etwas Dunstähnliches. Einzelne Tröpfchen klebten hingehaucht wie Schimmel innen am Glas. Ihre Köpfe steckten in Masken — es sah aus, als hätten sie Gasmasken auf, vielleicht waren es wirklich Gasmasken, aber sie hatten keine Augenöffnungen. Es war grauenhaft — als wären es lauter Blinde. Das Furchtbarste aber war etwas anderes — sie schliefen nicht. Nein, das kann kein Schlaf sein . . .«

Sie brach plötzlich ab, als ginge es über ihre Kraft. Phil legte seine Hand auf die ihre und ließ ihr ein paar Sekunden Zeit zum Erholen. Dann sagte er:

»Sie können doch nicht . . . tot sein?«

»Nein, du kannst es dir nicht vorstellen«, flüsterte Chris. Ihre Augen sahen durch Phil hindurch auf etwas Unheimliches. »Sie sind nicht tot. Sie bewegen sich. Aber sie sind auch nicht wach . . . Ihre Bewegungen sind steif — als wären sie aus Holz . . . und völlig mechanisch — als säße ein Motor darin, der sie tanzen läßt wie Schaufensterpuppen. Ja, sie bewegen sich, wie wenn sie sich verzweifelt bemühten, aus der gläsernen Falle zu entkommen, die sie gefangenhält. Nicht alle zugleich, aber viele. Dann werden ein paar still, als ob sie erlahmten, und andere, die sich bisher nicht rührten, beginnen zu zucken, zu zappeln ... nicht stark, nur andeutungsweise ... als wollten sie losgehen, etwas Bestimmtes tun. Es treibt sie unerbittlich an, und zugleich bindet sie etwas ...« Sie beugte sich vor und legte ihren Kopf auf Phils Schulter. Das mühsam bewahrte Gebäude ihrer Beherrschung brach zusammen.

»Phil«, schluchzte sie, »ich kann nicht daran denken, ich halte es nicht aus ... den Gedanken an sie ... den Gedanken, daß du ...«

»Sei ruhig«, sagte er. Es hatte wenig Sinn, etwas anderes zu sagen, es war gleichgültig, was er sagte, wenn es nur beruhigend war. »Sei still! Weine doch nicht! Es wird alles gut!« Er sprach weiter die alten Worte des Mitfühlens und Verstehens, mit denen man Kinder beruhigt, wenn sie verzweifelt sind. Er sprach weiter und streichelte dabei ihr Haar, das ihn an der Wange kitzelte. Obwohl er der Kranke war und sie seine Pflegerin, fühlte er sich jetzt stärker als sie, er fühlte, wie sie bei ihm Schutz suchte, und er war bereit, diesen Schutz zu geben. Er roch den Duft ihrer blonden Haare und nahm ihn in sich auf wie etwas Kostbares. Der Wunsch wurde übermächtig, für das Mädchen zu kämpfen, das sich ihm anvertraute und bereit war, sich seinem Willen zu unterwerfen. Es war ein Geschenk, das Wertvollste, das man sich vorstellen konnte, in einer ungeheuren toten Welt — es war die Überwindung der grenzenlosen Einsamkeit.

Einige Minuten blieb es still. Als er merkte, daß ihre Atemzüge langsamer und tiefer wurden, hob er ihr Kinn ein wenig auf und zwang sie, ihm in die Augen zu sehen.

»Wir müssen uns jetzt zusammennehmen«, sagte er. »Zusammen werden wir einen Weg finden, der uns hier herausführt. Wenn es noch so schlimm aussieht — solange man den Willen hat, es besser zu machen, besteht Hoffnung. Glaubst du es mir?«

»Ja«, hauchte Chris.

»Dann denk daran. Denk immer daran. Es wird dann alles leichter. Geh jetzt in dein Zimmer. Und vergiß es nicht.«

Chris versuchte zu lächeln. Mit einem Taschentuch fuhr sie über ihr Gesicht. Dann beugte sie sich nieder und küßte ihn, seinen Mund, seine Wange. Er spürte, wie sie sich von neuem erregte. Nahe an seinem Ohr flüsterte sie:

»Da ist noch etwas ...«

Sie konnte nicht weitersprechen. Sie küßte ihn noch einmal, dann lief sie hinaus.

Der Oberarzt hatte Phil eingehend untersucht.

»Sie haben gute Fortschritte gemacht, Phil Abelsen«, sagte er. »Ich bin zufrieden mit Ihnen. Heute werden Sie sich zum erstenmal als freier Mensch fühlen dürfen! Für ein paar Minuten hänge ich Sie von den Maschinen ab.« Er drehte den Kopf zu Chris, die wie ein Schatten hinter ihm stand. »Sie halten sich am Sauerstoffbehälter bereit — für alle Fälle. Wenn ich es Ihnen sage, geben Sie reinen Sauerstoff!«

Seine Hand bewegte sich über das Schaltpult. Bevor Phil etwas spürte, sah er, daß sich der rote Ball plötzlich nicht mehr aufblähte — er flatterte ein bißchen und blieb dann zusammengeschrumpft, wie eingetrocknet, hängen. Es würgte Phil kurz, ein innerer Zwang ließ ihn ächzend nach Luft schnappen, er hustete und keuchte, er holte tief Atem und merkte die Erleichterung, die ihm das brachte. Als sich der nächste Erstickungsanfall anbahnte, atmete er sofort wieder kräftig, und wieder und wieder ...

Er hatte das Gefühl, zwischen Tod und Leben zu schweben, und elende Angst schnürte ihm die Kehle ein. Sein Blick irrte herum und blieb am Gesicht des Mädchens hängen, dessen braune Augen ihn unbewegt anschauten, als wollten sie ihm Mut einflößen. Dieser Blick linderte sein Angstgefühl, er vermochte sich zu beherrschen und die Luft gleichmäßig tief in seine Lungen zu saugen, sie wieder auszustoßen, sie anzusaugen ...

»Ging das nicht gut, Schwester?« fragte Dr. Myer. »Wollen wir es gleich mit dem Herzen versuchen?«

Chris sah ihm einen Augenblick ausdruckslos ins Gesicht. Dann sagte sie geschäftsmäßig:

»Wie Sie meinen, Herr Doktor.«

»Na, tu doch nicht so, Mädel«, sagte der Arzt. Wieder griff er nach einem Schalter; er drehte ihn langsam herum. Phil beobachtete, wie sich der Kolben langsamer und langsamer bewegte. Dann bewegte sich nichts mehr an der Maschine. Zugleich hatte Phil das Gefühl, als stecke in seinem Brustkorb eine schwere Last. Sein Herz pochte ungestüm gegen eine Hand, die es eisern zusammendrückte. Er fühlte sich aus diesem Prozeß ausgeschaltet, obwohl dieser lebensentscheidend in seinem Inneren ablief; er konnte es nicht begreifen — nichts reagierte auf seine unsichtbaren Anstrengungen. Seine Hände öffneten und schlossen sich, als wollten sie etwas Unsichtbares fassen, eine Schraube preßte seine Kaumuskeln so heftig zusammen, daß seine Zähne knirschten.

Dann spürte er, daß dieser innere Kampf entschieden war — zu seinen Gunsten entschieden. Die Erleichterung war so immens, daß er an nichts anderes denken konnte — nur, daß sein Körper wieder funktionierte. Er fühlte eine zittrige Schwäche in sich, aber er war glücklich; alles andere war hinter einem Paravent verschwunden.

Der Arzt beobachtete die Instrumente auf dem Schaltpult.

»Das Herz hält sich gut«, sagte er, »und auch an den Lungen ist nichts auszusetzen. In ein paar Tagen brauchen Sie die Apparate nicht mehr. In ein paar Tagen sind Sie kerngesund.«

Gesund! Gehen, laufen ... Aber da war doch etwas ... Phil fand langsam zu den Tatsachen zurück.

»Was geschieht mit mir, wenn ich gesund bin?« fragte er.

»Sie werden schlafen«, sagte der Arzt. »Alle früheren Patienten schlafen — bis wir das Ziel erreicht haben.«

Bis wir das Ziel erreicht haben, dachte Phil.

»Was ist das für ein Schlaf, Herr Oberarzt?« fragte er. »Ein künstlicher Dauerschlaf? Eine Art Winterschlaf?«

»Genau das, mein Junge«, sagte der Arzt. Er zog mit dem Bein den Hocker näher und setzte sich ans Bett. »Dieses Schiff faßt eigentlich nur 200 Passagiere. Ich habe über tausendeinhundert Personen darin untergebracht. Dabei geht die Fahrt ins Unbekannte hinaus — niemand weiß, wie lange sie dauert. Wir müssen die Vorräte einteilen, Energie sparen. Die beste Lösung ist der künstliche Schlaf.«

Als er sah, wie Abelsen die Stirn runzelte, sagte er:

»Sie brauchen keine Angst zu haben. Die alten Nachteile dieser Methode sind überwunden — alle wachen wieder auf. Es gibt keinen Muskelschwund und keine epileptischen Anfälle. Das Problem war gar nicht schwer zu lösen: Man muß nur dafür sorgen, daß die Organe funktionsfähig bleiben, die Gliedmaßen genauso wie das Gehirn. Mit anderen Worten, man darf sie nicht ganz in Erstarrung verfallen lassen — man muß ihnen Aufgaben stellen. Haben Sie sich schon mal ein Fußballspiel angesehen, Abelsen? Haben Sie gemerkt, wie man als Zuschauer unwillkürlich mittut, wenn man sich in die Lage des Stürmers versetzt, wenn er vor dem Tor steht? Man setzt an, als stünde man selbst vor dem Ball, den man ins Tor jagen sollte. Jede kleinste Bewegung stimmt mit der des wirklichen Spielers überein, aber nicht nur die Bewegung: Man beobachtet die Mitspieler und die Gegenspieler, man bemerkt, wer von der eigenen Partei freisteht, und überlegt, ob man den Ball abspielen oder behalten soll. Haben Sie's schon einmal erlebt?«

»Ja, Herr Oberarzt«, antwortete Phil.

»Darauf beruht das System«, fuhr Dr. Myer fort. »Keiner darf für dauernd zur Ruhe kommen. Direkt ins Gehirn leite ich die Eindrücke, die die Aktionen auslösen. Sie sind keine ausgeführten Bewegungen, sondern nur die Ansätze dazu: Aber sie genügen, um die Apparatur in Gang zu halten. Einige einfache Impulse, in die richtigen Gehirnzentren geleitet, dienen zur Auslösung der Assoziationen. Alles andere fügt die Phantasie von selbst hinzu.

Ich habe mir ein Programm zurechtgelegt, das alle Muskelpartien beschäftigt und alle Denkprozesse wachhält. Ich habe ein übriges getan: Das Programm ist so ausgearbeitet, daß es die wichtigsten Muskeln gut in Gang hält und vor allem auch jene geistigen Leistungen, die die Tüchtigkeit des einzelnen, die guten Seiten seines Charakters mobilisieren. Verstehen Sie, Abelsen: Das Ganze ist eine Übung! Nach dem Schlaf ist jeder geistig und körperlich funktionsfähiger als je zuvor.«

Phil dachte an die zuckenden Körper, die Chris beschrieben hatte. Hatte sie zu schwarz gesehen? Er suchte ihren Blick, aber sie hielt den Kopf gesenkt. Reglos stand sie im Hintergrund. Es sah aus, als wäre sie durchsichtig.

»Darf ich fragen, was Sie vorhaben?«

Dr. Myer war in freundlicher Stimmung. Er lächelte Phil zu.

»Gewiß«, sagte er. »Es ist kein Geheimnis. Es liegt ja auch nahe. Es wird mein Lebenswerk sein — die Menschheit zu erhalten.« Er schwieg einen Atemzug lang. »Wir haben es ja erlebt«, sagte er, »das Inferno. Und es war vorauszusehen. Es war nicht das erste Mal — denken Sie an die Sintflut. Es gab auch immer schon eine Arche Noah — wie unser Schiff. Aber jedesmal hat man den Ungeist mit ins neue Zeitalter hinübergerettet. Denken Sie an die letzten Tage der Erde und wie es dazu gekommen ist. Denken Sie an das, was die Menschen waren: eine zuchtlose, unordentliche, haltlos hin und her treibende Masse. Jeder wollte etwas anderes, es gab ein Wirrwarr von Meinungen und Wünschen, ein Durcheinander sinnloser Handlungen, ein Sichgehenlassen, ein Indentaghineinleben — ein Chaos von Nachlässigkeit, Pflichtvergessenheit, Ehrlosigkeit. Was war daran noch menschlich?«

Er schaute nachdenklich auf den hüpfenden Punkt des Kardiogramms. Dann hob er erneut an:

»Ich habe es vorausgesehen. Die Waffen waren zu gewaltig. Es war sinnlos geworden, zu kämpfen. Die Streuung des Todes war zu breit; es erfaßte die Tapferen genauso wie die Feigen, die

Tüchtigen wie die Unfähigen. Wahrscheinlich war es richtig, daß es so gekommen ist. Jetzt gibt es einen neuen Anfang.«

»Was werden Sie anfangen?« fragte Phil. Der Oberarzt hörte ihn nicht. Er sprach jetzt zu sich selbst:

»Ich habe das Schiff als Lazarett eingerichtet. Ich hatte darauf bestanden, daß man dieses Schiff beschlagnahmt, das für einen militärischen Einsatz bestimmt war. Wissenschaftler hatten es für eine größere Aufgabe bestimmt, als es das Aufsammeln von Verwundeten ist. Während sich das Deuterium entzündete, befand ich mich auf einer Bahn zwischen Erde und Mond. Ein Treffer hatte unsere Raumstation zerfetzt, das Schiff war voll von Verwundeten. Es waren weit mehr als gewöhnlich — meist leichtere Fälle, die noch rechtzeitig in den Raumanzug gekommen waren. Wir hatten sie in einem gespannten Netz gefangen wie Fische.

Ich gab sofort den Startbefehl. Das erste Ziel ist RZ 11, unser nächster Nachbar im intergalaktischen Raum, weit näher als Centauri. Die Astronomen haben ihn erst kürzlich mit dem Laser angepeilt. Die Sonnenplaneten sind mir zu unsicher — ich weiß nicht, was für Folgen der Erdbrand noch haben kann. Vielleicht setzt er sich bis zu ihnen fort. Vielleicht gerät das Sonnensystem aus den Fugen.«

»Und die Stationen auf dem Mond, dem Mars und auf der Venus?« fragte Phil. Der Arzt blickte ihn stirnrunzelnd an.

»Waren längst aufgelassen — zurückgenommen zum Dienst auf der Erde. Die Mondstation war schon vorher so gut wie vernichtet.«

»Was werden Sie tun, wenn wir das Ziel erreichen?« fragte Phil wieder.

»Ich habe alles im Raumschiff, um eine kleine Station aufbauen zu können — ganz gleichgültig, wie der Brocken aussieht, auf dem wir landen. Ich habe Schmelzbomben und kann, wenn es nötig ist, Seen verdampfen und Berge versetzen. Alle Fahrzeuge und Maschinen sind von einer Zentrale im Raumschiff lenkbar. Die

Vorratsräume enthalten genug Bestandteile von Fertighäusern, um alle unterbringen zu können. Um etwas Komfort zu erreichen, stehen uns die Möbel des Schiffs zur Verfügung. Der Antriebsreaktor läßt sich ausbauen und für jeden anderen Zweck verwenden. Außerdem besitze ich genug Ausgangsmaterial für Kombiplast, um, wenn es nötig ist, ein Tal damit auszugießen. Sie wissen, das Zeug quillt auf wie Kuchenteig, wenn man die Grundstoffe mischt. Auch eine vollständige medizinische Diagnose- und Therapieeinrichtung mit allen Apparaten ist vorhanden — was wünscht man sich mehr!«

»Sie wollen den Planeten besiedeln?« fragte Phil.

»Ich werde ein System einrichten, in dem Zucht und Ordnung herrschen«, sagte der Arzt. »Ich werde dafür sorgen, daß die kleine Kolonie mustergültig funktioniert. Ich brauche keinen Fortschritt und keine Veränderung. Mein System wird statisch sein. Ich werde dafür sorgen, daß es anläuft und daß es weiterläuft, wenn ich nicht mehr sein werde. Eine kleine Gruppe von Menschen, die alles haben wird, was sie braucht.«

Jetzt sah er Phil an, den mageren Kopf, der tief im Luftkissen eingegraben lag.

»Hast du darüber nachgedacht, was der Mensch braucht?« fragte er, aber er sprach gleich weiter. »Das ist ein schweres Problem, vielleicht das schwerste. Zunächst müssen die physikalischen Voraussetzungen gegeben sein. Der Mensch verträgt keine großen Abweichungen vom Gewohnten. Temperatur, Druck, Schwerkraft, das Strahlenspektrum, die Helligkeit und noch vieles andere, an das man nicht denkt, müssen stimmen. Aber diese Dinge sind genau untersucht — im wesentlichen sind es Fragen der Energie und ihrer Verwandlung; wir beherrschen sie. Chemismus, Stoffwechsel, Atmung, Nahrung — auch dieses Problem ist zu lösen. Die verbrauchte Luft wird regeneriert. Mit dem Wasser machen wir es ähnlich. Bei der Ernährung müssen wir den Körper ein wenig den Umständen anpassen. Er bekommt alles, was er benötigt — Aufbaustoffe, Kohlehydrate, Eiweiß, Vitamine, Spurenelemente. Nur in der Art der Darbietung müssen wir uns vom Gewohnten trennen. Alles wird in Form von Konzentraten verabreicht — einige Pillen, Reinstoffe ohne Schlacke. Wir haben eine Synthetisiermaschine an Bord, die jeden Nährstoff aus beliebigen Grundsubstanzen aufbauen kann, wenn sie nur die richtigen Elemente enthalten. Das bringt natürlich eine gewisse Umstellung mit sich. Manches wird überflüssig — die Kauwerkzeuge, ein Teil der Verdauung, der Magen- und Darmfunktion. Aber das kriegen wir schon hin. Diese Einschränkung wird zur allgemeinen Gesundung beitragen.

Das wäre aber erst der eine Teil; der andere ist schwieriger, und man hat ihn viel zu spät erkannt. Der Mensch ist nämlich kein Dieselmotor, der läuft, solange er Öl und Sauerstoff bekommt. Er braucht einen Inhalt, er braucht Autorität, er braucht ein Ziel.

Was ist der Inhalt seines Lebens? Früher war er gezwungen zu arbeiten, und das füllte ihn aus. Als ihm Maschinen die Arbeit abnahmen, begann sein geistiger Zusammenbruch. Niemand beachtete damals, daß Beschäftigung notwendig ist und daß der Mensch vom Sinn seiner Beschäftigung überzeugt sein muß. Heute weiß man, daß er nicht unbedingt der Arbeit bedarf — was er tut, ist gleichgültig, wenn es ihn nur ausfüllt, wenn es seine körperlichen und geistigen Kräfte anspannt. Ich werde also dem Leben, das wir leben werden, einen Inhalt geben.

Nun zur Autorität. Es gab einst ein Zeitalter, da sprach man viel von Freiheit. Heute ist jedem klar: Freiheit ist eine Illusion, selbst der Gedanke daran ist schädlich. Der Mensch braucht jemand, der ihm befiehlt, der jede Neigung zu Ungehorsam niederzwingt. Das gibt ihm den Halt, an den er sich klammern kann. Die Rolle des Befehlshabers werde ich spielen; glauben Sie nicht, daß ich es gern tue — es ist die schwerste. Mir hilft keine Erziehung, die die Leute von Jugend an auf ihre Gehorsamspflicht in bestimmten Situationen vorbereitet — denn diese Situation ist neu. Ich werde chemische Mittel brauchen, um den nötigen Gehorsam zu erreichen. Es gibt solche Mittel, und ich verfüge darüber. Im Grunde genommen ist es gleichgültig, auf welche Weise man die Ordnung aufrechterhält.

Und nun zum dritten, dem Ziel. Der Mensch ist so eingerichtet, daß er nach jeder Ursache eine Wirkung sehen will. Die Wirkung ist dann der Sinn der Ursache. In kleinen Dingen funktioniert das tadellos, aber es krankt in den großen. Da gilt es nämlich nicht mehr. Der Sinn eines Lebens, der Sinn des Menschengeschlechts! Man muß den Sinn künstlich schaffen. Und da das die wenigsten können, werde ich es für sie tun. Ich werde unserem künftigen Leben einen Sinn geben, von dem aus jeder seine Existenz begreift.«

Der Oberarzt hatte gesprochen wie vor einem großen Auditorium. Jetzt, als er geendet hatte, sah er um sich. Im Hintergrund stand ein Mädchen mit gesenktem Kopf. Vor ihm lag ein Kranker mit halbgeschlossenen Augen. Der Oberarzt seufzte und winkte die Schwester heran.

»Wir schalten die Maschine wieder ein. Helfen Sie mir!«

Er beobachtete die Leuchtschirme und Zeiger und verstellte einige Knöpfe.

»Wie soll das Leben weitergehen?« fragte Phil. »Ich meine — es sind doch nur vier Frauen da . . .«

»Das habe ich nicht vergessen«, sagte der Arzt. »Vier Frauen, das ist nicht viel. Aber sie sind alle jung. Sie werden mindestens noch fünfundzwanzig Jahre fruchtbar bleiben. Das genügt. Natürlich können wir ihnen nicht zumuten, die Frucht auszutragen. Aber das Problem der ektogenetischen Reifung ist ja glücklicherweise gelöst. Wir haben einen Brutofen im Schiff.«

Der Arzt sah zuerst Phil und dann die Schwester an. Beide schauten an ihm vorbei.

»Seien Sie nicht zimperlich«, sagte er scharf. »Das ist in unserer Situation fehl am Platz. Denken Sie lieber an die Vorteile! Man erspart den Frauen die anstrengende Schwangerschaft. Außerdem werde ich das Erbgut kontrollieren. Die nächste Generation wird tüchtiger sein als die heutige, verlassen Sie sich darauf!«

Er zog sein Notizbuch aus der Tasche und blätterte darin.

»Morgen schalten wir zwei Stunden ab, übermorgen vier und so weiter. In fünf Tagen sind Sie gesund, Abelsen. Kommen Sie, Schwester!«

Er schob die Tür auf und wartete, bis Chris hinausgegangen war. Dann folgte er ihr.

11

Es war Nacht über dem Kasernengelände, die Fenster der Gebäude waren dunkel, die Übung war vorbei. Die Mannschaft und die Unteroffiziere waren zur Ruhe gegangen; nur der Wachtposten schritt seine einsame Runde. Vielleicht wachte auch der Major — das wußte niemand.

Abel lag in seinem Bett, den Kopf in die hinter dem Nacken verschränkten Arme gestützt. Er konnte durch die Fenster auf einen leeren, verschwommenen Fleck Betonstraße sehen. Es war so weit. Heute war seine Nacht. Es war das Ende und der Beginn, wenn er auch nicht wußte, was beginnen sollte.

Er wartete noch eine Weile. Dann ließ er sich langsam am Bettpfosten hinab. Im zweiten Bett merkte er eine Bewegung, Austin setzte sich auf.

»Wohin gehst du?«

»Sei still«, sagte Abel. Er zog Hose, Jacke und Stiefel an und trat vor die Tür. Hinter ihm ein Geräusch — Austin.

»Was hast du vor?« fragte Austin.

»Warum fragst du — es interessiert dich doch nicht!« antwortete Abel.

Austin hielt ihn am Ärmel fest. »Deine verrückten Ideen sind mir gleichgültig, aber du darfst mir meine Pläne nicht verderben!«

»Darf ich nicht?«

Abel trat ans Gangfenster und hielt nach dem Posten Ausschau.

»Sei doch nicht so stur«, bat Austin. »Ich weiß jetzt, wie ich entkommen kann. Hör zu: Ich sprenge den Ausgang auf.«

»Womit?« fragte Abel.

»Es muß doch hier irgendwo Sprengstoff geben. Dynamit. Granaten. Bomben.«

Dynamit, Granaten, Bomben. Bomben. Abel mußte diese Ausdrücke schon einmal gehört haben. Er wußte, was sie bedeuteten. Natürlich. Sie waren beim Militär, und beim Militär mußte es Sprengstoff geben. Sprengstoffe. Geschütze. Raketen. Raketenbasen. U-Boote, Raumstationen. Bomben, Bomber, Atombomben. Sie waren beim Militär, und beim Militär gibt es das alles. Aber wo war es?

»Meinst du?« fragte er. »Und wo?«

»In den Vorratsräumen, in den Magazinen. Irgendwo.«

»Wie willst du da rankommen?«

»Es liegt doch alles unversperrt da. Wo haben wir schon Sicherungen gefunden . . .?«

»Ja«, sagte Abel. »Die Kleidungsstücke, die Zelte und die Taschenlampen. Und das andere Gelumpe. Die Pistolen sind unter Verschluß. Wo sind wir schon auf Waffen gestoßen?«

Der Posten erschien weit links am Rande des Magazins. Langsam wanderte er über die Betonstraße.

»Ich werde etwas auftreiben.«

Der Posten erschien vor dem Fenster; man hörte seine Schritte. Abel und Austin zogen die Köpfe ein. Die Schritte wurden leiser . . . unhörbar.

»Wie kannst du so gleichgültig sein«, sagte Austin. Es war etwas wie Schluchzen in seiner Stimme. »Denk doch an draußen. An die Freiheit. Es besteht die Möglichkeit, daß wir hinauskommen, fort von hier aus diesem Zuchthaus. Hier sind wir gefangen. Wir sind

Gefangene! Irgendwo unter der Erde vergraben.«

Unter der Erde, dachte Abel. Unterstände, Bunker. Entseuchte Luft. Künstliches Klima. Gefangene. Dann gäbe es draußen ... Aber er wußte, daß es nicht wahr war. Es war nicht so einfach. Austin verstand das nicht.

»Das kann dir doch nicht alles gleichgültig sein!« flehte Austin. »Das kannst du doch nicht aufs Spiel setzen! Laß mir Zeit, wenigstens noch ein paar Stunden!«

Abel ging an die Tür und zog sie leise auf.

»Das kann dir doch nicht gleichgültig sein — die ewig lange Zeit, die wir hier verbracht haben. Der Major, der daran schuld ist. Du irrst dich, Austin. Du jagst einem Phantom nach. Draußen kann nichts sein als die Leere. Ich habe mir das einzig Reale ausgesucht, was sich tun läßt: Ich werde den Major töten. In dieser Nacht werde ich ihn töten.« Er ging hinaus. Er kümmerte sich nicht mehr um Austin.

Er schlug den Weg zu den Schützengräben ein, wobei er sich möglichst an die Wände der Bauten hielt. Das freie Feld zwischen der letzten Baracke und dem ersten Graben übersprang er mit ein paar Sätzen, nachdem er sich überzeugt hatte, daß niemand in der Nähe war.

Er schlich durch die Gräben vorwärts. Er kannte ihr System genau und wußte, wo er um Ecken biegen und wo er geradeaus gehen mußte. Er folgte dem Labyrinth in scheinbar sinnlosem Hin und Her und Vor und Zurück, und dann war er dort, wo er hinwollte — an seinem Lehmversteck. Er hatte keine Taschenlampe, er brauchte kein Licht, er hätte die vergrabenen Teile auch gefunden, wenn die Fäden, die er bald ertastet hatte, nicht aus der Wand hervorgestanden hätten.

Er grub die Pistolenteile aus. Sie waren dreckig und verschmiert, aber das waren sie oft gewesen. Sie ließen sich reinigen. Er hatte das Putzzeug mitgenommen, sogar die Molybdändisulfidpaste zum Schmieren. Und noch einmal, das letzte Mal, machte er sich daran, die Pistolenteile zu reinigen und zusammenzusetzen, wie er es so oft geübt hatte. Den Lauf holte er aus der Rocktasche und setzte ihn ein. Nach fünf Minuten hielt er eine echte, geladene Pistole in der Hand. Drei Projektile steckten im Magazin, und diese drei Projektile sollten genügen.

Gebückt ging er durch die Gräben zurück. Hier war er gedeckt. Nur gelegentlich steckte er den Kopf hinaus und sah sich um. In dieser Nacht war mehr als eine Wache unterwegs. Einmal sah er drei Posten auf einmal. Zwei standen auf dem freien Feld zwischen den Baracken beisammen, während der dritte langsam hinter einer Ecke verschwand.

Er hätte nicht länger zögern dürfen. Sie fühlten sich nicht mehr sicher. Würden die Türen versperrt sein? Sie waren nicht zum Versperren eingerichtet, und so rasch ließen sich ganze Serien von Türen nicht versperren. Abel war davon überzeugt, daß noch viele weitere Türen in den umgrenzten Gang führten; sie konnten nicht alle bewacht sein. Bisher hatte die bloße Tatsache genügt, daß die Soldaten nichts im Inneren des Maschinenhauses und der meisten anderen Baulichkeiten zu tun hatten. Folglich durften sie sie nicht betreten, das stand fest.

Je klarer Abels Gedanken wurden, um so unglaublicher erschien es ihm, wie leicht im Grunde genommen hier jede Meuterei war. Um so deutlicher wurde ihm aber dabei auch die Stärke dieser Organisation, in die er irgendwie hineingeraten war — die Beherrschung durch die schwarze Kugel. Solange man sie einnahm, brachte man es psychisch nicht fertig, einen Befehl zu ignorieren. Und solange man die Befehle befolgte, nahm man Pillen ein. Ein Teufelskreis für den, der hineingeriet. Doppelt gesichert dadurch, daß niemand von der Wirkung der Droge wußte.

Er war an den Rand des Irrgartens der Gräben gekommen, an einer anderen Stelle als jener, an der er ihn betreten hatte — möglichst nahe dem Maschinenhaus. Nachdem er sich umgesehen hatte, sprang er hinaus und rannte hinüber zur Tür. Jetzt kam ein entscheidender Augenblick — war die Tür bewacht? Er zog die Pistole aus der Tasche und atmete einige Male tief. Dann riß er die Tür auf, stürmte hinein und warf sich an die linke Wand neben einen Aufbau aus Isolatoren und Drähten. Er wartete wieder eine Weile und lauschte in die Dämmerung.

Das Singen des Schwungrades füllte den Raum. Ganz leise Knistergeräusche kamen von den Leitungen über ihm. Er vermeinte, bläuliche Strahlen darüber tanzen zu sehen, aber sobald er die Augen darauf richtete, waren sie verschwunden.

Er erhob sich und musterte seine Umgebung durch das Fenster. Dort drüben beim Magazin bewegte sich etwas im Schatten. Er versuchte das Dunkel zu durchdringen. Geduckt lief jemand vor einer hellen Stelle der Mauer vorbei. Austin. Austin geisterte dort herum, auf der Suche nach einer Sprengladung. Wenn sie ihn erwischten, gab es Alarm. Abel wußte nicht, ob das gut oder schlecht für ihn war. Wahrscheinlich war es gleichgültig; denn wenn alles nach Wunsch ging, war er bald am Ziel.

Er schlich nach hinten zur Wand, tastete nach der Tür, nach dem Hebel. Auch diese Tür war noch unverschlossen. Rasch öffnete er sie, schlüpfte hindurch und schloß sie wieder, um zu verhindern, daß der Schein der Glimmlampen nach außen drang. Auch den Hebel schwenkte er hinab.

Der Korridor erstreckte sich verlassen nach links und rechts. Abel packte die Pistole fester und ging in dieselbe Richtung wie bei seinem ersten Eindringen. Würde er jemand treffen? Den Major — dann war es gut. Die Frau? Einen Sergeanten? Wer hatte hier Zutritt?

Er wußte zu wenig. Immer mehr Fragen tauchten auf. Welchen Zweck hatte die Kaserne? Wie kam er, Abel, hierher? Was war vorher gewesen?

Er hielt dort, wo er gestern die Frau getroffen hatte. Die Tür war geschlossen. Lange hielt er das Ohr daran, dann drückte er den Hebel in kleinen Rucken nach rechts. Er zog die Tür über die

Rollen auf. Das Licht, das ihm entgegenfiel, wirkte unangenehm hell. Es blendete.

Kein Mensch befand sich hier. Abel trat ein. Er spannte seine Sinne an — nichts Verdächtiges zu bemerken. Die große Maschine stand still. Auf den ersten Blick erschien sie als ein Gewirr von mattblinkenden, an den Ecken grünlich schimmernden Glasröhren mit kolbenförmigen Erweiterungen, durch die Drahtspiralen liefen, in die Goldspitzen ragten, die von Ringen und Reifen umgeben waren. Kabel verbanden die Metallteile in abschnittsweise geraden, stets nur in rechten Winkeln geknickten Linienzügen. Vor der Anordnung standen einige Kästen übereinandergebaut, stets der kleinere auf den größeren aufgesetzt. Sie hatten graue Plastikwände, in die Reihen von kleinen kreisrunden Löchern gestanzt waren. Die Rahmen bestanden aus schwarzgrauem Metall, in denen silberne Nieten saßen. Der unterste Kasten war groß wie ein Tisch und durch ein dickes Rohr mit der rechten Wand verbunden, die von einem schwarzen Rahmenwerk durchkreuzt und mit dem grauen Kunststoff verkleidet war. Eine Platte war abgehoben und stand am Boden, an die Verkleidung gelehnt. Dort war der Einblick ins Innere frei — waagrecht, senkrecht und unter fünfundvierzig Grad gegen die Horizontale geneigte dünne Drahtstäbe bildeten ein Gitter, dessen Kreuzungspunkte von Ringen umfaßt waren.

Abel trat näher. Kurz sah er sich um. Er hatte die Tür offengelassen, der Spalt wirkte von hier aus dunkel, wie ein Fenster in der Nacht. Das war also die Erklärung, und in der Tat hatte Abel das Rätsel auf diese Art zu lösen versucht. Aber er war nicht sicher gewesen, in ihm hatte sich ein seltsames Mißtrauen geregt, eine Angst, auf irgendeine außerhalb seines Begreifens stehende Weise hintergangen zu werden.

Er kehrte wieder um und trat an die Maschine heran. Neben dem Turm aus Kästen stand ein Dreibein mit einem Mikrofon; die Zuleitung kam aus dem Seitenteil des untersten Kastens, dessen

Deckplatte eine Art Schaltpult bildete. Neben einem großen Kippschalter war eine Anzahl mit chemischen Formelzeichen versehener Druckknöpfe eingelassen; eine Röhre, die von der Glaskonstruktion auslief, endete rechts neben dem Pult in einer Art Schüssel.

In Abels Nase stieg ein leicht brenzliger Geruch. Er zog die Luft prüfend ein — es roch nach Feuer und kam von unten. Er bückte sich — ein Faden Rauch wand sich empor ... neben einem Fuß des Mikrofonständers glimmte etwas rot. Ein Zigarettenstummel. Er schloß für einen Moment die Augen. Zigaretten, Coca-Cola, Radiomusik, Fernsehen. Gebäck und Nüsse ... Das alles gab es irgendwo. Oder hatte es gegeben. Oder: würde es geben. Aber er hatte keinen Zugang dazu.

Der rauchende Zigarettenstummel. Er bedeutete etwas. Ein Strudel zog ihn in die Gegenwart zurück. Vor kurzem mußte jemand hiergewesen sein. Zigaretten — das ist Luxus. Also: der Major. Oder eine Frau? Er hob das glimmende weiße Ding auf ... Es hatte keine Lippenstiftspuren. Also der Major.

Abel stand in halb geduckter Haltung da. Die Pistole lag in seiner Tasche. Er steckte die Hand hinein und umschloß den Griff der Waffe. Dann ging er an die linke Wand, an der eine Tür war — eine offene Tür.

Wieder betrat er einen Gang. Fassungslos blieb er stehen. Er blickte auf eine Garnitur Stahlrohrsessel, die um ein niedriges Tischchen mit schwarzer Kunststoffplatte montiert waren. Einem massigen Blumentopf entwuchs ein Gummibaum, der mit seinen Blätterkaskaden bis unter die Decke reichte. An der Wand standen zwei Büroschränke, die Rollen waren emporgezogen, darunter reihten sich mehrere Batterien von Ordnern. Ein Aktenbock war mit Lochkartenstößen vollgestopft. Auf einem Tischchen stand eine automatische Schreibmaschine mit Mikrofon, in einem Fach darunter ein Tonbandgerät.

Ein Geräusch riß Abel aus seinen Betrachtungen. Sofort zog er sich hinter die Tür zurück. Er legte sich auf den Boden und blickte um die Ecke. Im Blickfeld erschienen nun eine Person und dann noch eine. Sie kamen aus jenem Teil des Raumes hinter den Sesseln, den er noch nicht betreten hatte und den er von seinem Platz aus nicht einsehen konnte. Die erste Person war ein Soldat in der guten Uniform. Er hatte eine schwarze Binde vor den Augen und stapfte unsicher vorwärts. Der hinter ihm schritt und ihn vor sich herschob und lenkte, war ein Sergeant. Beide verschwanden in der jenseitigen Gangfortsetzung. Die Schritte verstummten, und dann erscholl das Klopfen. Eine Tür ging, und Abel hörte die Stimme einer Frau.

»Na, komm rein, Kleiner.«

Unbestimmte Geräusche. Eine Tür fiel zu. Schritte. Der Sergeant kam wieder in Sicht. Er trat an den Aktenschrank, holte einen Ordner heraus, schlug ihn auf, blätterte darin.

Abel lag unschlüssig auf seinem Beobachtungsplatz. Er schätzte die Entfernung von sich bis zu dem Mann — es waren nur zwanzig Schritte. Wenn dieser bei der Maschine etwas zu tun hatte, konnte er in Sekundenschnelle da sein.

Abel wollte nicht mehr riskieren, als unvermeidlich war. Er hielt nach einer Stelle Ausschau, an die er sich zurückziehen konnte und an der er von der Tür aus nicht gleich sichtbar war. An der Wand hinter dem gläsernen Gebilde standen mehrere Dinge, die elektrische Schaltaggregate sein mochten, auf Tischchen; zwischen ihnen waren Ecken und Nischen frei.

Abel zog sich in eine dieser Nischen zurück, um abzuwarten. Die Wand war hier kanzelartig ausgebuchtet, ein Drehschemel stand vor einem Pult. Wer daran saß, konnte durch ein kleines Fenster sehen, das den Blick hinaus freigab.

Abel horchte auf die Geräusche aus dem Nebenraum . . . er vernahm nichts Beunruhigendes. Er setzte sich auf den Schemel und schaute durch die Glasscheibe. Jetzt erkannte er, wo er war: neben dem großen Hof vor dem Unterkunftsgebäude des Majors.

Ein Geräusch veranlaßte ihn, sich auf den Boden zu legen, in die Deckung der Schaltanordnungen und Tische. Er hörte Stimmen, durch das Hallen klangen sie vermischt, aber einige Wortfetzen konnte er verstehen.

»... Zeit für dich, Kamerad?«

»... schon in fünf Minuten ein, oder nicht?«

»Was hältst du von den verstärkten Wachen?«

»Eine Übungsmaßnahme, was sonst?«

»Und die verschwundene Taschenlampe, Kamerad?«

»... als eine Übungsmaßnahme ...«

»Die Sache kommt mir doch recht ernst vor... ist genaugenommen Sabotage ... kann eigentlich nicht begreifen ...«

»Na, eben, Kamerad. Drum hab ich da meine eigene Meinung.« Er dämpfte seine Stimme, aber die Worte waren jetzt besser zu verstehen als vorher. »... bin überzeugt, der Major hat sie selbst im Abfluß versteckt.«

»... weshalb?«

»Ist doch klar, Kamerad. Die Korporale werden zu bequem. Müssen etwas auf Trab gebracht werden. Sollen sich ein wenig anstrengen. Besser auf die Mannschaft aufpassen. Sonderdienst machen. Wache schieben.« Seine Stimme wurde allmählich lauter. »Der Vorgesetzte ist das Vorbild der Mannschaft. Er darf niemals lockerlassen ... Nur die unablässige Arbeit an sich selbst .... dazu ist der Dienst da, die Übungen, der Unterricht. Er muß stets ... und mehr als seine Pflicht ... Treue des Soldaten ... Ehre ...«

»Gewiß, Kamerad. Du hast recht, Kamerad.«

Sie sind überzeugt von dem, was ihnen der Major vorschwätzt, dachte Abel. Es sind arme Hunde wie wir. Ob der Major ...? Ein schrecklicher Gedanke schoß ihm durch den Kopf: Vielleicht war auch der Geist des Majors nicht frei, und er war gar nicht der Schuldige, sondern Werkzeug. Aber wessen Werkzeug? Er verwarf diesen Einfall. Sie befanden sich in einem geschlossenen System ohne Verbindungsmöglichkeiten zu anderen Räumen. Der Major war die treibende Kraft, der Motor dieser Welt — der Schuldige dafür, daß sie so war, wie sie war. Jetzt war er dessen wieder gewiß.

»... pünktlich sein. Wenn er zur Wachablösung kommt?«

»Heute nicht. Er hat das Schild vorgezogen.«

»Trotzdem. Ordnung muß sein. Kopf hoch, Kamerad!«

»Kopf hoch!«

Schritte, Türenschlagen ...

Ein Mann hatte den Raum verlassen. Abel hörte leises Rascheln von Papier.

Er richtete sich auf und spähte durch das Fenster. Der Kasernenhof war nicht mehr leer. Zehn Männer mit Stahlhelmen standen draußen angetreten. Sie standen völlig unbewegt, man hätte sie für leblos halten können. Jetzt trat ein elfter Mann ins Blickfeld, es mußte der Sergeant sein, der die Wachablösung vornahm. In ungefähr zehn Meter Entfernung von der angetretenen Wachmannschaft blieb er stehen.

Von der anderen Seite kam jetzt eine zweite Reihe von Soldaten. Sie marschierte geradeaus, bis sie sich der wartenden Einheit genau gegenüber befand. Mit einem Ruck hielt sie an.

Durchs Fenster drang kein Laut, und um so marionettenhafter wirkte das nächtliche Schauspiel. Die abgemessenen Bewegungen, die abgehackten Schritte, die zackigen Kehrtwendungen, die steife Haltung der Körper. Holzpuppen an Fäden. Eine Bühne, Kulissen. Eine Zeremonie. Das Spiel der Willenlosigkeit.

Die zwei Reihen marschierten ab. Der Sergeant blieb stehen, bis sie verschwunden waren. Dann drehte er sich um und kam auf das Gebäude zu.

Eine Tür ging. Abel duckte sich.

»Alles in Ordnung?«

»Natürlich. Alles funktioniert.«

»Man darf sich nie zufriedengeben, sagt der Major.«

Die Stimmen blieben eine Weile still. Dann klangen sie wieder auf.

»Hast du noch lange hier zu tun, Kamerad?«

». . . fertig.«

Die Rouleaus des Aktenschrankes rasselten.

»Ich gehe in die Wachstube.«

»Ich gehe schlafen.«

»Gute Nacht, Kamerad. Und Kopf hoch!«

»Kopf hoch!«

Die Stiefelabsätze klopften. Die Tür ging. Stille.

Abel wagte sich wieder aus seiner Deckung heraus. Er ging zur Tür. Die Luft schien rein. Vorsichtig um sich spähend und immer wieder lauschend, schlich er vor. Jetzt stand er an der Sesselgarnitur. Hinter dem Mauervorsprung, der ihm die Sicht abgeschnitten hatte, war die Tür, durch die die Sergeanten aus und ein gegangen waren. Vor ihm erstreckte sich der Gang. An der rechten Wand hingen Bilder — Stahlstiche, Drucke und Farbfotos von Männern. Männer in Uniformen: General Wellington, Friedrich der Große, General Rommel, Oberst Yo Fan, Kommodore Melisander. An zwei gekreuzten, mit Ringen befestigten Stangen hingen Fahnen. Eine rot-gelb-blau gestreifte und eine gelbe mit einem schwarzen Kreuz. Auf einem Stück aufgezogenem Pergament standen in Prägeschrift die Worte: Das höchste Gut ist die Ehre. Unsere Ehre heißt: Soldatentum.

In der linken Wand sah er vier schmale Türen; in ihnen waren Fensteröffnungen ausgespart, in denen Vorhänge zu sehen waren. Der Vorhang der ersten Tür war dicht zugezogen, jener der zweiten stand offen. Das Licht einer Nachttischlampe malte einen gelben Fleck auf eine Couch und beleuchtete die schmale Kammer schwach. Sie hatte kaum Platz für die wenigen Möbelstücke, einen Metallschrank, ein Nachtkästchen, einen Korbsessel. Eine mit Scharnieren an der Wand befestigte Tischplatte war aufgeklappt. Darauf stand eine Schale aus blauem Glas.

Abel hielt sich nicht auf. Aus dem nächsten Zimmer klangen Worte. Der Vorhang gab nichts frei. Abel legte das Ohr an die Kunststoffverkleidung. Frauenstimmen.

». . . aber ich bin nicht ganz sicher.«

»Würdest du es tun? Ich meine, wenn es nicht verboten wäre?«

»Ich würde es tun.«

»Aber es ist keine Lösung.«

»Gewiß nicht.«

»Nimm noch ein Stück Kuchen. Ja, ich würde es tun.«

»Du würdest erwischt werden. Auch sie wird er erwischen.«

»Und was dann?«

»Der Kuchen ist gut. Du mußt mir das Rezept geben.«

»Ich schreib' es dir auf. Hast du einen Kugelschreiber bei dir?«

»Ich müßte immer an das denken, was dann geschehen könnte.«

»Das ist es eben. Es gibt ein Dann.«

Abel schlich zur nächsten Tür. Der Vorhang war geschlossen. Daran mit Stecknadeln befestigt hing ein Zettel: Besetzt. Abel hörte Flüstern und unbestimmte Geräusche, aber er konnte kein Wort verstehen.

Nach den vier Türen machte der Gang einen Knick und führte geradewegs auf eine große Tür zu. Daran hing ein Schild: Zutritt verboten.

Das mußte es sein — das Allerheiligste, der Wohnraum des Majors. Abel zog die Pistole aus der Tasche. Er fühlte die Erwartung in sich stärker werden. Er trat einen Schritt auf die Tür zu. ›Zutritt verboten.‹ Sollte diese Tür versperrt sein? Wohl kaum.

Sein Blick fiel auf seine Hand. Sie war ruhig. Er war ein guter Schütze. Die Pistole war bereit. Er hatte sie selbst zusammengesetzt und geladen. Mit einemmal stieg ein Zweifel in ihm hoch: Lag das Magazin richtig? So, daß eine gefüllte Kugeltasche an der Zündung lag und nicht eine leere? Er ließ das Magazin herausgleiten — dazu brauchte er nicht einmal den Griff herabzuklappen; denn seine Pistole hatte keinen Griff. Sie lag zwar nicht gut in der

Hand, aber gut genug, um damit zielen und treffen zu können.

Das Magazin war richtig gefüllt; die drei Kugeln saßen in den drei oberen Taschen, die beiden anderen waren leer. Drei Schuß — genug für einen Mann. Abel tat ein übriges: Er ließ eine Kugel herausgleiten und sah sie an — als könnte etwas an ihr nicht in Ordnung sein. Aber alles war in Ordnung — es war eine Kugel wie alle vielen tausend Kugeln, die er schon verschossen hatte — silbriggrau, lanzettförmig, die Achse von einem feinen Kanal durchbohrt.

Plötzlich zuckte er herum — ein Geräusch? Stille. Vielleicht war es aus dem Zimmer gekommen, in dem sich die beiden Frauen unterhielten. Abel mußte jetzt über sich selbst lachen. Da stand er mit geladener Pistole, direkt vor der Höhle des Löwen! Aber was machte es aus? Die Kugel ins Magazin, das Magazin in die Pistole, ... eine Sekunde, nicht einmal eine Sekunde.

Er zögerte nicht mehr. Er trat ganz nahe an die Tür. Da war wieder der Laut von vorhin ... ein Schrei, gedämpft, unterdrückt? Er kam von der Tür des Majors. War der Major nicht allein?

Gleichgültig. Niemand kann so schnell schießen wie ein Mann, der die Pistole schon in der Hand hält und seit Tagen darauf brennt zu schießen.

Abel legte die Hand auf die Klinke und drückte sie hinunter, langsam wie einen Minutenzeiger. Er fühlte den leichten Widerstand der Federung und dann den starken des Anschlags. Er verlagerte die Richtung seines Drucks nach vorn. Der Türflügel gab nach. Wieder bremste er seine Ungeduld und bewegte ihn millimeterweise vorwärts.

Die Geräusche wurden lauter. Pochen unterbrach die Worte. Abel verstand jetzt:

»Zweite Batterie — Feuer. Dritte Batterie — Feuer. Bombenklappen auf! Achtung — Raketen im Anflug von Nord. Fertig machen zum Sturmangriff. Ulanen auf die Pferde!«

Abel hatte die Tür jetzt um einen handbreiten Spalt geöffnet. Er sah noch wenig: einige Stühle, eine Landkarte an der Wand.

»Torpedos fertig machen. Feuer! Flammenwerfer vor! Achtung — feindliche Panzer von links! Einnebeln! Stürmt die Barrikaden! Giftgas einsetzen!«

Abel stieß die Tür vollends auf. Ein kahles Zimmer. Wenig Möbel. Ein Feldbett. Darauf der Major. Er hielt die Augen geschlossen und brüllte seine Schreie hinaus.

»Die Panzerkreuzer vor! Atombomben auf die Festung! Brecht die Mauer ein — Sturm! Sturm!«

Sein Gesicht war rot, Schweiß überzog seine Stirn mit einzelnen Tröpfchen, das Haar stand wirr von seinem Kopf ab.

Abel hob die Pistole und rief:

»Herr Major!«

»Übernehmen Sie das zehnte Regiment! Dringen Sie von der Seite in die Festung ein!«

»Herr Major!« schrie Abel.

Der Major öffnete die Augen. Sie starrten Abel leer an.

»Ein prächtiges Gefecht, Kamerad. Was meinten Sie?«

»Herr Major!« schrie Abel. Er trat mit erhobener Pistole an den liegenden Mann heran. Kleine Speichelbläschen saßen an dessen Mundwinkeln. Das Haar war von grauen Strähnen durchzogen. Mühsam setzte er sich auf seinem Bett auf.

»Wir müssen durchhalten«, lallte er. »Unsere Ehre steht auf dem Spiel. Das ist der große Krieg. Der Soldat hat immer seine Pflicht getan. Wir sind klar zum letzten Gefecht.«

Abel war verzweifelt. Der Major sollte verstehen! Er hielt ihm die Pistole vor die Augen, packte ihn an den Schultern und schüttelte ihn.

»Major«, brüllte er. »Wir sind nicht im Krieg. Wir sind in der Kaserne. Wachen Sie auf! Wir sind nicht im Krieg!«

Das rot aufgedunsene Gesicht vor Abel schwankte. Die Augen blickten verständnislos. Abel schwieg und ließ los. Der Kopf des Majors fiel nach vorn und schlug dröhnend auf die Platte des Tisches, der vor seiner Liegestatt stand.

»Es ist immer Krieg«, murmelte er. Seine zu Fäusten geballten Hände entspannten sich, die Finger bebten. Es sah aus, als krümmten sich kleine Tiere im Todeskampf. Neben ihnen lag ein leeres, aufgerissenes Plastiktütchen.

Die Hände, der Kopf und die Tischplatte verschwammen plötzlich — in Abels Augen standen Tränen. Die gesenkte Pistole in der Hand taumelte er zur Wand und stützte sich daran. Der Major begann laut und schnarrend zu atmen. Die Hand Abels umkrampfte noch immer die Pistole, doch jetzt versuchte er nicht mehr, sich zum Schießen zu zwingen. Er gestand sich ein, daß er es nicht konnte. Nicht, solange der Major ohne Besinnung war.

Eine Welt war in ihm zerbrochen. Eine Welt, die er sich ganz allein aufgebaut hatte, die Welt seines großen Plans, der viel mehr war als Vergeltung oder Rache, eher sein Glaube, seine Religion, etwas Unbegreifliches, etwas, das ihm von außerhalb oder von früher erhalten geblieben war. Er blieb zurück, leergebrannt und ratlos.

Was sollte er tun? Zurückkehren? Warum nicht. Niemand hatte ihn bemerkt, der Weg zurück war frei. Er konnte in seine Stube schleichen, ins Bett kriechen, die Decke über die Ohren ziehen und so tun, als wäre nichts geschehen. Aber es war nichts mehr da, was ihn aufrechthalten würde. Sein Haß war zerschmolzen, und die Gleichgültigkeit ist keine stützende Kraft. Ohne Haß und ohne schwarze Pille — das ging nicht.

Oder sollte er warten, bis der Major erwachte? Würde er dann wieder den Mut haben zu schießen? Hatte es noch Sinn zu schießen? Bisher hatte er nicht nach dem Sinn gefragt. Wahrscheinlich hatte es keinen Sinn. Wahrscheinlich hatte nichts Sinn.

Er schrak zusammen. Ein heller Klingellaut durchbrach die Stille. Er kam vom Nachttisch am Kopfende des Bettes; dort stand ein Telefon. Das Klingeln wiederholte sich. Der Major machte eine schwache Bewegung. Abel ging rasch hinüber und nahm den

Hörer ab. Er kannte die Stimme des Majors.

»Was gibt es?« fragte er scharf.

»Hier Korporal vom Dienst, Wachstube. Herr Major, ich bitte melden zu dürfen: Die für heute befohlene Stubeninspektion ist beendet. Wir haben ... in Stube 56 ... Herr Major — es fehlen zwei Mann. Abel 56/7 und Austin 56/8. Soll ich Alarm geben? Eine Suchaktion vornehmen?«

Abel überlegte kurz.

»Nein«, bellte er ins Mikrofon. »Jetzt nicht. Erst nach dem Wecken.«

»Herr Major ... es scheint sich um Fahnenflucht zu handeln. Man sollte jetzt sofort etwas ...«

»Haben Sie nicht gehört«, fiel ihm Abel schneidend ins Wort. »Konzentrieren Sie die Wachen auf die Unterkünfte, damit sich nicht noch mehr Leute davonmachen. Bis zum Wecken keine weitere Aktion! Ende.«

Er legte auf.

Nun war es entschieden. Er hatte Zeit bis sechs Uhr. Diese paar Stunden enthielten alles, was für ihn noch zu tun übrigblieb. Er konnte hier warten oder fliehen — den Major erschießen, sich selbst erschießen oder drei andere. Er konnte ... was konnte er noch?

Er verließ das Zimmer und zog die Tür hinter sich zu. Das Schild ›Zutritt verboten‹ hing noch daran. Eilig durchquerte er den Gang und schlug den Weg ein, auf dem er vor einer Stunde, bebend vor Mordlust, gekommen war.

12

Phil hatte in dieser Nacht wenig geschlafen. Er fühlte sich nicht gut; das mochte von den Aufregungen des vergangenen Tages kommen, vielleicht auch von der wieder entfachten, für ihn noch ungewohnten Arbeit von Herz und Lunge — schließlich war es gleichgültig, woher es kam.

Als Chris am Vormittag eintrat, hatte sie rot umränderte Augen.

»Ich konnte nicht früher kommen«, sagte sie. »Er ging gerade den Gang entlang, als ich zu dir wollte. Er hat mich ... er verlangte ...«

»Was?« fragte Phil schwach.

»Oh, Phil, was sollen wir machen?«

Sie setzte sich an sein Bett, diesmal nicht auf den Hocker, sondern auf den Bettrand. Sie beugte sich nieder und küßte ihn. Wieder fragte sie: »Was sollen wir tun?«

»Es wird sich schon etwas finden.« Phil merkte selbst, wie lahm seine Worte klangen. Er hatte die ganze Nacht gegrübelt, und ihm war nichts eingefallen. Aber er mußte etwas Tröstliches sagen.

»Gibt es Waffen an Bord?« fragte er. »Hast du bei irgend jemand eine Pistole gesehen? Vielleicht in den Vorratsräumen?«

»Ich glaube nicht ... ich habe nicht darauf geachtet. Was willst du damit?«

»Vielleicht kann man ihn zwingen«, sagte er vage.

»Wozu willst du ihn zwingen?«

Ja, wozu? Er antwortete nicht.

»Ach, es ist gräßlich, Phil«, flüsterte sie. »Noch viel gräßlicher, als ich bisher gedacht habe. Und es war schon schlimm genug.«

»Es klang so vernünftig«, sagte Phil. »Alles, was er gesagt hat.«

Sie fuhr empor.

»Aber es ist falsch!«

»Ich habe keinen Fehler entdeckt«, sagte er mutlos.

»Es ist falsch«, sagte sie nochmals, als könne sie sich dadurch wehren, daß sie es mehrmals herausstieß: »Es ist falsch!«

»Wenn ich doch nicht so hilflos wäre!« murmelte er dumpf. Er mußte sich zwingen, ruhig zu bleiben, aber dann brachen der Schmerz und die Enttäuschung in ihm durch: Er ballte die Fäuste und warf den Kopf hin und her.

»Wenn ich nicht an diesen Stricken hängen würde ... Chris ... ich will ja alles tun ...«

Sie strich über seine Wangen und küßte ihn wieder.

»... ich verspreche dir, Chris ...«, stammelte er, »wenn ich wieder bei Kräften bin ... ich finde einen Weg ... ich verspreche es!«

»Sei still«, sagte sie, ganz nah vor seinem Gesicht. »Ich weiß es doch ...«

Er spürte den Hauch von ihrem Mund. Seine Arme lagen noch in den Riemen, aber er brauchte den Kopf nur um ein geringes zu heben, um ihr Gesicht zu berühren, und dann küßten sich sich wieder, hungrig nach der Nähe des andern, wortlos und verzweifelt.

»Schwester Christine, Sie vergessen sich«, sagte der Oberarzt. Er stand im Rechteck der offenen Tür; sie hatten das Geräusch des Öffnens überhört. Chris fuhr empor und ging mit kleinen Schritten nach rückwärts an die Wand.

»Sie wissen, ich kann Sie zum Gehorsam zwingen«, sagte Dr. Myer ruhig, »aber das dürfte doch nicht nötig sein! Gehen Sie auf Ihr Zimmer! Wir sprechen uns später!«

Er wartete, bis das Mädchen das Zimmer verlassen hatte. Es blickte Phil nicht mehr an.

»Christine ist ein nettes Mädchen«, sagte Dr. Myer. »Zweifellos ist sie die netteste von den vier Frauen, die wir für die Menschheit gerettet haben. Ich verstehe, daß sie Ihnen gefällt, Abelsen. Ich habe nicht einmal etwas dagegen, wenn Sie sich in sie verlieben, aber par distance, wenn ich bitten darf! Merken Sie sich das, Abelsen: Sie gehört mir. In normalen Zeiten würde ich sagen, sie ist meine kleine Braut. Falls Sie das bisher nicht gewußt haben sollten — jetzt wissen Sie es. Richten Sie sich danach!« Er wandte sich zur Tür.

»Herr Oberarzt!« rief Phil.

Der Arzt drehte sich halb herum und schaute Phil über die Schulter an.

»Gibt's noch etwas?«

»Das können Sie nicht tun«, sagte Phil, »das, was Sie vorhaben. Die Frauen sind nicht Ihr Eigentum. Und vor allem nicht Chris!«

»So«, sagte der Arzt, »also, so ist das — Sie sind ein Aufrührer. Einer von jenen, die sich aus wer weiß welchen Gründen gegen Gott und die Welt stemmen. Die Unzufriedenheit säen und das Chaos ernten. Das hat mir gerade noch gefehlt. Aber ich werde mich mit Ihnen beschäftigen. Ich werde einen brauchbaren Menschen aus Ihnen machen. Und nun befehle ich Ihnen: Stellen Sie dem Mädchen nicht nach. Es ist nicht für Sie da. Für Sie am allerwenigsten. Ich hoffe, Sie haben begriffen!«

Noch immer stand er halb zur Seite gedreht vor der Tür. Nun griff er nach dem Knauf und schob sie auf. Er trat hindurch. Phil sah noch ein Stück des weißen Kittels. Dann glitt sie zu.

Auch in dieser Nacht hatte Phil wenig Schlaf gefunden. Immer wieder fuhr er aus wirren Träumen empor und lauschte. Aber das Schnarren der Tür, auf das er wartete, blieb aus. Natürlich sehnte er sich nach Chris, aber es wunderte ihn nicht, daß sie ihn nicht aufsuchte. Wahrscheinlich wurde sie beobachtet — wenn sie nicht überhaupt eingesperrt war. Er wäre aber auch für jede andere Unterbrechung seiner Einsamkeit dankbar gewesen, sogar für einen Besuch des Arztes, doch er blieb allein in dieser Nacht. Von allen langen Nächten, die er allein auf seinem Krankenlager verbracht hatte, war das die schwerste gewesen.

Erst gegen Morgen verfiel er für kurze Zeit in einen unruhigen Schlaf, aber ein Traum, der sich mehrmals wiederholte, ließ ihn immer wieder schweißgebadet emporschrecken: Er lag gelähmt auf einem Laufband und trieb einer riesigen Falle aus Glas zu, die über ihm zuschnappte.

Als er endgültig erwachte, fühlte er sich sehr müde, aber er war ein wenig ruhiger geworden. Das Warten auf etwas, was geschehen mußte, wenn er auch nicht wußte, was es sein würde, erschien ihm nicht ganz so unerträglich. Irgendwie mußte es weitergehen, irgendwie ging es immer weiter.

Dann öffnete sich die Tür, eine fremde Person trat herein, eine junge Frau in Schwesterntracht, mit einem groben, etwas stumpfen, aber gutmütigen Gesicht.

»Guten Morgen«, sagte sie. »Wie haben Sie geschlafen?«

»Wo ist ... Schwester Christine?« fragte er.

Die Schwester näßte einen Schwamm, indem sie aus einer Plastikflasche Flüssigkeit darauf sprühte. Der desinfizierende Geruch des Reinigungsmittels verbreitete sich im Zimmer.

»Sie hat eine andere Aufgabe übernommen«, sagte die Schwester und wischte mit dem Schwamm über Phils Gesicht. »Ich löse sie ab. Ich bin Schwester Berthe.«

»Was ist mit ihr? Wo ist sie?«

Schwester Berthe unterbrach ihre Arbeit nicht.

»Regen Sie sich doch nicht auf«, sagte sie.

»Holen Sie sie!« rief Phil. »Sofort!«

»Bleiben Sie doch ruhig!« befahl die Schwester ungeduldig.

Phil drehte den Kopf zur Seite, um dem wischenden Schwamm zu entgehen, der ihn am Sprechen hinderte.

»Schluß damit!« stieß er heraus. »Ich will Chris sehen!«

»Na, hören Sie«, sagte die Schwester. »Wie führen Sie sich denn auf?« Sie erhob sich aus ihrer gebückten Haltung und sah Phil ärgerlich an.

Er versuchte seine Ungeduld zu zügeln.

»Bitte, Schwester«, bat er, »gehen Sie zu ihr. Sagen Sie ihr, sie soll kommen!«

»Sie darf nicht kommen«, sagte sie. »Verstehen Sie das nicht? Es ist doch ganz klar: Sie darf nicht — und sie kann nicht!«

»Haben Sie sie gesehen?« fragte Phil. »Heute?«

»Ja, gewiß, im Schwesternzimmer. Sie hat mich übrigens gebeten, Sie grüßen zu lassen. Sie wünscht Ihnen gute Besserung.«

Phil sagte nichts darauf, und Schwester Berthe fuhr fort, ihn abzuwaschen. Von Zeit zu Zeit drückte sie den Schwamm über einer Schüssel aus und besprühte ihn neu.

»Schwester«, sagte Phil. »Tun Sie mir einen Gefallen, bitte! Sagen Sie mir, ob Chris telefonisch zu erreichen ist.«

»Ja, aber ich verbinde Sie nicht mit ihr.«

»Welche Nummer hat sie?«

»Wozu soll ich es Ihnen sagen? Sie dürfen nicht mit ihr sprechen. Der Chef hat es verboten. Er sagte, es regt Sie zu sehr auf.«

»Hören Sie«, sagte Phil. »Ich muß mit ihr sprechen. Sie soll kommen — irgendwann!«

»Ich mache Sie darauf aufmerksam, daß ich das melden werde, wenn Sie nicht sofort still sind!«

Nach einer Pause fragte sie mit sanfterer Stimme:

»Sie haben sich wohl in sie verliebt, was?« Als Phil nicht antwortete, sprach sie weiter. »Was glauben Sie, wie oft das vorkommt — daß sich die Kranken in uns Schwestern verknallen! Das passiert jeden zweiten Tag, mindestens. Ich könnte Ihnen Dinge erzählen. Aber ich mache da nicht mit! Sobald ihr ganz gesund seid, ihr Männer, wollt ihr von uns nichts mehr wissen. Ich hatte einmal eine Freundin, die hieß Ellie. Die ist ganz schön hereingefallen. Das war, als ich noch in Santiago gearbeitet habe. Eines Tages brachten sie einen . . .«

»Trocknen Sie mir das Gesicht ab, Schwester«, sagte Phil. Sie tat es. Dann sagte sie:

»Nehmen Sie es nicht so schwer! Schlagen Sie sich Chris aus dem Schädel. Was nicht zu ändern ist, ist nicht zu ändern! Der haben Sie ganz schön den Kopf verdreht. Völlig verweint sieht sie aus. Na, der Doktor wird sie schon beschäftigen.« Sie warf Phil einen forschenden Blick zu. »Machen Sie sich nichts draus. Es geht vorbei. Wir sind ja alle nicht besser dran. Er pfeift, und wir tanzen. Was sollen wir sonst tun — unter diesen Umständen?«

Sie warf den Schwamm in die Schüssel, klemmte die Sprühflasche unter den Arm und verließ das Zimmer.

Gegen Abend kam der Oberarzt. Er stellte sich neben Phils Bett und musterte ihn.

»Gute Nachrichten, Abelsen«, sagte er. »Die kleine Sonne, die wir ansteuern, ist schon im Fernrohr zu erkennen. Sie leuchtet äußerst schwach, muß ziemlich kühl sein — aber immerhin — es ist eine Sonne.« Er drückte einen der Knöpfe auf dem Schaltkästchen am Bett. Das Fenster ging auf. Die silberne Wand des äußeren Rings wurde sichtbar, und dahinter öffnete sich der unendliche Raum. Die Sterne zogen langsam ihre Kreise um einen Punkt, der nicht im Blickfeld lag.

»Gleich wird sie ins Bild kommen«, sagte der Arzt. »Sehen Sie! Dort, wo die drei hellen Sterne das gleichseitige Dreieck bilden — dort ist sie — RZ 11 . . . am rechten Schenkel des Dreiecks — mit freiem Auge noch unsichtbar. Und das Schönste wissen Sie noch nicht: Sie hat einen Planeten — mindestens einen. Ich habe eine leichte Abnahme der Lichtintensität festgestellt. Sie dauert dreiviertel Stunden. Das muß das Vorüberwandern eines Planeten gewesen sein. Dort werden wir landen. In einigen Tagen werde ich die Verzögerung einschalten. Die genaue Berechnung liegt noch nicht vor.«

Mit hocherhobenem Kopf blickte er in die schwarze Leere hinaus, von der ihn nur eine Glasschicht trennte. In der er eine Insel entdeckt hatte, auf der das Leben Fuß fassen konnte.

»Wie der Planet aussieht, weiß ich natürlich noch nicht. Sicher nicht sehr freundlich. Aber wir haben alles da, um uns auf ihm festzusetzen. Uns bleibt keine andere Wahl. Die Fahrt ins Ungewisse fortzusetzen — das würde zuviel kosten. Zu viel Zeit und

Energie.« Er drückte wieder einen Knopf der Tastatur, und vor das Fenster schob sich die undurchsichtige Wand.

»Das, Abelsen, ist übrigens für Sie!« sagte er. Er wies auf das Kästchen unter dem Krankenbett. »Vielleicht haben Sie schon so viel Kraft in den Armen.«

Er drückte seine Finger in den Oberarm Phils.

»Versuchen Sie es!«

Er löste die Riemen vom rechten Arm des Patienten. Phil tat so, als strenge er sich an, den Arm zu heben. Er biß die Zähne zusammen und fuhr ein paarmal auf dem Kissen hin und her, als brächte er es noch nicht fertig, die Muskeln zu strecken.

»Na, lassen Sie es gut sein«, sagte der Arzt. »Sie sind noch nicht ganz soweit. Ich binde Sie wieder an. Sonst ziehen Sie sich Schaden zu, wenn Sie einmal einen Krampf bekommen sollten.«

Er zog die Riemen zu, und Phil registrierte mit Dankbarkeit, daß er sie nicht fester anzog, als sie vorher gewesen waren.

»Ja«, sagte der Arzt. »Da sind wir also bald am Ziel, und ich muß mit den Vorbereitungen beginnen. Was mache ich nur mit Ihnen? Ich hätte Sie gern überzeugt. Sie sind nicht unintelligent — Sie waren ja einmal Leutnant.«

»Bin ich es nicht mehr?« fragte Phil.

»Nein«, sagte der Oberarzt. Sein Gesicht hatte einen nahezu wohlwollenden Ausdruck. Er stand noch immer neben Phils Bett, statuenhaft, ein Sinnbild des Schicksals.

»Haben Sie über das nachgedacht, was ich Ihnen berichtet habe?« fragte er.

Phil nickte. »Ja.«

»Haben Sie eingesehen, daß mein Plan richtig ist?«

Phil schwieg.

»Das mit Chris — wissen Sie, ich verstehe das. Aber so etwas kann man überwinden, wenn es auch schmerzt. Sie begreifen doch, daß die Frauen eine Aufgabe zu erfüllen haben — nicht wahr?«

»Es ist nicht menschlich«, sagte Phil.

»Sie begreifen also nicht. Schade, ich hätte es gern gesehen, wenn mich jemand verstanden hätte — mich und die Bedeutung meines Plans. Schade. Aber wenn es Ihnen schon an Intelligenz mangelt — dann muß es ohne Verständnis gehen. Sind Sie bereit, freiwillig an der großen Aufgabe mitzuarbeiten, die sich uns stellt? Auch wenn Ihnen die logische Notwendigkeit verschlossen bleibt. Ordnen Sie sich freiwillig meiner Führung unter?«

Als Phil schwieg, fuhr er in seinem gedämpften, aber festen Ton fort: »Ich hätte es gern gesehen, wenn Sie freiwillig zur Mitarbeit bereit gewesen wären. Dann würden Sie mit der Zeit begreifen. Vielleicht kommen Sie nur deshalb noch nicht mit, weil alles zu überraschend in Sie hineinbrach. Ich meine es doch gut mit Ihnen, Abelsen. Noch haben Sie alle Chancen. Nun?«

Phils Mund war trocken. Er kämpfte mit sich. Nicht, daß er bereit gewesen wäre, sich unterzuordnen. Aber — war es klug, sich offen aufzulehnen? Machte er dadurch etwas besser?

»Abelsen, besinnen Sie sich doch!« sagte der Arzt. Er begann, die Geduld zu verlieren. Unterdrückte Wut klang in seiner Stimme mit. »Ich bitte Sie um keine Gefälligkeit! Ich kann mit Ihnen machen, was ich will. Es würde mir nicht die geringste Mühe bereiten, Sie zu zwingen — zu allem, was ich will! Ich habe das Mittel dazu!« Er klopfte mit der Hand auf die Seitentasche seines Ärztemantels. »Aber es liegt mir nichts daran, es anzuwenden. Ich will, daß Sie mir freiwillig recht geben!«

Phil hatte sich seine Verhaltensweise zurechtgelegt.

»Es ist nicht leicht«, sagte er.

»Was ist nicht leicht?« fragte der Arzt.

». . . Sie zu verstehen«, antwortete Phil. »Die Situation ist ungeheuer schwierig. Ihr Plan ist äußerst kompliziert. Er ist gigantisch.«

»Begreifst du wenigstens das, mein Junge«, murmelte der Arzt. Laut setzte er hinzu:

»Wollen Sie versuchen, sich mit ihm auseinanderzusetzen?«

»Ich will es versuchen«, sagte Phil.

Der Arzt überlegte.

»Ich kann Ihnen nicht viel Zeit geben. Die Verzögerung beginnt schon morgen. Während der erhöhten Trägheitswirkung sind wir alle nicht voll einsatzfähig. Aber ich will es mit Ihnen versuchen . . .« Er unterbrach sich und schaute Phil forschend an. »Sie wollen doch nicht bloß Zeit gewinnen, Abelsen? Sie versuchen doch keinen Trick, wie? Sie sind wirklich bereit, sich meinen Anordnungen zu fügen?«

»Jawohl, das bin ich«, bestätigte Phil. Er hoffte, daß es aufrichtig klang.

»Sie sehen ein, daß Sie auf Christine verzichten müssen?«

»Ja«, sagte Phil. Es kam ein wenig gepreßt heraus. Es klang bestimmt nicht aufrichtig.

»So«, sagte der Arzt. Er sah Phil scharf in die Augen. »Ich glaube nicht, daß ich Ihnen trauen soll. Ich werde Sie auf die Probe stellen.« Er nahm den Klingelknopf aus Phils Hand und drückte. Nach kurzer Zeit trat Schwester Berthe ein.

»Helfen Sie mir!« sagte er. »Wir drehen das Bett!«

Als ihn Schwester Berthe erstaunt ansah, sagte er unfreundlich:

»Gaffen Sie nicht! Packen Sie zu!«

Grob schob er das Gestell herum, bis es an jener Wand lag, in der die Mattscheibe des Videofons saß. Phils Kopf war etwa einen Meter davon entfernt und genau darauf gerichtet.

Dr. Myer drehte die Wählscheibe. Das regelmäßige Tuten erscholl.

»Beobachten Sie den Videoschirm gut«, sagte er. »Ich denke, es wird Ihnen helfen, die Tatsachen im rechten Licht zu sehen.«

Er winkte der Schwester, mit ihm zu kommen, als er zur Tür trat. Gleich darauf war Phil wieder allein.

13

Abel hätte Austin fast übersehen. Er hockte mit angezogenen Beinen, das Kinn auf die Knie gestützt, an der Seitenwand des Vorratsmagazins.

»Was ist los mit dir?« fragte Abel.

Austin wandte ihm das Gesicht zu — ein bleicher Fleck in der Schattenzone; er sagte nichts.

»Ich habe dich gesucht«, sagte Abel. »Wo hast du deinen Sprengstoff?«

Austin zuckte die Schultern.

»Es gibt keinen Sprengstoff. Du hast recht gehabt.«

»Und was hast du jetzt vor?«

»Nichts. Ist der Major tot?«

»Nein«, sagte Abel. »Es hat keinen Sinn mehr.«

»Es hatte nie Sinn.«

»Vielleicht hatte es auch früher keinen Sinn. Aber ich hatte fest daran geglaubt. Und jetzt . . . wenn ich es mir überlege: Wie sollen wir überhaupt wissen, was Sinn hat und was nicht?«

Sie schwiegen einige Sekunden. Drüben erschien ein Wachtposten, ging die Straße entlang und bog dann hinter die Ecke einer der gegenüberliegenden Baracken.

»Wir können nicht mehr zurück«, sagte Abel. »Sie haben eine Stubeninspektion gemacht.«

»Wieso weißt du das?«

»Ich weiß es eben.«

»Und was willst du nun tun?«

»Nichts. Wie du.«

Austin stand auf.

»Abel«, bat er. »Versuchen wir es noch einmal. Zusammen.«

»Was?« fragte Abel, obwohl er die Antwort schon wußte.

»Ausbrechen. Durch das Loch im Gang. Vielleicht geht es doch, ohne zu sprengen. Es gibt da einen Block . . . eine Engstelle. Wenn wir gemeinsam . . .«

»Schon gut«, unterbrach ihn Abel. »Mir soll's recht sein. Ich komme mit.«

»Moment«, flüsterte Austin. »Warte.«

Er tauchte in der Dunkelheit unter. Nach einer Weile kam er wieder. Er trug eine schwere Stange. »Es ist der Mittelpfeiler eines Zehnmannzeltes«, erklärte er. »Wir können ihn als Brechstange benutzen. Und zwei Taschenlampen habe ich auch eingesteckt. Wir werden sie brauchen. Komm!«

Sie liefen zum Maschinenhaus, durch das Tor in den Korridor, die Lichterreihe entlang und dann in den dunklen Gang, die Stiegen hinauf, ohne daß sie jemand hinderte.

Austin schlüpfte in das Loch zwischen den Felsen.

»Reich mir die Stange«, rief er.

Abel schob sie nach, und Austin dirigierte sie von innen an die richtige Stelle, dann kam er wieder heraus. Sie legten die Lampen so auf einige Steinbrocken, daß ihre Lichtkegel die Szenerie einigermaßen gut beleuchteten, und stemmten sich dann gegen die Stange. Sie ragte in Kniehöhe, leicht nach oben gerichtet, wie eine Wagendeichsel zwischen den Felsen hervor.

»So geht das nicht«, sagte Abel. Er sah sich abwägend um, dann setzte er sich auf die Erde, die Füße gegen die Mauer und gegen die Stange gestemmt. Austin setzte sich in gleicher Haltung daneben.

»Los!«

Das Material der Zeltstange war elastisch und äußerst bruchfest. Sie bog sich, wippte zurück, bog sich wieder . . . Knirschen, Gepolter, Staub quoll aus den Felsritzen wie Dampf.

Austin wollte sofort in den Hohlraum tauchen, aber er kam unverzüglich hustend und spuckend wieder zurück.

Sie mußten warten.

Abel hob die Taschenlampe auf und schaute sich ein wenig um.

»Sieht aus wie ein natürliches Gestein«, sagte er und folgte mit dem Lichtschein den braunroten Adern. Vom Boden hob er einen Felssplitter und kratzte damit an der Wand. »Eruptivgestein, kein Sediment«, fügte er hinzu.

»Dieser Gang wurde in die Erde gesprengt«, meinte Austin. »Hier ist die Spur eines Sprengloches.« Mit dem Finger folgte er der glatten, konkaven Rinne.

Abel hatte sich auf einen Felsvorsprung gestellt, um die Wand weiter oben zu betrachten.

»Ich habe den Eindruck, daß es hier wärmer ist«, sagte er. »Spürst du es auch?«

Austin streckte sich und legte die Handflächen auf die rauhe, schwarze, fein kristalline Fläche.

»Du kannst recht haben. Und was ist das?« Aus einer Nische zog er ein Kästchen von der Größe und Form eines Mauerziegels. Die Kanten waren mit schwarzem Metall verkleidet, die Seitenflächen mit Kunststoff belegt. Aus einem Ansatzstück lief ein von einer Metallspirale umschlossenes Kabel, das zu einem Tubus führte. Sonst war nichts Auffälliges daran, auch kein Schalter und kein Knopf, nur zwei Vertiefungen, in denen eingesenkte Schrauben steckten.

»Was kann das zu bedeuten haben?« fragte Abel.

»Keine Ahnung«, sagte Austin. »Der Staub hat sich verzogen. Machen wir weiter!«

Wieder versuchte er, in das Schlupfloch einzudringen, doch es war durch Felstrümmer beengt, die er erst entfernen mußte. Er kniete nieder und rollte zuerst die größeren Steine heraus, dann scharrte er den Schutt mit den Händen beiseite. Sobald die Öffnung so weit geworden war, daß sein Körper Platz hatte, drang er ein und schob größere Stücke von vorn seitwärts am Körper vorbei gegen seine Beine, wo sie Abel in Empfang nahm und aus dem Weg räumte. So arbeiteten sie eine halbe Stunde, dann kam Austin ächzend heraus.

»Lös mich ab — ich muß mich etwas erholen.«

Abel nahm seine Taschenlampe und zwängte sich in das Loch. Es war ein enger, schmaler Schlauch, in dem er gerade noch Platz hatte. Als er den Kopf heben wollte, um nach vorn zu sehen, schlug er heftig an einen Felsblock der Decke an. Er mußte den Kopf gesenkt halten und konnte nur mühsam dorthin sehen, wo er arbeiten sollte. Es gab noch eine Menge Material wegzuräumen, und er angelte mühsam nach den Steinen, die nur wenige Zentimeter vor seiner Nase lagen.

Er spürte, wie sich am Hinterkopf eine Beule bildete. Zuerst schmerzte sie, es schmerzten die verkrampften Muskeln, es schmerzten die Ellbogen und Knie, in die sich spitze Steine bohrten. Dann ließen die Schmerzen allmählich nach, er kam in Hitze, er wurde zu einer Maschine, die nichts mehr spürte und nichts mehr dachte, die nur scharrte und grub wie ein Bagger oder ein Pflug.

Zentimeter um Zentimeter mußte er sich erkämpfen, aber er kam vorwärts. Als er den Strahl der Taschenlampe, die er, um die Hände frei zu haben, mit dem Mund hielt, nach vorn richtete, befand sich der Deckel schon nahe vor ihm. Er streckte den Arm aus — und seine Finger lagen auf Metall. Dann versagten seine Kräfte, und er blieb einige Sekunden regungslos liegen.

»Was ist mit dir?« fragte Austin.

»Zieh an meinen Beinen«, stöhnte Abel. »Meine Lampe lasse ich für dich hier.«

Austin tat es, und Abel half mit den Händen, so gut es ging. Er mußte erst seinen fliegenden Atem beruhigen, ehe er zu reden vermochte.

»Es fehlt nicht mehr viel. Ich konnte den Verschluß schon berühren ... vielleicht noch zehn Minuten Arbeit.«

Austin war nicht zu halten. Er schob sich in die Öffnung, und Abel hörte ihn rumoren.

Allmählich gewann Abel seine Kräfte wieder. Er kniete an der

Pforte nieder und versuchte, innen etwas zu erkennen. Austin steckte schon weit vorn.

»Unmittelbar vor dem Deckel ist eine Erweiterung«, rief er. »Man kann sich aufsetzen. Ich schiebe noch ein paar Brocken hinaus, dann habe ich hier mehr Platz.«

Abel legte sich mit dem Oberkörper in die Öffnung, um die Felstrümmer in Empfang zu nehmen. Von innen hatte Austin bessere Gelegenheit, sie abzuheben, und bald war der Zugang leidlich erweitert.

»Wenn du müde bist, laß mich weitermachen!«

»Ich probiere, den Deckel zu öffnen!« Man hörte seinen keuchenden Atem, dann einen Seufzer zur Erleichterung. »Er dreht sich!«

Abel vernahm leises Knirschen, dann wieder Poltern, Kratzen, Schleifen.

»Komm nach — die Tür ist offen!«

»Warte!« rief Abel. Hastig nahm er Austins Taschenlampe und kroch in die Passage. Jetzt ging es leidlich bequem. Er erreichte die Luke, eine kreisrunde Öffnung — sie stand offen ... Abel leuchtete hinein, ehe er durchstieg ... der abgeschraubte Verschluß lag innen auf dem Boden. Abel stützte die Arme links und rechts auf und stemmte sich in den nächsten Raum, eine enge, vollkommen leere, hohlkugelförmige Kabine, deren Wand zum Unterschied zum zuführenden Gang säuberlich ausbetoniert war.

»Austin! Warte!« rief Abel noch einmal. Eben hatte er ihn noch gehört — jetzt war es still. Austin hatte den Raum durch eine zweite hinausführende Pforte, die ebenso gebaut war wie die erste, bereits wieder verlassen. Wieder hatte sich der Deckel nach innen abschrauben lassen, und wie der andere lag er jetzt am Boden. An der aufgewölbten Mitte bemerkte Abel ein Zeichen, ein rotes dreiblättriges Gebilde auf hellgrauem Grund.

Schwacher Glanz kam von draußen, kalter, stickiger Hauch wehte herein; er brachte einen schwachen, ersterbenden Ruf mit.

Abel durchquerte den engen Raum rasch. Er schaute durch die Öffnung und erblickte den unteren Rand einer eisernen Leiter. Gerade als er die Hand ausstreckte, um die tiefste Sprosse zu erfassen, rieselte es oben, Steine prasselten nieder, es polterte, schlug kurz hintereinander mehrmals dumpf an Sprossen an . . . der Körper Austins fiel wie ein Sack vor Abel zu Boden. Noch einmal zuckte er, dann blieb er still liegen. Abel wollte ihn umdrehen, aufrichten, da fiel sein Blick auf das Gesicht — es war eine schwarze, flache, krustige Masse.

Abel vergeudete keine Sekunde mehr. Er wußte genug. Er hob den Deckel auf und drehte ihn in das Gewinde. Die Metallplatte war unglaublich schwer — sicher eine Bleilegierung. Genauso eilig ließ er sich durch die innere Öffnung gleiten; auch hier verschloß er sie sorgfältig. Er zwängte sich durch den Spalt und richtete sich auf. Ein leises Ticken kam von oben. Er leuchtete hinauf — dort stand das von Austin vorhin entdeckte Gerät.

Abels Körper zitterte, er konnte nicht beurteilen, ob es die Anstrengung, das Entsetzen oder der Ekel war. Er spürte, wie die Wut sich in ihm ausbreitete, diesmal aber keine sinnlose, blinde, aufpeitschende Wut, sondern eine eiskalte, die einen frieren ließ. Er griff in seine Tasche, nach der Pistole. Sie war noch da. Er ließ das Magazin herausgleiten; die Kugeln saßen noch an der richtigen Stelle. Er drückte mit dem Finger die Nabe der Zündvorrichtung — die Zündfunken sprühten. Er setzte die Pistole wieder zusammen und sprang die Stiegen hinunter. Diesmal würde ihn nichts davon abhalten abzudrücken.

Da traf ihn der Schein einer Taschenlampe.

»Wer da?«

Es war irgendeine Männerstimme, die er nicht kannte; jedenfalls war es nicht die Stimme des Majors.

Abel hielt die Waffe zum Abdrücken bereit — sie gab ihm das Gefühl der Überlegenheit, er fühlte sich so sicher, daß er sie nicht einmal benützte.

»Wie reden Sie mit mir!« schrie er, wobei er ohne zu stocken weiterschritt. »Nehmen Sie Haltung an, wenn Sie mit mir sprechen!«

Abel rechnete nicht damit, daß ihn der Mann für den Major hielt, aber er baute auf die automatische Reaktion eines Soldaten auf im Befehlston gesprochene Worte.

Der Trick funktionierte. Für einen Moment schwenkte das Licht von ihm ab, der Mann riß sich zusammen ... da war Abel schon neben ihm und versetzte ihm einen rechten Haken, der ihn lautlos zusammensinken ließ. Die Nahkampfausbildung, die alle Soldaten genossen hatten, bewährte sich gut. Abel bückte sich kurz zu ihm hinab und ließ den Strahl seiner Taschenlampe auf ihn fallen. Es war ein Sergeant. Er trug keine Waffe. Abel wandte sich zur Tür.

Der Korridor war leer wie immer — ein in der Ferne zusammenlaufender Keil aus kreidigem Dämmerlicht. Die Glimmlampen oben huschten an Abel vorbei. Im Rennen zählte er die Türen und stieß jene auf, die in den Raum mit der Maschine führte, die Träume verlieh.

Ein Mann fuhr herum, Abels Hand mit der Pistole zuckte, aber er verbot sich auch jetzt, die Kugeln zu vergeuden.

Er steckte die Pistole in die Tasche und stürzte sich auf den andern. Einen Moment sah er ein fassungsloses Gesicht — einen Mund, der sich in einem Ruf öffnen wollte—, da hatte er schon seine linke Hand über die Lippen des Mannes geschlagen, die rechte Faust landete im Magen des Gegners. Im Anprall flogen sie beide an die Wand ... fielen übereinander, ein Dutzend aufgetürmter Kunststoffbehälter stürzten zur Seite ... einer platzte auf. Abel lag über seinem Gegner, ohne die Hand von dessen Mund zu nehmen, inmitten von Tausenden schwarzer Kügelchen, die sich wie Käfer über den Boden verbreiteten. Abel spürte die verzweifelten Versuche seines Gegners, Atem zu holen, und diese Situation nützte er, indem er die zweite Hand zu Hilfe nahm, um dem anderen auch die Nase zuzuhalten; den sich windenden Körper klemmte er mit den Beinen fest; mit den Knien nahm er die Arme in die Zange.

Am Jackenärmel blinkte der silberne Winkel — der Mann war ein Korporal. Er bäumte sich noch ein paarmal auf . . . nun hörte er Stimmen:

». . . und Sie kämmen mit Ihren Leuten das Waschhaus durch. Verstanden?«

»Jawohl, Herr Sergeant.«

»Also dann — ab durch die Mitte!«

Eine Tür ging. Wieder sprach jemand, doch leiser als vorhin, und Abel konnte die Worte nicht verstehen. Dann hörte er das Stampfen von Stiefeln . . . sie kamen auf ihn zu. Blitzschnell faßte er einen Entschluß. Er steckte die Pistole mit dem Lauf nach unten in den Stiefel und klopfte laut an die Tür.

Das Geräusch der Schritte verstummte.

»Herein!«

Abel machte die Tür auf. Ein Sergeant musterte ihn überrascht.

»Mensch, was tun Sie hier?«

Abel klappte die Hacken zusammen und rief: »Ich bitte, dem Herrn Major eine Meldung abstatten zu dürfen!«

»Mann! Bei Ihnen piept's wohl! Kommen Sie rein!«

Er deutete in den Gang, Abel ging vor . . . der Sergeant folgte ihm. Zwei Korporale in voller Marschausrüstung erschienen im Gang und schauten ihn an wie ein seltsames Tier.

»Na, sprechen Sie! Wissen Sie nicht, daß Sie Ihre Unterkunft während der Nachtruhe nicht verlassen dürfen? Und daß der Zutritt zu diesen Räumen verboten ist? Also?«

Abel versuchte abzuschätzen, wie lange der Korporal im Nebenraum ohne Besinnung bleiben würde. Er mußte sich beeilen. Er sagte:

»Ich habe eine wichtige Meldung für den Herrn Major. Ich bitte, den Herrn Major aufsuchen zu dürfen!«

»Zum Major wollen Sie!« schrie einer der Korporale. »In den Bau werden Sie wandern, das ist . . .« Der Sergeant unterbrach.

»Der Mann wird bestraft werden, das ist klar.« Er wandte sich wieder an Abel. »Machen Sie Ihre Meldung mir — los!«

»Ich kann sie nur dem Major selbst machen, es ist eilig!«

Der Sergeant gab den Korporalen ein Zeichen. »Nehmt ihn in die Arbeit. Ein wenig Strafexerzieren wird ihn Gehorsam lehren.«

»Es dreht sich um die Taschenlampe, Herr Sergeant«, rief Abel. »Austin 56/8 hat sie genommen. Er ist desertiert, und ich habe ihn verfolgt. Der Major hat Straffreiheit zugesichert . . . wer etwas über den Fall herausbringt, darf nicht bestraft werden. Ich habe nur meine Pflicht getan!«

Der Sergeant überlegte kurz.

»Wir werden sehen«, sagte er. »Kommen Sie mit!«

Vor Abel ging er an den vier Türen der Mädchenzimmer vorbei. Dann blieb er stehen. Noch einmal sah er Abel prüfend an.

»Mensch, wie Sie aussehen!« sagte er mißbilligend. Dann klopfte er an die Tür des Majors. Die Stille nach den dumpfen Lauten dauerte nur Augenblicke, aber für Abel dehnte sie sich ins Unerträgliche. »Was gibt's?« erklang es von innen.

»Herr Major, hier ist ein Soldat, der im Zusammenhang mit den jüngsten Vorfällen eine Meldung zu erstatten hat.«

»Soll reinkommen!«

Der Sergeant öffnete die Tür und schob Abel vor sich hinein. Beide nahmen Haltung an und salutierten.

Der Major stand vor der Landkarte. Er wandte ihnen den Rükken zu. Sie sahen seine Hand, die ein Stück Fettkreide hielt und blaue Bogen aufs Papier des Planes über seinem Bett zeichnete — einen kurzen, der eine Gruppe von Rechtecken als Viertelkreis umschloß, und einen größeren, der sich gegen sie von der anderen Seite als flache Klammer öffnete.

Nun ließ er die Hand sinken.

»Die Schlacht bei Waterloo«, sagte er. »Klassisches Beispiel vorbildlicher Kriegstechnik. Unübertroffen. Wellington — ein Genie.« Er tippte mit der Kreide auf einen Bogen. »Hier — die erste Armee unter General Blücher, und hier die zweite. Selbst wenn der Gegenstoß von hier erfolgt wäre . . .« Abrupt drehte er sich um. »Was gibt es also?«

»Herr Major«, meldete der Sergeant. »Hier ist der Mann . . .«

»Gut, Sergeant«, sagte der Major. Zum erstenmal faßte er Abel ins Auge. Sein Gesicht hatte den gewohnten harten Ausdruck, das ungesunde Rot war verschwunden. Seine Zähne blitzten. »Was haben Sie zu sagen?«

»Ich kann es Ihnen nur allein mitteilen«, antwortete Abel.

Leichte Belustigung glitt über das Gesicht des Majors. Er sah Abel unverwandt an.

»Gehen Sie raus, Sergeant. Schließen Sie die Tür!«

»Jawohl, Herr Major.«

Der Sergeant verließ das Zimmer. Abel hörte die Tür zufallen. Der Major hob befehlend die Hand mit der Kreide. Die andere hatte er in die Jackentasche gesteckt. In aufrechter Haltung stand er vor Abel, als wollte er ihn herausfordern. Er bot ihm die volle Vorderseite seines Körpers.

Abels Hand schoß zum Fuß hinunter. Er zog die Pistole heraus, legte an. Der Zeigefinger schloß den Kontakt. Der Schuß krachte, und sofort darauf jagte Abel auch die beiden weiteren Schüsse heraus. Eine feine, durchsichtige Rauchsträhne kräuselte sich vom Lauf der Pistole aufwärts.

Der Major stand noch immer vor Abel, der die Waffe langsam sinken ließ. Wie lange dauerte es, bis die Kugeln wirkten? Er hatte genau auf die Brust des Majors gezielt, und es machte ihn nun etwas unsicher, daß er die Einschußlöcher nicht sah.

Die Tür schlug auf.

»Herr Major, was ist geschehen?«

»Sind Sie des Teufels, Mann?« brüllte der Major. »Wie können Sie es wagen, ohne zu klopfen bei mir einzudringen. Hinaus!«

Die Tür schlug wieder zu. Abel hatte sich nicht umgesehen. Ungläubig starrte er dem Major ins Gesicht.

»Sehen Sie«, sagte der Major. Er war ganz ruhig. »Das mit der Pistole ... ist ganz einfach.« Er legte die Kreide auf den schwarzen Tisch, trat auf Abel zu und nahm ihm die Waffe sanft aus der Hand. Aus der Munitionstasche im Gürtel holte er eine Kugel.

»Das ist eine echte Kugel.« Er drehte sie zwischen den Fingern und reichte sie Abel. »Sie unterscheidet sich von der Übungsmunition dadurch, daß sie kompakt ist. Das gilt einerseits für den feinen Kanal — wie Ihnen bekannt ist, weisen die Übungskugeln eine Durchbohrung auf, die der Achse von der Spitze bis zur hinteren Abplattung folgt; seine Bedeutung werde ich Ihnen gleich erläutern. Zunächst zum wichtigsten Punkt, dem des Materials. Auch das Material ist nicht kompakt, jedenfalls nicht so kompakt, wie man es bei einer richtigen Kugel fordern muß. Es besteht aus einer Legierung aus Quecksilber, Antimon und einigen anderen Metallen, die bei der Erhitzung durch die Explosionswärme des Sprengstoffes schmilzt und sofort nach dem Austritt verdampft. Das ist eine naheliegende Sicherheitsmaßregel, nicht nur zu meiner Sicherheit, auch zu jener meiner Leute. Wie leicht kann sich eine Kugel verirren! Jeder meiner Soldaten ist mir teuer.«

Der Major holte einige weitere Projektile aus dem Täschchen an seinem Gürtel, ließ das Magazin aus der Pistole schnappen und füllte es bedächtig. Dann steckte er es wieder zurück. Er wog sie in der Hand und lachte leise.

»Wie drückt man hier los?« fragte er. »Traurig anzusehen, das Ding, ohne Abzug und ohne Griff. Aha, so geht es!« Er zielte kurz und drückte ab. Klirrend fiel ein Bajonett von der Wand. Die Kordel, an der es gehangen hatte, war durchschossen.

Der Major blickte Abel an. Sein Blick war freundlich.

»Das nur, damit Sie mich besser verstehen«, bemerkte er. »Wo war ich stehengeblieben?« Er überlegte. Dann sagte er leise, doch mit drohendem Unterton:

»Soldat Abel 56/7, ich habe Sie etwas gefragt! Wo war ich also stehengeblieben?«

Abel schwieg.

»Aha, Sie wollen nicht. Na ja. Auch gut. Ich muß Ihnen noch die Bedeutung des Kanals erklären — das war es. Sie sind ja ein Schlaumeier, und Sie werden sich natürlich jetzt den Kopf darüber zerbrechen, wieso man mit Blindgeschossen Treffer erzielen kann — beim Übungsschießen, nicht wahr? Nun, die Sache ist ganz einfach zu lösen: Das Detonieren des Schießpulvers, eine komplizierte chemische Reaktion, ist von einer Leuchterscheinung begleitet. Die Strahlen dringen geradewegs durch den feinen Kanal und treffen, wenn Sie einigermaßen richtig gezielt haben, die Zielscheibe. Natürlich ist der Effekt sehr schwach, aber nicht so schwach, daß er sich nicht durch fotoelektrische Zellen registrieren ließe. Jeder Ring der Zielscheibe ist als Fotozelle ausgebildet. Der durch das Aufblitzen ausgelöste Impuls wird als Potential gespeichert, von Bürsten abgetastet und auf das Zählwerk weitergeleitet. Ist das jetzt klar? Sonst noch Fragen?«

Abel gab keine Antwort.

Der Major betrachtete ihn eine Weile.

»Ich werde mich wohl noch etwas mit Ihnen unterhalten müssen. Eigentlich unglaublich, daß Sie aus meinem System herausgefunden haben!«

Er drückte auf einen Knopf in der Wand am Kopfende seines Bettes. Nach wenigen Sekunden klopfte es.

»Herein!«

Ein Sergeant trat ein und stellte sich der Vorschrift gemäß mit angelegten Armen, zurückgezogenen Schultern und parallel aneinandergerückten Füßen vor dem Major auf. Abel stand gebückt, seine Hände hingen schlaff hinunter.

»Stecken Sie ihn in das Musikzimmer!«

»Jawohl, Herr Major! Herr Major, darf ich melden? Es ist Zeit zum Morgenappell.«

»Gut, Sergeant, ich komme.«

Aus einem Fach seines Nachttisches nahm er den Bügel seines Kehlkopfmikrofons.

»Drehen Sie im Musikzimmer den Lautsprecher auf. Er soll den Wochenaufruf hören!«

»Jawohl, Herr Major!« rief der Sergeant.

Der Major holte seine Mütze vom Kleiderhaken an der Tür. Grüßend hob er die Hand und ging hinaus.

Der Sergeant stand noch einen Moment lang salutierend da. Dann drehte er sich zu Abel herum und sagte:

»Ohne Tritt, marsch!«

14

Am Nachmittag hatte ihn Schwester Berthe für eine Stunde von der Herz-Lungen-Maschine abgeschaltet. Die Zeit war ohne Komplikationen verlaufen — nur eine bleierne Müdigkeit war zurückgeblieben. Die abendliche Unterredung mit dem Oberarzt hatte Phil erneut angestrengt, und er fühlte sich allem, was ihm widerfuhr, hilflos ausgesetzt. Ohne Kraft lag er auf seiner luftgefüllten Matratze, starrte auf den dunklen Bildschirm. Nichts hatte sich darauf geregt, es tutete noch immer. Wenn er die Augen schloß, schien das Tuten lauter und bedrohlicher zu werden. Obwohl von der Videoapparatur keine Gefahr kommen konnte, ging von ihr etwas Furchterregendes aus. Die Qual wurde dadurch erhöht, daß Phil nicht zu erraten vermochte, was für eine Absicht der Arzt mit dieser sonderbaren Vorbereitung verband. Er hätte sich gern für einige Minuten ausgeruht, aber er brachte es nicht über sich, die Augen geschlossen zu halten. Magisch zog ihn der Bildschirm an. Sooft er sich zur Seite wandte, um sich abzulenken, zwang ihn etwas, wieder auf die graue, mattglänzende Glasscheibe zu blicken.

Dann brach das Tuten plötzlich ab, und der Schirm leuchtete auf — ein kleiner, weißlichgelber Fleck dehnte sich rasch bis zum Rand aus, verwaschene Farben klärten sich, Konturen traten auseinander, der Ausschnitt eines Zimmers erschien. Jemand hatte jenen Apparat eingeschaltet, mit dem der Oberarzt vorhin die Verbindung hergestellt hatte. Phil kannte dieses Zimmer genausowenig wie jedes andere an Bord des Raumschiffes, außer seinem eigenen. Es schien ein einfacher Wohn- und Schlafraum zu sein, vielleicht ein wenig größer, als man es von einer Raumschiffkabine erwarten konnte, aber genau war das dem Bild nicht zu entnehmen.

Phil hing an dieser harmlosen Szene, als erwarte er jeden Moment ein dramatisches Ereignis. Da stand ein niedriger Tisch, eine schwarze Platte, auf einen Stahlrohruntersatz montiert, daneben ein einfacher Stuhl. Zwischen diesen beiden Möbelstücken sah eine Couch hervor. Eine graue Decke lag darübergebreitet, auch einige Kissen waren zu erkennen. Über der Couch an der Wand ragte etwas ins Bild hinein, das wie eine Landkarte anmutete.

Dann strich jemand durchs Bild, er mußte dicht an der Aufnahmeröhre vorbeigegangen sein, da Phil nur einen Schatten hindurchhuschen gesehen, die Schritte aber laut gehört hatte. Die Szene war wieder leer . . . fünf oder zehn Minuten lang.

Phils Augen schmerzten. Als sich wieder etwas regte, war er nicht sicher, ob ihn nicht die überanstrengten Augen narrten. Im Hintergrund, neben dem Stuhl stand der Oberarzt. Er war in Pantoffeln und hatte einen Bademantel an. Phil beobachtete, wie er außerhalb des Blickfeldes irgendwo hantierte, dann brachte er die Hand vors Gesicht. Nun steckte eine Zigarette in seinem Mund. Ein Feuerzeug flammte auf. Auf dem Bildschirm hatte der Feuerschein einen schwarzen Rand. Er verlöschte. Der Oberarzt zog an der Zigarette und stieß dann eine Rauchwolke aus. Er drehte sich nach links und trat ein Stück vor. Leises Schleifen war zu hören. Einen Moment schien er Phil voll ins Gesicht zu sehen. Wieder führte er die Zigarette an die Lippen.

Es pochte.

»Ja«, rief er. Sein Gesicht war nahe am Bildschirm. Die Augen richteten sich leicht zusammengekniffen auf ein außerhalb des Blickfeldes liegendes Ziel.

Es schnarrte.

»Du bist pünktlich«, sagte er. Er verschwand aus dem Sichtkreis. »Mach die Tür zu!« Die Stimme war leiser geworden, als sich der Mund vom Mikrofon entfernte.

Unbestimmte Geräusche erklangen; Schleifen, gedämpftes Gepolter.

»Bist du gern gekommen?« fragte der Oberarzt.

»Ja«, antwortete eine Frauenstimme. Phil horchte auf.

»Du warst jetzt eine Woche lang nicht hier«, sagte der Oberarzt. »Berthe ist langweilig. Ich habe sie satt.«

Jetzt traten zwei Personen in den Gesichtskreis, Phil sah sie von hinten. Die Frau war blond, ihr Haar aufgelöst und hing tief auf die Schultern hinab; sie hatte einen Schlafrock an. Nun trat der Oberarzt hinter sie, so daß Phil nur seinen breiten Rücken sah. Sein Kopf senkte sich, seine Arme waren nach vorn, zur Frau gerichtet. Er schien sie zu küssen.

»Komm etwas näher.« Es war die Stimme des Arztes.

Die Frauenstimme antwortete: »Warum?«

Leises Lachen ertönte.

»Ich will es.«

Jäh tobte etwas wie ein Orkan in Phil. Er hatte es geahnt, und die Bestätigung dieser Ahnungen mit zusammengebissenen Zähnen nahen gespürt. Nun war es eingetreten: Das Gesicht von Chris erschien vor ihm. In Lebensgröße, in den natürlichen Farben, plastisch, zum Greifen nahe. Er sah jedes einzelne ihrer blonden, auf die Schultern fallenden Haare, die schwarzen Sprenkel in den braunen Pupillen, das Gekräusel der Fältchen an den Lippen. Ihr

Gesichtsausdruck war erstaunt. Sie mußte direkt vor der Aufnahmeröhre stehen, aber Phil war für sie unsichtbar, weil er außerhalb des Blickwinkels der Röhre seines Zimmers lag. Er zerrte an den Riemen, um sich aufzusetzen, sich erkennen zu geben. Aber es geschah nichts.

»Was soll das?« fragte sie verständnislos. »Warum bist du mit einem Krankenzimmer verbunden?«

»Denk nicht darüber nach, Liebling«, sagte die Stimme des Oberarztes. »Komm, setz dich!«

Die beiden verschwanden, dann tauchte Chris wieder auf — sie ließ sich auf dem Stuhl nieder und lehnte sich entspannt zurück. Der Oberarzt nahm auf der Couch Platz.

»Was war das eigentlich für eine Geschichte mit deinem Patienten — wie hieß er doch gleich . . . Abelsen, nicht wahr?«

»Abelsen, ja. Phil Abelsen.«

Die Stimmen klangen leise, aber jedes Wort war zu verstehen.

»Nun, wie kam denn das? Er ist völlig verrückt nach dir — hast du ihn irgendwie herausgefordert?«

»Nein.«

»Es sah so aus, als wenn auch er dir etwas bedeutet hätte. Wie konntest du dich mit einem Patienten abgeben?«

»Ich weiß es nicht . . . es ist mir selbst nicht erklärlich.«

»Hat er dich überredet, dir irgendwelche Märchen erzählt?«

»Nein, nichts.« Ihre Stimme klang so leise, daß sie kaum zu hören war.

»Es war ein böser Augenblick für mich, als ich euch überraschte, in seinem Zimmer . . . du weißt, gestern. Das hätte ich dir nicht zugetraut. Es ist dir doch klar, daß du Strafe verdienst, nicht wahr?«

»Ja.«

»Es ist gut, daß du es einsiehst. Es ist immer gut, wenn man vernünftig ist.« Der Oberarzt blickte kurz auf, es schien Phil, als blinzelte er ihm spöttisch zu.

»Na, Schwamm drüber. Es hat nicht viel zu bedeuten. Es ist vorbei, wie? Außerdem kann ich es dir erklären, wieso dieser nichtssagende Mensch dich beeindruckt hat — es war einfach seine Hilflosigkeit. Du hast Mitleid gehabt. In jeder Frau steckt ein Schuß Mütterlichkeit; sie hat sich in dir geregt. Aber viel stärker ist in den Frauen der Wunsch nach einem Mann, der stark ist, der gescheit ist, der handelt. Spürst du das, Christine?«

»Ja, ich spüre es. Es war das Mitleid.«

»Hier bin ich der Mann, der stark und gescheit und aktiv ist. Du würdest alles tun, was ich von dir verlange. Du liebst mich.«

»Ich würde alles für dich tun. Ich liebe dich.«

»Dann ist alles in Ordnung, Christine. Das wollen wir feiern.«

Er stand auf und trat aus dem Bild. Phil, der mit einem irren Zug im Gesicht dalag, hörte ein leises Klirren. Dann stellte der Oberarzt zwei Gläser auf den Tisch und schenkte aus einer Flasche ein rotes Getränk ein.

»Burgunder«, sagte er. »Roter Burgunder. Gerettet aus der Hölle. In den Weltraum entführt. Einer Sternstunde geweiht. Prost, Schätzchen, trink!«

Sie stießen mit den Gläsern an und prosteten sich zu. Sie tranken.

»Setz dich hierher zu mir«, forderte der Mann. Sie tat es. Ihr Mantel hatte sich an der Brust geöffnet. Ihre Augen waren halb geschlossen. Der Mann zog die Frau an sich. Seine Hand tastete über ihren Rücken, glitt über den Stoff unter den weit ausgeschlagenen Mantelkragen. Die Hand schob sich zur Schulter empor, zerrte am Mantelkragen, raffte ihn zusammen und streifte ihn über die Schulter hinunter.

Phil ertrug es nicht länger. Das, was in ihm wütete, war die Lust zu töten, der Wille zum Mord. Längst hatte er die Arme befreit, er zitterte danach, die Faust an das kalte Glas zu schmettern. Jetzt aber machte ihn die Wut plötzlich kalt, und er tat es nicht. Statt dessen richtete er sich auf und zerrte an den Drähten, die ihn mit dem Anzeigepult verbanden. Ein kurzes Anspannen, und sie sprangen aus den Kontakten. Das Oszillogramm erlosch.

Jetzt war seine rechte Seite befreit. Von links hielten ihn noch die Schläuche, die zu den Behältern der Herz-Lungen-Maschine führten. Er ließ sich über den linken Bettrand gleiten. Es war nicht hoch, trotzdem betäubte ihn der Aufschlag sekundenlang.

Er rappelte sich auf . . . kroch zum Wandschrank — die Geräte, an denen er hing, zerrte er hinter sich her. Dort, in einem Fach, lag, was er suchte: Er schlug mit dem Ellbogen die Scheibe ein und holte einige große Arterienklemmen heraus und die Schere, die neben dem Verbandsmull lag.

Gestern und heute hatte er die Handgriffe genau beobachtet, mit denen ihn der Oberarzt und Schwester Berthe losgeklemmt hatten. Er rollte das Bett beiseite und kroch, die Behälter wieder hinter sich herziehend, zum Schaltpult. Sorgfältig achtete er darauf, nicht ins Blickfeld des Videofons zu kommen. Gelegentlich warf er einen Blick hinüber — das Liebesspiel ging weiter, aber jetzt bedeutete es für ihn nur noch die Sicherheit, nicht gestört zu werden.

Er drehte die beiden Knöpfe, die die Funktion der künstlichen Lunge und des künstlichen Herzens regelten, auf Null, einen nach dem anderen, Teilstrich um Teilstrich. Er beobachtete sich — er spürte die verstärkten Bewegungen seiner Organe und die leichte Übelkeit, die ihn auch gestern und heute überkommen war, als er abgeschaltet worden war, aber sonst fühlte er sich gut.

Halb sitzend, halb liegend hob er die Klemmen und schraubte die Plastikschläuche knapp an seiner Haut zu, dann schnitt er sie unmittelbar oberhalb der Klemmen durch. Mit schwachem Röcheln entwich etwas Luft aus dem offenen Schlauchstück, das zur Lunge lief. Aus der Zuleitung zur Herzpumpe strömte ein dicker Strahl roten Blutes. Das Verbindungsstück zu seinem Magen war nirgends angeschlossen gewesen; ein wenig gelber Schleim quoll daraus hervor.

Mit einem leeren Blick streifte er die Vorderseite seines Körpers. Er war keiner Gefühlsreaktion mehr fähig, er nahm nichts mehr auf, alles war ihm gleichgültig — seine Lage, sein Leben, Chris. Nur noch ein Wunsch glühte in ihm: den Arzt zu töten. Er hielt die Schere in der Faust. Er fror. Er kroch zum Bett. Mit einem Ruck riß er das Laken herunter und hüllte sich damit ein. Er stemmte sich auf die Knie empor und zerrte an dem Knauf ... die Tür schnarrte ... er fiel nach vorn ...

Er lag auf dem Bauch. Etwas drückte in seinen Magen.

Da war der Gang. Das Licht erschien ihm schmutzig und grau. Das spiegelnde Glas der Fenster hielt es zurück wie eine Flüssigkeit. Nichts drang hinaus. Draußen war die Nacht. Lichter ... ein Eisenbahnabteil ...

Nein: ein Raumschiff. Der Weltraum. Der Oberarzt.

Phil stand auf taumelnden Beinen, die er wie Stelzen bewegte. Die Hände stützten ihn von der Wand ab. Wand. Türen. Wand. Türen.

Ein grünes Licht. Das mußte der Aufzug sein. Er drückte den Knopf ... nichts rührte sich ... er wartete ... drückte nochmals ... Heiser lachte er. Grün — freie Fahrt. Kuppeln, aufs Gas treten. Verkehrsschilder, Hupen. Die Windschutzscheibe ist trüb. Abblendlicht, Fernlicht. Schnee. Konfetti. Der Schutzmann winkt. Vorbei, vorbei. Parkverbot, weiterfahren. Das Maskottchen. Die Pendeluhr. Gas geben, dritter Gang. Lichter im Rückspiegel. Gas geben, schneller. Autobahn, Schnellbahn, Doppelspur. Bremsen. Sicherheitsgurte ...

Er taumelte gegen die Tür, sie flog auf.

Jemand löschte das Licht ... Jetzt war es wieder hell. Ein Lichtpunkt: dritte Etage. Er schlug mit der Faust darauf ...

Er kauerte am Boden. Eine Kraft zwang ihn tiefer. Er lag auf der Seite, wie festgeklebt ... ein Ruck ... Noch immer stieg die Kabine völlig gleichmäßig ... War die Fahrt noch nicht zu Ende?

Der Gang da draußen stieg mit empor. Die ganze Etage stieg

empor. Wie lange dauerte die Fahrt?

Ha, eine Täuschung! Er kroch heraus ... wollte aufstehen ... seine Knie zitterten, knickten ein ...

Er kroch den Gang entlang.

Die Eisenbahn fuhr durch ein Tal. Die Lichter sanken hernieder und stiegen empor. Die Funken sprühten. Der Schweißbrenner. Der Mann am Schweißbrenner. Die Mayamaske. Die Augen in der Nacht. George Shearing. Der Orkan Dora. Das Gatter ist geschlossen. Die Spanische Reitschule. Bete und arbeite. Der Fuchs in der Falle ...

Die Knie schmerzten. Er lag quer über etwas Hartem. Es war der Boden, der ihn noch immer emportauchte. Er arbeitete sich auf die Knie hoch und rutschte weiter. Er suchte den Oberarzt.

Auf den Türen waren Schilder: Rechenzentrale. Weiter! Gymnastikraum. Weiter! Bad. Weiter!

Eine Zange drückte ihm das Genick hinunter. Er schlug mit den Ellbogen auf den Boden und stemmte sich mit dem Kopf gegen die zwingende Kraft. Jetzt konnte er wieder weit genug hinaufblicken, um die Türschilder zu lesen.

Schreibzimmer! Assistentenzimmer. Sekretariat. Oberarzt.

Er kniete vor der Tür. In der rechten Hand hielt er die Schere. Mit der linken tastete er sich an der glatten, grauen Kunststofffläche empor, dem Türknauf entgegen. Sie kroch höher, in ruckweisem Beugen und Strecken. Die Nägel kratzten ... die Hand rutschte ab.

So ging es nicht. Er mußte aufstehen! Er versuchte, aus der knienden Stellung in die Hocke überzuwechseln. Er setzte den rechten Fuß auf den Boden und verlegte das Gewicht vorsichtig.

Die Muskeln strecken. Anlauf. Sieben Meter zehn. Sie müssen den Schwerpunkt nach vorn verlagern. Mit Triumph kann ich das auch. Der Alkoholspiegel. Die zersägte Jungfrau. Traktorführerinnenschule. Die Schneise wird breiter. Unters Eis getaucht.

Er war durch ...

Er stand auf zwei fremden Beinen. Er ließ sich auspendeln. Das Gleichgewicht stellte sich ein. Er stand ganz ruhig.

Er schloß die linke Hand um den Knauf und lehnte sich mit dem ganzen Körper dagegen. Die Tür gab nach und öffnete sich langsam.

Fast wäre er aus dem Gleichgewicht geraten. Er richtete sich auf und sah durch wogende Wolken in den Raum. Es war eine kleine Kammer. An der rechten Wand ein Schreibtisch, halb darunter verborgen ein Drehschemel. Papierstöße, ein Kalender. Ein Aktenblock. Ordner. Gegenüber ein Kleiderständer, ein weißer Ärztemantel. Eine dick gepolsterte Tür . . .

Die Wolken vor Phils Augen wurden schwarz wie vor einem Gewitter. Sie kreisten. Der Wind blies sie beiseite.

Die Tür. Er trat einen Schritt vor.

Die Wolken kamen wieder, in schwarzvioletten Schwaden. Er wartete, bis der Wind sie vertragen hatte.

Die Tür.

Er wagte noch einen Schritt. Er hielt an. Sammelte sich. Er horchte in sich hinein: Das Herz schlug mit kleinen, spitzen Hammerschlägen. Die Lunge arbeitete wie eine Dampfmaschine. Er spürte, wie sich die Energie in ihm zusammenballte. Er brauchte nur so viel, um die Tür aufzureißen und dem Oberarzt die Schere in den Hals zu stoßen.

Jäh sprang ihn eine Sturmbö von der Seite an, und er stemmte sich dagegen. Ein, zwei Schritte ging er mit gesenktem Kopf gegen die weiche, drängende Wand, in den dunklen Nebel hinein.

Jetzt durfte er nicht mehr zögern! Er hob die Hand mit der rasierklingenscharfen, desinfizierten Wundschere. Seine Fußsohlen klebten am Boden, er brachte sie nicht hoch.

Mit einemmal rann die Energie aus ihm heraus wie durch ein Sieb. Er blieb als papierne Hülle zurück, zu keiner Bewegung fähig, halb zur Seite gedreht. Mit Entsetzen merkte er, daß er zweifelte. Er zweifelte, ob es ihm gelingen würde, überhaupt ins Zimmer hineinzugelangen. Die Füße hingen wie angeschweißt am Boden.

Es konnte doch nicht umsonst gewesen sein!

Fieberhaft flatterten seine Gedanken.

Er mußte etwas tun. Wenn er den Oberarzt schon nicht erreichen konnte, so mußte er etwas tun, um zu zeigen, daß immer etwas wach bleibt, das sich wehrt. Daß man es nie ganz töten kann.

Er konzentrierte seine gesamte Kraft in seinem rechten Bein, um es vom Boden zu heben. Er brachte es zwar nur einen Zentimeter hoch, aber das genügte, um es nach vorn zu drücken. Dann packte ihn wieder der Schwindel, und seine Linke tastete nach einem Halt. Sie blieb im weißen Stoff des Ärztemantels hängen.

Ein Bild zuckte in Phils Gehirn, eines von den Tausenden, die ihn umflimmerten, ihn verwirrten, ihn bedrängten, ihn zu stören suchten: Der Oberarzt, heute abend, als er auf die Seitentasche seines Kittels klopfte: Ich habe das Mittel dazu! Phils Hand strich am weißen Nylon hinunter, landete in der Tasche. Die Finger fühlten ein Phiole, zogen sie halb heraus.

Er mußte warten, bis sich der schwarze Nebel lichtete . . . jetzt sah er wieder: Im Glaszylinder steckte eine Reihe schwarzer Kugeln — aufgefädelt wie Ebenholzperlen auf einer Kette. In den Augenblicken, in denen die Schwaden abtrieben, konnte er sie klar und deutlich sehen.

Sein Gesicht verzog sich voll Ekel. Er ließ das Röhrchen los, als wäre es eine Schlange. Es glitt in die Tasche zurück.

Er schätzte die Entfernung zur Tür — es waren vielleicht noch zwei Schritte . . .

Da war wieder das plötzliche Auslaufen der Energie. Diesmal rann sie bis zum Boden aus. Er fühlte sich stürzen. Mit der letzten Kraft streckte er den Arm weit aus und rammte die Schere in die Türfüllung, wo sie windschief steckenblieb. Dann hüllte ihn die schwarze Wolke ein.

15

Abel 56/7 hatte schon vielerlei Strafen erlitten wie jeder der Soldaten, auch das Musikzimmer. Aber es schien verschiedene Grade der Strafen zu geben, und das, was man ihm diesmal auferlegte, war sicher der höchste Grad der Tortur.

Geräusche — das ist das Sausen der Räder, das Rascheln des Laubes, das Trappen laufender Füße. Das sind Stimmen und Musik. Sie können laut sein, unangenehm laut, schmerzhaft laut. So war es eine halbe Stunde lang. Die Stimme des Majors — unerträglich laut. Es wand sich mit glühenden Bohrern in die Ohren hinein, bis nur mehr ein gleichmäßiges Vibrieren da war — und der Schmerz. Dann erklang Gesang, in normaler Lautstärke, und allmählich gewöhnten sich Abels Ohren wieder an das Hören. Sie hörten normal, doch das, was sie mitgemacht hatten, steckte noch als Überempfindlichkeit in ihnen, und jeder plötzliche Einsatz, jedes Heben der Stimmen, wirkte wie eine Detonation. Und dann kam die Stille. Es kann still sein, sehr still und auch vollkommen still. Abel hatte die Stille noch nicht erlebt. Er hatte nie gewußt, daß Stille unerträglich sein kann. Jetzt begann er es einzusehen, und er begriff auch, warum sie ihn in das Musikzimmer gesteckt hatten, das vielen anderen Strafen gegenüber harmlos wirkte.

Die Wände des Raumes waren vollkommen schallisoliert. Nicht der leiseste Laut kam von außen. Die Wände waren mit dicken Gummipolstern überzogen, der Raum war leer bis auf die Lautsprecher, die wie offene Mäuler von der drei Meter hohen Decke herunterklafften, und die Neonlampe in ihrer Mitte. Die Tür war von den Gummipolstern nicht zu unterscheiden; sie besaß innen kein Schloß.

Zuerst klangen in Abel noch die Stimmen der Kameraden nach, die Lieder, die sie gesungen hatten, die bekannten Lieder vom Soldatentum. Dann verstummten sie, es wurde still. Doch als es schon still war, wurde es noch stiller und immer stiller, und dann hörte er wieder Stimmen: rufende Stimmen, lachende Stimmen, kreischende Stimmen, Stimmen, die spotteten und befahlen ... Sie kamen von nirgends und überall, von oben und unten und von innen her, aus ihm heraus ... Er hatte geglaubt, sich mit Gleichgültigkeit wappnen zu können, aber es gelang ihm nicht. Er preßte die Hände gegen die Ohren, aber die Schreie verstummten nicht ... da begann er selbst zu schreien, und er schrie und schrie und schrie.

Dann knackte es im Lautsprecher. Eine Stimme sagte:

»Gehorsam ist die höchste Pflicht des Soldaten.«

Sie sagte es noch einmal, schriller:

»Gehorsam ist die höchste Pflicht des Soldaten.«

Sie sagte es noch einmal, noch schriller:

»Gehorsam ist die höchste Pflicht des Soldaten.«

Sie sagte es wieder und immer wieder, und jedesmal wurde sie um eine Nuance furchtbarer, sie quietschte, wie wenn ein Messer auf einem Teller kratzte, sie kratzte, wie wenn man Fingernägel mit einer Feile bearbeitet, sie ging durch Mark und Bein ...

Längst war sie unverständlich geworden, aber es war noch immer derselbe Rhythmus, dieselbe Lautfolge, wenn auch ins Unkenntliche verzerrt, und jedesmal, wenn sein Körper mitbebte, dröhnten in Abels Kopf die Worte:

»Gehorsam ist die höchste Pflicht des Soldaten.«

Als die Tür aufging und das Tageslicht hereinflutete, wußte Abel nicht, wie er die letzten Stunden — oder waren es Minuten? — verbracht hatte. Alles drehte sich um ihn, und jedes Geräusch kam wie durch Watte an seine gepeinigten Trommelfelle.

Zwei Sergeanten führten ihn zum Exerzierplatz. Er sah keine Kameraden. Sicher hatten sie Innendienst. Sie sollten ihn wohl nicht sehen.

Zwei Sergeanten, um mit einem Mann zu üben.

»Auf, marsch, marsch! Hinlegen! Auf, marsch, marsch! Hinlegen! Auf, marsch, marsch . . .!«

Wenn sie vor Heiserkeit nicht mehr schreien konnten, wechselten sie einander ab.

»Auf, marsch, marsch! Hinlegen! Achtung! Kehrt, marsch, marsch! Achtung! Fliegerdeckung. Auf, marsch, marsch . . .«

Einer war stets neben ihm und riß ihn am Kragen hoch, trat ihm mit dem Knie ins Gesäß oder stieß ihn mit den Fäusten vorwärts, wenn er nicht schnell genug parierte.

»Achtung! Hundert Liegestütz! Schneller!«

Der Sergeant hatte den Stiefel auf Abels Nacken gesetzt und drückte seinen Kopf hinunter.

»Schneller!«

»Auf, marsch, marsch!«

»Achtung!«

»Kehrt, marsch, marsch!«

»Achtung!«

Nach einer Stunde, als Abel nur noch taumelte, kam der Major und sah eine kurze Zeit zu.

»Der Mann kann ja noch stehen!« rief er. »Abel 56/7, herkommen! Rühren! Die beiden Sergeanten, kehrt, marsch, marsch! Fliegerdeckung! Zu langsam! Auf, marsch, marsch! Achtung! Fliegerdeckung! Kerle, steckt die Nasen in den Dreck. Achtung! Zu langsam! Und ihr wollt andern was beibringen! Zwei Wochen Sonderdienst. Wegtreten.«

Die beiden Sergeanten entfernten sich im Laufschritt.

»Meine Leute hassen mich«, sagte der Major. »Sie lieben mich, und sie hassen mich. So ist es richtig.« Er sah über den Kasernenhof, der jetzt leer dalag, hinweg, zum gelbgrauen, dunstigen Himmel empor. »Liebe ist zu schwach. Erst der Haß erzeugt die richtige Kraft. Über allem aber steht der Gehorsam.« Jetzt erst sah er Abel an. »Kommen Sie«, sagte er.

Sie gingen nebeneinander her, der Major groß und breit und gerade, in seiner schlichten, sauberen Uniform, und Abel, der gegen ihn wie ein Untermensch wirkte, zusammengesunken, unsicher, zerschlissen, dreckverschmiert. Mit sparsamen Gesten deutete der Major den Weg an. Durch eine Tür neben der Wachstube traten sie in den Vorraum, die kleine Halle mit den Stahlrohrsesseln, die Abel schon kannte. Ein Sergeant sprach gerade ins Mikrofon der Schreibmaschine und sprang auf, als er den Major hereinkommen sah.

»Machen Sie weiter«, winkte der Major ab, als der Sergeant seine Meldung erstatten wollte.

»Jawohl, Herr Major, weitermachen!« Er blieb ehrerbietig stehen, bis sein höchster Vorgesetzter und Abel vorüber waren. Abel streifte er mit einem Blick voll Ekel.

Der Major schob Abel in sein Zimmer und schloß die Tür hinter sich. Er deutete auf eine schmale Pforte an der rechten Seitenwand, die kaum sichtbar war; denn sie war mit derselben grauen Tapete verkleidet wie die übrige Wand.

»Reinigen Sie sich«, sagte er. »Duschen Sie!«

Er kramte in einer Schublade und brachte dann ein Frottierhandtuch, ein Stück Seife und eine Bürste.

Die kleine Kammer war als Duschraum eingerichtet. An der linken Wand waren zwei metallische Wasserhähne eingelassen, einer mit einem blauen, der andere mit einem roten Ring aus Emaille verziert, darunter war ein Waschbecken, darüber eine Glasplatte, auf der ein Becher mit einer Zahnbürste, drei verschiedenfarbige Tuben und ein zusammengelegter blauer Waschlappen nebeneinander angeordnet waren. In Kopfhöhe hing ein Spiegel, über diesem war eine runde gläserne Wandlampe befestigt. Im Hintergrund des Raumes stand eine galgenförmige Dusche. Der Boden war dort eingetieft und ausgekachelt. Ein Abflußloch in der Mitte war von einem Sieb bedeckt.

Abel trat an den Spiegel und sah hinein. Das war er. Ein Gescheiterter. Das Gesicht noch bleicher als sonst, soweit die Haut unter den Lehmspritzern durchsah, der zahnlose Mund eine Wunde darin. Die Nase von Lehm verschmiert wie bei einem Clown. Abel lachte lautlos in sich hinein.

Der Major erschien an der Tür und warf ihm einen Bademantel zu.

»Reinigen Sie Ihre Kleider unter der Dusche. Hängen Sie sie hier zum Trocknen auf.« Er deutete auf einen gerippten Heizkörper rechts hinter der Tür. »Ziehen Sie das an!«

Er zog sich wieder zurück. Abel hörte ihn im Zimmer hin- und herwandern.

Traumverloren zog sich Abel aus, legte die Kleider in das Bekken unter der Dusche und ließ Wasser darüberrinnen. Dann trat er selbst unter den Strahl. Es war warmes, fast heißes Wasser, das unglaublich wohl tat, aber auch sehr müde machte. Abel glaubte sich plötzlich nicht mehr auf den Beinen halten zu können, die Augen fielen ihm zu. Er schwankte und wäre gefallen, wenn er sich nicht am Wasserhahn abgefangen hätte. Er mußte daran gedreht haben, denn der Regen wurde nun rasch kälter. Abel regulierte eine milde Wärme ein und wandte sich seinen Kleidern zu. Das Wasser, das von ihnen abfloß, war eine dicke gelbe Brühe. Abel versuchte den steifen Stoff auszuwringen, und als das nicht gelang, trat er mit den bloßen Füßen darauf herum. Lehmbrocken, die im Wasser nicht von selbst zerfielen, zerdrückte er mit den Fersen. Dann hob er ein Kleidungsstück nach dem anderen auf und hielt es unter den scharfen Strahl direkt unter die Brausekappe. Schließlich wusch er auch noch den Dreck von seinen Schuhen. Die Kleider breitete er dann über den Heizkörper, die Schuhe stellte er darunter. Nun trat er noch einmal unter die Dusche und rieb sich mit der Bürste ab, bis seine Haut rosarot wurde und brannte. Er schloß die Wasserzufuhr und trocknete sich ab. Nach dem Geplätscher war es beängstigend still. Die Schritte des in seinem Zimmer auf- und abwandernden Majors klangen laut und unheimlich. »Sind Sie fertig?« rief er.

Er öffnete die Tür. Abel zog den Bademantel an, der ihn weich einhüllte.

»Hier sind Pantoffeln«, sagte der Major. Er trat vor die Heizung und sah die Kleidungsstücke genau an.

»Die Schuhe könnten sauberer sein«, bemerkte er. »Na, kommen Sie!«

Der Major ging vor, Abel folgte ihm stumm. Der Weg führte durch einige Räume, die offenbar als Materiallager dienten. In Plastikhäute verpackt lagen Metall- und Glasteile von Schränken und Regalen, Dutzende großer Kartons waren zu Quaderbergen aufgeschichtet. Sie waren mit großen, schwarzen Buchstaben und Ziffern beschriftet, deren Sinn Abel unklar war.

Der Major wartete, bis Abel auf seine Höhe gekommen war, und wies dann auf die abgestellten Dinge. »Um das Leben hier aufrechtzuerhalten«, erklärte er, »brauche ich viele Maschinen — Energie- und Steuerungsmaschinen. Alles, was an Ersatzteilen je benötigt werden könnte, liegt hier. Und dieser Panzerraum enthält Energievorräte für Jahrzehntausende.«

Er trat vor eine Wand, an die komplizierte Systeme von Hebeln und Gelenken montiert waren. Zwei von ihnen begannen mit je einem System von fünf Tasten und verschwanden oben in der Wand. Zwischen ihnen lief ein kaminähnlicher Schacht empor und führte dann mit einem Knick ebenfalls in die Wand. Ein Schemel stand davor.

Der Major setzte sich und hielt die Augen an die Mündung des Schachtes.

»Schauen Sie selbst!« befahl er dann und machte Abel Platz. Abel tat es. Der Schacht war eine Art Teleskop, mit dessen Hilfe man um Ecken herum in einen anderen Raum sehen konnte. Rechts steckten viele Hunderte von mattglänzenden Stäben, jeder etwa ein Meter fünfzig lang und im Durchmesser von der Größe eines Handtellers. Jeder Stab saß in einer Vertiefung, jeder war in angemessener Entfernung vom anderen angebracht. Es sah aus, als wüchse ein Wald aus Metall aus dem Betonboden hervor.

Links befand sich ein Glasbecken mit einer wasserklaren Flüssigkeit — wären Fische darin gewesen, so hätte man es für ein Aquarium halten können, aber es gab keine Fische darin.

Über dem Stangenwald lief ein kleiner Kran auf Rädern, die Stelle eines Kranhakens nahm eine große Zange ein. Eine ähnliche Kranvorrichtung war über dem Becken aufgebaut, nur hing daran eine riesige Pipette.

Die Mitte beherrschte ein metallenes Ungetüm, dessen Vorderfront mit Anzeigevorrichtungen gespickt war.

»Uranstäbe«, erläuterte der Major, »sozusagen als Zündhölzer für das schwere Wasser im Becken links. Aus Sicherheitsgründen sind beide vom Reaktor räumlich getrennt. Es ist ein ESCE-Reaktor, der die Energie direkt in Form von Elektrizität gewinnt. Natürlich ein einfaches Modell, dafür aber sehr sicher in der Funktion. Von Zeit zu Zeit — das heißt alle zwei Jahre — muß man Brennmaterial, schweres Wasser, nachfüllen. Sollte es einmal notwendig sein, ihn stillzulegen, dann läßt er sich durch die Unterzünder aus Uran wieder anheizen. Reparaturen kann man mit Hilfe der künstlichen Hände vornehmen. Sehen Sie!«

Er bediente eines der beidseitigen Hebelsysteme, und von der Decke löste sich ein Gebilde von der Form einer riesigen Spinne mit fünf Beinen. Der Major bewegte die Finger, und die Beine krümmten sich, schlossen sich zusammen und breiteten sich wieder aus.

»Es gibt mehrere solcher Handpaare — alle von verschiedener Größe, die man nach Belieben einstellen kann.« Der Major wartete kurze Zeit, dann forderte er ungeduldig:

»Kommen Sie weiter. Das ist nicht das Wichtigste.« Er trat durch eine Tür. Wieder waren sie im großen, rundherumlaufenden Korridor. Sie gingen bis an die gegenüberliegende Seite. Endlich öffnete der Major eine Tür und schob Abel hinein. Warme, feuchte Luft schlug ihnen entgegen. Sie befanden sich in einem mild beleuchteten Saal, der wie ein chemisches Übungslabor mit vielen Arbeitsplätzen aussah. Zu jedem Tisch gehörte ein Behälter vom Äußeren eines riesigen Eisschranks.

Der Major trat an einen der Plätze und drückte einen Knopf. Auf der Mattscheibe erschien ein Bild von der Art einer Mikroaufnahme: Vor dunklem Hintergrund lag ein durchsichtiges Wesen, das manchmal zuckte und dadurch seine Stellung ein wenig veränderte, ein lurchartiges Gebilde mit kleinen Stümpfen von Armen und Beinen und einem kurzen Schwanz.

»Sehen Sie gut?« fragte der Major. »Oder soll ich auf Hellfeld stellen?« Er warf einen fingergroßen Hebel herum, und die Helligkeitsstufen veränderten sich, als wäre alles, was vorher hell gewesen war, jetzt dunkel und umgekehrt.

»Es ist ein Mensch«, sagte der Major, »oder richtiger gesagt, es wird ein Mensch.« Er holte tief Atem, dann fuhr er fort:

»Was wäre meine Arbeit, wenn ich nicht wüßte, daß sie mich überlebt? Was hätten Ordnung und Manneszucht für einen Sinn, wenn sie mit der bestehenden Generation aussterben?«

Die Stimme des Majors klang feierlich.

»Wir haben vier Frauen zur Verfügung, und das heißt, wir sind nicht zum Aussterben verurteilt. Natürlich können wir nicht warten, bis die befruchtete Eizelle ausgereift ist — dafür haben wir keine Zeit —, aber das ist kein Problem. Hier können wir die Erkenntnisse der Medizin und die Biophysik nützlich verwenden. Ich hoffe, das Zuchtgut so lange im Brutkasten reifen lassen zu können, bis es einer systematischen militärischen Erziehung zugänglich ist, also viel länger als unter den üblichen Umständen. Dadurch glaube ich, zu besseren Ergebnissen zu kommen als meine Vorgänger.

Noch einen Vorteil habe ich ihnen gegenüber: Ich kann bestimmen, welche Männer zur Vermehrung zugelassen werden. Das ist ein wichtiger Punkt meines Systems: Ich muß dafür sorgen, daß in der nächsten Generation Fälle wie Sie nicht mehr auftreten. Es ist unbedingt notwendig — die Art und Weise der Steuerung, wie ich sie vorgesehen habe, beruht auf unbedingtem Gehorsam. Die Möglichkeit zu einer solchen Auslese bietet mir die medizinische Diagnoseanlage. Jeder Mann, der überhaupt in Frage kommt, wird auf sämtliche Eigenschaften, nicht nur die dominanten, auch die rezessiven, getestet. Ich lasse nur erstklassiges Erbgut zur Vermehrung zu. Klar, daß ich dabei auf jene körperlichen und charakterlichen Anlagen achte, die die besten Voraussetzungen für das Soldatentum mitbringen.«

Er sah Abel an und fügte dann bedauernd hinzu:

»Ich fürchte, Sie werden nicht bei den Auserwählten sein.«

Er klopfte ihm auf die Schulter. »Kopf hoch! Es geht ja nicht um den einzelnen — es geht ums Ganze. Es geht darum, daß das Soldatentum für immer bestehen bleibt.«

Der Major drückte einen Knopf, und das Bild auf dem Leuchtschirm fiel in sich zusammen.

»Gehen wir!« sagte der Major.

Sie hatten das Zimmer des Majors wieder aufgesucht. Körperlich war Abel todmüde und konnte sich kaum aufrecht halten, aber seine Gedanken waren auf eine eigenartige, fiebrige Art wach; vor das, was seine Augen wirklich sahen, schoben sich immer wieder einzelne Bilder und Eindrücke, Momentaufnahmen von Szenen, die er in den letzten Tagen und in den letzten Stunden erlebt hatte — die Uranstäbe und die künstlichen Hände, die Brutöfen, das werdende Menschenkind, das einst Soldat werden sollte.

Abel stand vor dem Tisch und stemmte seine Fäuste darauf, um nicht zu fallen.

Der Major beobachtete ihn. Dann sagte er:

»Setzen Sie sich!«

Abel ließ sich auf einem Hocker nieder. Um sich anlehnen zu können, rückte er ihn an die Wand.

»Zigarette?« fragte der Major. »Nehmen Sie einen Schluck?«

Er holte eine Flasche aus dem Schrank und goß ein wenig farblose Flüssigkeit in einen Becher, den er Abel zuschob. Abel setzte das Glas an die Lippen — die Flüssigkeit roch scharf, aber nicht unangenehm, und als er einen vorsichtigen Schluck nahm, rann sie wie Feuer, aber herrlich belebend durch die Gurgel. Die Umgebung um ihn rückte ein wenig fort, und er fühlte sich angenehm müde. Er stützte den Kopf in die Hand, weil er so schwer war. Der Major ist doch ein feiner Kerl, dachte er gegen seinen Willen, wer hat das doch schon einmal gesagt?

»Wir wollen uns ein wenig unterhalten«, sagte der Major. »Sie haben mir viel zu erzählen. Wie kamen Sie eigentlich auf die Idee, mich erschießen zu wollen?«

Abel hätte gern geantwortet, aber seine Stimmbänder gehorchten nicht.

»Trinken Sie noch einen Schluck«, forderte ihn der Major auf und drückte ihm das Glas in die Hand. »Trinken Sie aus!«

Abel schüttete den Inhalt des Glases in sich hinein. Es schüttelte ihn, er spürte, wie die Flüssigkeit als Fremdkörper in seinem Magen stehenblieb. Es brannte ein wenig, doch es munterte ihn auf.

»Sie haben Ihre Pillen nicht ordnungsgemäß genommen — so ist das«, sagte der Major. »Aber weshalb? Das interessiert mich ungemein. Hat mein System einen Fehler?« Er sprach wie zu sich selbst. »Mein System hat doch keinen Fehler!« Er trat vor Abel und sagte: »Sie müssen mir helfen: Wie kamen Sie dazu, die schwarze Pille nicht zu nehmen?«

Abel hätte es ihm gern gesagt, aber er konnte es nicht. Er wußte die Antwort nicht. Was hatte ihn veranlaßt, die Pille nicht zu nehmen? Es mußte etwas so entfernt Liegendes gewesen sein, daß er es einfach nicht fassen konnte.

»Sie entwickeln allerhand Widerstandskraft«, sagte der Major. »Leider am falschen Platz. Aber fangen wir es anders an: Wie sind Sie hierhergekommen?«

»Durch das Maschinenhaus«, sagte Abel. »Die Tür war offen.«

»Die Tür war offen«, wiederholte der Major. »Gewiß. Warum sollte sie auch geschlossen sein? Sie hatten nichts im Maschinenhaus zu suchen. Wie konnten Sie sich über die Vorschriften hinwegsetzen?« Er ließ sich auf dem Bett nieder, zog ein Etui aus der Tischlade und entnahm ihm eine Zigarette.

»Rauchen Sie auch eine?« fragte er und bot Abel die offene Schachtel.

»Nein, danke.«

Der Major steckte eine Zigarette in den Mund. Ein Feuerzeug flammte auf. Er sog leicht die Luft ein und stieß dann einen Rauchring aus.

»Sie konnten die Vorschriften ignorieren, weil Sie die schwarze Pille nicht genommen haben. Das bringt uns nicht weiter. Also was anderes. Wir haben Ihren Kumpanen Austin gefunden. Wissen Sie, wo?« Er wartete keine Antwort ab. »Natürlich wissen Sie, wo. Sie waren es ja, der die Schleuse zugemacht hat. Ist Ihnen klar, daß Sie unwahrscheinliches Glück gehabt haben, Abel?«

Abel nickte. Ja, er hatte unwahrscheinliches Glück gehabt.

»Wir haben Austin im Schleusenraum gelassen. Als abschreckendes Beispiel — falls es noch einmal zu etwas Ähnlichem kommt wie zu diesem peinlichen Vorfall gestern ... Mensch, Abel«, rief er, »die Vorschriften haben doch ihren Sinn! Es sind doch keine Willkürmaßnahmen, die sich irgendein Narr aus den Fingern gesogen hat! Jedes Gesetz habe ich mir tausendmal überlegt und durchdacht, bevor ich es erlassen habe. Es gibt kein Kommando, das nicht die knappste und präziseste Form hätte. Es gibt keinen Schritt, der nicht so, wie er regelrecht zu erfolgen hat, am geradesten Weg zum Ziel führte. Nichts ist überflüssig, alles dient seinem Zweck ...«

Er zog heftig an seiner Zigarette.

»Also, wie war das mit Austin? Sprechen Sie!«

»Austin wollte hinaus. Weg von hier!«

»Hinaus. Unglaublich«, murmelte der Major. »Hinaus! Es gibt

keinen Satz im Reglement, der dem Soldaten die Möglichkeit ließe, hinauszukommen. Und wissen Sie, was das bedeutet? Es bedeutet, daß es falsch ist, nach draußen zu wollen. Es heißt . . .«

Es klopfte an der Tür.

»Was gibt's?« fragte der Major.

Eine Frauenstimme fragte:

»Wünschen Sie jetzt Ihren Tee?«

»Zwei Tassen«, antwortete der Major.

Einen Moment Schweigen. Dann erklang es unsicher:

»Ich habe nicht verstanden . . . sagten Sie zwei Tassen?«

»Bist du taub?« schrie der Major. »Zwei Tassen! Und zwar schleunigst!

»Austin wollte also hinaus«, fuhr er fort. »Na schön. Ich werde daraus lernen. Es verrät mir, daß irgendwo in euch Burschen noch ein Funke Renitenz glimmt. Die sich nicht anpassen können. Die ewigen Revolutionäre. Außenseiter der Gesellschaft. Im Tierreich werden sie von den anderen ausgestoßen — wenn nicht zerrissen. Den Funken werde ich auch noch austreten, verlaßt euch drauf! Na schön. Wie kam Austin dazu, sich so zu vergessen? Ich meine: Wie brachte er es fertig, etwas gegen die Vorschriften zu tun? Haben Sie ihn dazu gezwungen? Hat auch er keine schwarze Pille genommen?«

»Nein«, sagte Abel leise. »Ich habe die seine zerstört.«

»Zufällig oder absichtlich?«

»Absichtlich«, sagte Abel.

»Die Lawine ging also von Ihnen aus, Abel. Aber wie konnten Sie . . . Nun, eben, weil auch Sie Ihre Pille nicht genommen hatten. Wir bewegen uns im Kreis.« Er schwieg und dachte nach.

Es klopfte an der Tür. »Der Tee, Herr Major!«

»Ja! Komm rein!«

Eine Frau betrat das Zimmer. Sie trug ein Tablett. Es war die blonde Frau, die Abel schon kannte. Sie sahen einander nicht an. Als sie die Tassen auf den Tisch setzte, eine zum Major und eine zu Abel rückte, legte der Major seine linke Hand um ihre Hüften und zog sie näher an sich.

»Abel 56/7! Können Sie nicht aufstehen, wenn eine Dame hereinkommt?« Er brüllte, sein Gesicht färbte sich rot. »Lümmelt da wie ein ... Achtung! Stillgestanden! Hände in Vorhalte. Fünfzig Kniebeugen!«

Abel war aufgesprungen, wie aus einem Traum gerissen. In Bedemantel und Pantoffeln stand er da, die Füße parallel gerichtet, die Hände angelegt.

»Knie beugen! Stehen Sie auf Ihren Löffeln?«

Abel beugte die Knie, streckte die Knie, beugte die Knie ...

Der Major schlug der Frau klatschend auf das Gesäß.

»Verschwinde«, sagte er.

Er stand auf und drehte sich zur Landkarte an der Wand. Seine Augen folgten den roten und blauen Linien, die sie als hieroglyphenhaftes Muster überzogen.

Später klingelte er. Dem Sergeanten, der daraufhin erschien, befahl er, indem er mit dem Daumen auf Abel wies:

»Ab mit ihm — ins Kino!«

16

Er befand sich lange in den dunklen, strömenden Massen, durch die nur gelegentlich ein trübes Licht hindurchglomm und wieder untertauchte wie ein Scheinwerfer in schmutzigem Nebel. Manchmal starrten ihn weiße Gesichter an. Geräusche drangen an sein Ohr, aber nur wenige erreichten den Raum seines dahindämmernden Bewußtseins. Er fühlte sich aufgehoben, getragen, zugedeckt. Wieder getragen. Er fiel. Türen schnarrten. Jemand schrie seinen Namen ... die Schreie kamen aus weiter Ferne. Er lag weich und warm.

Er schlug die Augen auf. Der Oberarzt sah auf ihn herunter. Hinter seinem Kopf erkannte er das Krankenzimmer, sein Krankenzimmer. Ihm war, als wäre er zu Hause.

In der Armbeuge spürte er einen leichten Schmerz. Schwester Berthe wischte seine Haut mit einem Wattebausch ab, dann beugte sie seinen Arm. Die Hand lag an der Schulter auf. Er sah zu, als gehörte sie nicht zu ihm.

Wieder blickte er den Oberarzt an.

»Mein Experiment ist gelungen«, sagte dieser. »Es hat kein positives Ergebnis gebracht, aber es hat seinen Zweck erfüllt. Ich rechne nicht mehr mit einer freiwilligen Mitarbeit. Übrigens bin ich keineswegs darauf angewiesen. Wahrscheinlich war es nur Sentimentalität von mir, und es ist besser so, wie es gekommen ist.«

Er wandte sich zur Schwester:

»Sie können gehen. Ihr Dienst an diesem Patienten ist beendet. Er braucht Sie nicht mehr.«

Schwester Berthe ging schweigend hinaus.

»Ich kann Ihnen übrigens eine gewisse Anerkennung nicht versagen: Sie haben eine erstaunliche Leistung vollbracht. Schade, daß Sie Ihren Willen in die verkehrte Richtung lenken! Aber vielleicht ist auch das nur Sentimentalität von mir. Willen kann nur einer haben — derjenige, der befiehlt. Nur er selbst weiß, wie klein der Spielraum ist, in dem er sich bewegt. Jede andere Willensäußerung stört die Ordnung — das war schon immer so. Hier bin ich die Ordnung. Wer gegen mich ist, erstrebt das Chaos.«

Zwischen das Gesicht des Oberarztes und Phil schob sich eine milchige Scheibe.

»Bald erreichen wir den unbekannten Planeten. Dann beginnt alles von vorn. Wenn du jetzt einschläfst, Abelsen, dann nimm etwas Tröstliches mit: Sicherheit, daß in unserer neuen Welt jeder das bekommen wird, was er braucht. Es wird keinen Turm Babel mehr geben, keine Sintflut, keine Flucht. Bald sind wir am Ziel, das man nie richtig verstanden hat — im festen Gefüge einer zwar nicht göttlichen, aber menschlichen Ordnung.«

Die milchige Schicht vor Phils Gesicht wurde immer dicker. Er sah den Oberarzt nicht mehr. Die Welt löste sich in Stücke auf, die auseinanderschwammen wie Treibgut im Wasser, und Phil zerfiel mit ihr. Ein Teil nach dem anderen glitt von ihm ab. Ein Teil sah noch etwas Diffuses, Strömendes. Ein Teil nahm einen schwachen, dumpfen Geruch auf. Ein Teil wollte antworten — auf die letzten Worte, die gesprochen wurden. Die Antwort war da, aber nichts mehr, das sie hätte sprechen können.

Was von ihm übrigblieb, war entkleidet bis aufs Mark — es besaß keine Gliedmaßen mehr, keine Knochen, kein Fleisch. Es war durchsichtig und körperlos — ein Bündel weher Traurigkeit, ein Häufchen stummer Angst. Er trieb auf einem Laufband dahin, durch ein Labyrinth von Nebelwänden, gegen eine Wand gelber Glasscheiben, hinter denen blinde Wesen in einer Flüssigkeit zuckten. Die Falle. Sie schloß sich über ihm.

17

Zwei Korporale und der Sergeant brachten Abel in einen sechsekkigen Raum. Zuerst sah es aus, als bestünde seine ganze Innenauskleidung aus einer einzigen Mattglasscheibe; dann erst erkannte man, daß der Boden, die Decke und drei Wände aus Spiegeln bestanden.

Ein Korporal riß die Arme Abels nach hinten, und ein Ring schloß sich um seine Gelenke. Ein Doppelbügel schnappte auch um seine Beine, unten, knapp über den Knöcheln, und dann klirrte eine Kette — ein Korporal verband beide Fesseln und zog sie zusammen. Abels Kniegelenke beugten sich, er kniete am Boden. Nun steckte einer der Männer von hinten die Arme unter Abels

Achseln hindurch, knickte sie ab und verschränkte die Hände hinter Abels Nacken. Abel war bewegungsunfähig. Der andere zog einen Gummipfropfen aus einem Fläschchen, daran steckte ein kleines Pinselchen, und mit diesem strich er eine dicke, durchsichtige Flüssigkeit in Abels Augen.

»Halt still«, sagte er, »sonst tut's sehr weh!«

Mit einem geschickten Griff zog er das Lid von Abels rechtem Auge hoch und zwängte eine Haftscheibe hinein. Dasselbe tat er am linken Auge. Es schmerzte, aber nicht stark.

»Alles in Ordnung?« fragte der Sergeant und bückte sich zu Abel. Abel sah das Gesicht durch die gläsernen Scheibchen deutlich, doch stark vergrößert: Eine Hand zuckte auf ihn herab, unwillkürlich wollte er die Augen schließen — aber es ging nicht; die Haftgläser waren so hoch gewölbt, daß sich die Augendeckel nicht über die Augäpfel senken konnten. Er sollte die Augen nicht verschließen können vor dem, was jetzt kam.

»Viel Vergnügen«, spottete der Korporal. Dann verließen die drei Männer den Raum.

Als sich die fugenlos schließende Spiegeltür hinter ihnen geschlossen hatte, erlosch das Licht, das bisher das Milchglas von hinten gleichmäßig erleuchtet hatte. Dann erschienen im Dunkel marschierende Stiefel, plastisch und farbig. Sie kamen von allen Seiten auf Abel zu. Sie waren auch an der Decke und unter dem Boden, auf dem er kniete. Zunächst war es weder schrecklich noch peinigend. Peinigend war nur die Angst vor dem kommenden Schrecklichen, das nicht ausbleiben konnte. Abel wußte nur nicht, was es sein würde.

Die Stiefel verschwanden, und dann trat ein Lichtkreis aus dem Dunkel, wurde heller und heller. Die Helligkeit strahlte durch die Augen in Abels Gehirn. Er drehte sich um, rutschte auf den Knien über den Boden, suchte eine Ecke, in der er geschützt war vor dem grausamen Licht, aber es gab keine, er war ihm überall preisgegeben. Er warf sich auf die glatte Fläche unter seinen Knien, sein

Kinn schlug schmerzhaft darauf, aber auch unter ihm war die glühende Sonne. Sie schien rasend zu kreisen, manchmal links herum, manchmal rechts herum, oder auch beides zugleich. Er suchte sich zu schützen, indem er in das Spiegelbild seines Gesichtes starrte — eine Fratze mit ungeheuerhaften, vorspringenden Kugelaugen —; aber der Kreis stach von der Seite auf ihn ein.

Und dann bewegte er sich, nicht nur an der Wand, nein, auch im Raum. Er glitt vor und zurück, schlang sich rundherum, spiralte, immer rascher. Die Striche schrieben sich in Abels Gehirn, bildeten ein Netz von verworrenem, glühendem Draht — die Skulptur eines Wahnsinnigen. Dann erlosch die Sonne, doch das Bildwerk flirrte noch, veränderte die Farbe, wurde grün, gelb, blau und blieb als tiefvioletter Schimmer zurück.

Die stampfenden Füße waren wieder da, sie bewegten sich hektisch, dazu ertönte Gesang: »Es ist so schön, Soldat zu sein . . .«, kreischend hinausgeschmettert aus Hunderten von Kehlen gehetzter, überanstrengter Männer.

Die Beine liefen jetzt nicht mehr auf einer ebenen Fläche, sondern bergauf und bergab, auf senkrechte Wände hinauf, in Abgründe hinein, dann schwenkte der Boden herum, und sie marschierten über die Decke. Schwindel erfaßte Abel. Er hatte das Gefühl, sich selbst mitzudrehen, er stemmte sich dagegen, sein Magen hob sich, er würgte . . .

Da war es wieder ruhig . . . die Ruhe der brennenden Sonne. Sie schwankte langsam zur Seite, hielt an, pendelte zurück. Dann war da eine zweite Sonne . . . war verschwunden . . . oder war es die erste, die nur rasch ihren Platz gewechselt hatte? . . . die zweite war da . . . die erste . . . jetzt ging es rasch, es hüpfte, es flimmerte. Zwei Sonnen flimmerten, manchmal im Takt, manchmal im Gegentakt . . . ohne Ende. Sie waren keineswegs so hell wie der Feuerball von vorhin, aber jetzt war es das Flimmern, das quälte, unbeschreiblich quälte.

Abel hatte sich lange Zeit gewehrt, doch jetzt gab er es auf. Er lag auf die Seite gestreckt, ohne Denken, ohne Gefühl, ohne Kraft, ohne Willen — vielleicht war er ohnmächtig, aber seine Augen waren offen, und er sah, sah, sah ...

Die vibrierende Sonne erlosch.

Die Stiefel kamen wieder, marschierten. Das Lied erklang.

»Es ist so schön, Soldat zu sein ...«

Die Stiefel marschierten im Kreis, rundherum. Abel konnte nicht mehr erfassen, was geschah und was es bedeutete.

Die Stiefel marschierten im geschlossenen Kreis. An ihnen waren keine Körper; es waren nur Beine, zusammengewachsen zu einem riesigen marschierenden Körper. Ein ungeheurer Tausendfüßler aus Soldatenbeinen marschierte um Abel herum.

Abel lag auf einer Pritsche. Zwei Hände massierten ihn. Er schlug die Augen auf — stechender Schmerz fuhr ihm durch den Kopf, als Licht an sie kam, und unwillkürlich machte er den Versuch einer Bewegung, von der Lampe weg, zur Wand.

Etwas Kaltes traf seinen Körper, Wasser rann über ihn, er lag in einer kalten Lache, ein Schüttelfrost kam und ging.

»Er ist wieder bei Bewußtsein, Herr Major.«

Die Stimme kam von fern. »Gut. Lassen Sie mich allein.«

Abel drehte sich herum.

Durch eine Gallerte hindurch sah er den Major. Der Major stand an der Lampe und hängte ein Taschentuch darüber. Dann breitete er den Bademantel über Abel.

Es waren zwei kleine Gesten, aber Abel fühlte tiefe Dankbarkeit dafür. Der Major war gut.

»Tut mir leid, Abel«, hörte er die Stimme des Majors: leise und sanft. Sie klang ihm nach: »Tut mir leid, Abel, tut mir leid, Abel, tut mir leid, Abel ...«

»Wir mußten dich hart anpacken. Jetzt ist es nicht mehr so schlimm, nicht wahr? Jetzt ist es vorbei. Du brauchst mir nur noch zu sagen, wie du dazu gekommen bist, die Tabletten nicht zu nehmen. Hast du gewußt, daß sie dazu dienen, dem Soldaten den Gehorsam zu erleichtern? Hat es dir jemand gesagt? Ist vielleicht noch jemand da, der . . .? Hat es dir jemand gesagt?«

Abel schüttelte den Kopf.

Der Major fuhr fort: »Es könnte natürlich auch ein Zufall sein. Ein seltsames Zusammentreffen widriger Umstände. Obwohl . . . Aber ich darf mich nicht mit der Annahme eines Zufalls zufriedengeben. Das siehst du doch ein, Abel. Ich muß sicher sein. Ich muß es aus dir herausbekommen. Es ist so, als ob etwas Böses in dir steckte, irgendwo in dir verborgen, und wir zwei müssen nun zusammenhelfen, um es herauszufinden. Habe ich nicht recht?«

Abel nickte. Die Worte des Majors klangen überzeugend. Jetzt wußte Abel, warum er so berührt davon war. Der Major sagte ›du‹ wie ein Vater.

»Das ist für uns beide schwer. Du mußt Schmerzen erleiden, und ich muß dir weh tun. Aber du weißt doch, daß sich das nicht gegen dich richtet, sondern nur gegen den Herd des Bösen, der in dir sitzt wie eine Geschwulst.

Du bist doch nicht für Illegalität und Anarchie, Abel?« fragte der Major.

Nein, Abel war nicht für . . . Nun ja, der Major verstand ihn schon.

»Du siehst doch ein, was es für Folgen haben kann, wenn ich eine Möglichkeit offenlasse, die aus irgendwelchen dunklen, versteckten Trieben heraus zu Auflehnung führen könnte. Dies Ganze, was ich mühsam aufgebaut habe, würde zusammenbrechen. Die schwarze Tablette ist ein wichtiger Faktor in meinem System. Ohne sie kann ich eintausendeinhundertvierzehn Menschen nicht allein im Zaum halten. Menschen sind so unberechenbar und dumm. Sich selbst überlassen, würden sie blind ins Verderben rennen. Sie brauchen pausenlos eine starke Führung, eine Kraft, die sie hält. Wenn sie vernünftig, wenn sie einsichtig wären, wäre kein künstliches Hilfsmittel dazu notwendig.«

Trauer schwang in der Stimme des Majors. Er setzte sich ans Fußende des Bettes.

»Und dann betrifft es vor allem die Zukunft. Es gibt niemand, der mich ablösen könnte. Einst, vor langer Zeit, habe ich von einem Nachfolger geträumt — kurze Zeit habe ich sogar dich erwogen. Aber du kamst nicht in Frage; es gibt niemand, der mich verstehen kann. Ich muß das System so eindrillen, daß es von selbst weiterlaufen kann. Es gibt nur eine beschränkte Zahl von Anordnungen, die ich zu geben habe. Ich werde sie auf einer Magnettrommel speichern. Auf jede Meldung gibt es nur einen sinnvollen Befehl, wobei die Umstände zu berücksichtigen sind. Die Reaktionen als sinnvolle Befehle auf Meldungen lassen sich durch ein logisches Programm festhalten. Ich werde es ebenfalls in der Trommel speichern. Das Kommunikationsmittel werden die Sendeanlage, die Mikrofone und Lautsprecher sein. Durch sie wird gemeldet und befohlen. Die Entscheidungen trifft eine einfache elektronische Rechenmaschine. Alles ist genau durchdacht. Sogar meine Sonntagsmorgenansprachen beginne ich schon zu sammeln.

Jetzt dürfte es für dich kein Geheimnis mehr sein, warum ich deiner Handlungsweise nachgehen muß. Warum ich dich hart anfassen muß.«

Abel nickte. Der Major hatte vollkommen recht.

»Ist es ein unwillkürliches, spontanes Agieren, dessen Ursache in deinem Charakter, in deinem Gehirn sitzt? Ist es irgendeine Nachwirkung aus der Vergangenheit, die ich nicht kupiert habe? Ist es ein Fehler in meinem System, den ich übersehen habe? Ich muß daraufkommen. Wenn es an dir liegt — dich kann ich auslöschen, für alle Ewigkeit. Aber ein Versehen . . . nein, das kann es nicht sein. Es darf keinen Spielraum zu einer echten Widersetzlichkeit geben. Eine unvorhergesehene Handlung, vielleicht schon ein wissentlich mißachteter Befehl . . . die Folgen wären entsetzlich. Natürlich, ich werde einkalkulieren, alles, was sich voraussehen läßt. Aber kann man das Gesetzlose einkalkulieren, läßt sich das Chaos berechnen? Das ist das einzige, vor dem ich mich fürchte.«

Das Gesicht des Majors sah aus wie ein kantiger Block.

»Ja, ich fürchte mich«, setzte er hinzu. »Gegen die Unordnung kann man sich nicht hundertprozentig sichern. Sie könnte mein Werk vernichten. Ich muß sie für immer und ewig ausschalten.

Also, Abel, wie war das? Wie bist du auf die Idee gekommen, die Tabletten nicht zu nehmen? Nicht irgendeine von den Nähr- oder Vitamintabletten. Nein — sie, die maßgebliche, die entscheidende!«

Abel hätte dem Major gern geholfen. Er sah es jetzt ein: Es war etwas Böses in ihm. Er zermarterte sich den Kopf. In seinen Augen standen Tränen.

»Ich kann mich nicht erinnern«, flüsterte er.

»Du kannst dich nicht erinnern«, sagte der Major. Er sprang auf und schrie: »Du kannst dich nicht erinnern! Du willst dich nicht erinnern! Du Heuchler, du Schmutzstück, du Schweinskerl! Heraus mit der Sprache!« Er schnallte sein Koppel ab und ließ es klatschend auf den Körper Abels niedersausen. »Heraus damit! Wer hat dich angestiftet? Wie bist du dazu gekommen?«

Der Bademantel hatte sich geöffnet, das Koppel klatschte auf die nackte Haut. Im Takt der Schläge schrie der Major: »Her — aus, da — mit, her — aus, da — mit . . .«

Abel rührte sich nicht. Er lag halb zur Wand gedreht. Er war ohnmächtig.

Der Major reckte das Kinn vor und sah den schmächtigen Körper Abels an. Dann schnallte er das Koppel an. Wieder setzte er sich aufs Fußende des Bettes. Er schloß die Augen und blieb dort einige Zeit hindurch unbewegt sitzen.

Draußen klangen Schritte.

Der Major ging zur Tür, riß sie auf.

Ein Sergeant meldete stramm:

»Ganze Belegschaft angetreten zur Parade!«

»Ist gut«, sagte der Major. »Ich komme.«

Er zog die Tür hinter sich zu und drehte den Schlüssel im Schloß.

Der Gesang der wartenden Soldaten drang leise bis in die Gefängniszelle.

Abel kam zu Bewußtsein, als er merkte, wie er fror. Die Kälte stieg von der nassen Matratze auf und fraß sich tief in ihn hinein. Er tastete mit der Hand nach seinem Rücken und fühlte, daß die Haut abschnittweise eiskalt war. Er fühlte Striemen quer über seine Seite laufen, und als er sie berührte, begannen sie zu brennen.

Sein Kopf war nicht ganz klar. Manchmal erfaßte er, wo er war, manchmal entglitt es ihm, und er machte schwache Versuche, darüber nachzudenken. Am Hintergrund seiner Augen standen Bilder, die nicht aus dieser Welt stammen konnten, und auch die Laute, die manchmal in seinen Ohren schwangen, waren Klänge aus einem unbegreiflichen Land.

Er merkte, daß die Bilder und Geräusche, der Schmerz und das Übelsein am schwächsten auf ihn eindrangen, wenn er sich nicht bewegte. Und so blieb er still liegen, wenn auch die Kälte in ihm immer höher stieg. Er hörte das Stampfen von Stiefeln, Kommandos und Gesang, aber er unterschied nicht, ob es Illusion oder Wirklichkeit war.

Dann umfing ihn ein goldener Schleier, etwas Samtenes strich über sein Gesicht, etwas Warmes liebkoste seinen Körper.

»Steh auf!« rief eine helle Glocke. »Steh auf, komm mit! Rasch, beeile dich, sonst erwischt mich jemand hier.«

Es war keine Glocke, die da sang, sondern die Stimme eines Menschen, der etwas von ihm wollte, der schon wieder etwas von ihm wollte.

Er versteifte sich und wandte sich ab.

»So wach doch schon auf! Willst du denn nicht aus diesem kalten Loch hinaus?«

Jetzt spürte er wieder die Nässe in seinem Rücken. Er zog hastig den Bademantel eng um sich, und diese Bewegung führte ihn in die Wirklichkeit zurück. Seine Augen waren noch verschleiert, aber sie erkannten ein Gesicht, Augen, die ihn ansahen, einen Mund ...

»Bitte, komm mit mir!«

Er hätte keinem Befehl folgen können, es war die Bitte, von der jene Fäden ausgingen, die ihn von seinem Lager emporzogen. Er saß am Bettrand, und schwarze Wellen verfinsterten in Schwallen sein Denken. Hände schoben ihm die Pantoffeln an die Füße, ein Arm hakte sich ein.

»Komm, bitte, komm!«

Die Frau führte ihn durch ein kurzes Stück Gang, um eine Ecke, eine Stufe hinunter, wieder durch einen Gangabschnitt. Die Sessel, der Aktenschrank ... hier mußte er schon einmal gewesen sein. Vier Türen nebeneinander in der Wand.

Er taumelte auf eine Couch. Es war wohlig warm. Das Licht angenehm gedämpft. Ein gefalteter rosa Lampenschirm. Ein Berg Kissen. Papierblumen in einem Bilderrahmen: das Farbfoto eines Hauses, eines kleinen Hauses in einer Reihe anderer, gleich aussehender kleiner Häuser. Zwei alte Menschen, die von einem Balkon heruntersehen.

Er fühlte sich warm zugedeckt, sein Kopf war in weichen, nachgiebigen Massen vergraben, es roch nach trockenen Blättern und Staub. Er schloß die Augen. Um ihn herum waren Bewegungen, leise Geräusche, Getrappel von raschen, eiligen Schritten, Rascheln von Stoff, Klirren von Tassen, Klappern von Besteck, leise gemurmelte Worte.

»Gleich ist's soweit, hab noch ein wenig Geduld!«

Aber ja, er hatte Geduld. Er könnte für immer so daliegen, halb in wohliger Dämmerung, halb im Schlaf und dazu dem Wohlwollen hingegeben, das ihm von außen zuströmte.

Eine Hand glitt sanft unter seinen Hinterkopf, eine Tasse erschien vor seinem Mund, es roch würzig, und er trank in kleinen Schlucken das Heiße in sich hinein, das Wärme um sich ausbreitete und letzte Reste von Eis zerschmolz, die noch versteckt in seinem Körper saßen.

Er lag wieder in den Kissen, den Kopf leicht geneigt, und aus seiner Perspektive heraus sah er die Umgebung seltsam und äußerst anheimelnd. Die Zipfel des Polsters und daneben das Sternmuster eines Tischtuchs, die Fransen der gestreiften Decke, die sich mit den Streifen bunter Bucheinbände kreuzten, den eigenen Nasenrücken, und darüber gelagert eine bauchige Teekanne, eine Berg-und-Tal-Landschaft aus dem gebauschten und gefalteten Mantel, der über seine Beine gebreitet war.

In dieser Wunderlandschaft hantierte die Frau mit schmalen weißen Händen, drehte sich dahin und dorthin, streckte sich zu einem Wandbrett, bückte sich zum Boden nach etwas, was von seinem Aussichtspunkt nicht zu sehen war.

Nun erschien das Gesicht wieder vor ihm. Der Schleier, durch den er noch immer schaute, machte es jung — er verwischte die bitteren Linien, glättete die Falten, ließ den Mund voll und weich erscheinen und brachte eine versunkene, längst vergessen geglaubte Schönheit ans Licht.

»Hast du noch Schmerzen?« fragte der Mund.

Abel schüttelte den Kopf. Er hatte keine Schmerzen mehr.

»Bleib bei mir«, bat er.

»Sei nur ruhig. Alles ist gut. Ich bleibe bei dir.«

Nicht nur der Mund sprach, auch die Augen sprachen, die Hände.

Abel ließ sich in die Kissen zurücksinken, die große Ruhe erfüllte ihn. Er war nicht allein. Bisher hatte er es nicht empfunden — das Alleinsein. Vielleicht hatte es tief in ihm gezehrt, ohne daß er es aussprechen oder auch nur denken konnte. Aber es war ja vorbei. Er spürte einen anderen Menschen bei sich, ganz nahe. Er brauchte ihn nicht zu sehen — das Fühlen ließ ihn die Nähe, die Zuneigung, die Zärtlichkeit viel unmittelbarer empfinden als das Sehen oder das Hören. Er schlief ein, und er erwachte — beides war gleich schön, das Sicheinsinkenlassen in die Geborgenheit oder das Sichaufschließen gegenüber dem ihn Umgebenden, ihm Dargebrachten.

Vielleicht war die Unruhe um ihn herum nur davon gekommen, daß er zu wenig gewußt hatte, daß er noch nicht bei den Engeln war? Was war demgegenüber noch wünschenswert, erstrebenswert, erkämpfenswert? Ganz leise regten sich Fragen — nach den Gründen dafür, warum das nicht ewig sein konnte — das, was jetzt war —: früher, später, immer? Warum Umwege notwendig sind, bevor sich alles löst? Fragen nach früher oder später verdüstern die Stunde des Glücks. Fragen können Abgründe aufreißen und Wege verschütten, Fragen entzaubern.

Denn es war ein Zauber. Er versuchte die Gedanken zu verdrängen, die es ihm zuraunten, aber er hörte es: ein Zauber. Ein Zauber, der verhaucht wie eine Nebelwolke . . . ein Windhauch, ein Atemzug . . . verflogen . . . vorbei.

Es war kein Zauber, es war Wirklichkeit, wenn auch zauberische Wirklichkeit. Das Wunderbare daran war eben das, daß es wahr war, daß er es wahrhaftig erlebte. Er fühlte die Weiche und Wärme der Kissen und Decken. Er fühlte die Frau neben sich. Er machte die Augen auf. Er sah die Frau. Ja, sie war noch da. Und sie war schön. Ein Engel. Es war Wirklichkeit. Kein Zauber. Gegenwart. Gegenwart mit einem Vorher, einem Gleichzeitig, einem Nachher.

»Warum hast du mich hierhergebracht?« fragte Abel.

Die Frau stützte sich ein wenig empor und sah ihn besorgt an.

»Sei still. Sprich nicht!«

»Bitte, ich muß es wissen. Warum hast du das getan?«

»Ich weiß es nicht. Ich habe nicht darüber nachgedacht. Ich habe dich immer vor mir gesehen — seit jener Nacht . . . Wie lange ist es her?«

»Lange. Unermeßlich lange.«

Sie schwiegen. Dann sagte die Frau:

»Vielleicht war es Mitleid.«

»Mitleid«, wiederholte Abel flüsternd; es hörte sich an, als müßte er darüber nachsinnen. »Mitleid.«

»Als ich dich damals im Gang draußen traf, da wußte ich zwar nicht, wie es weitergehen würde, aber ich wußte, daß etwas geschehen würde. Aber ich sah auch das Ende voraus. Das Ende stand von vornherein fest.«

»Ist denn das Ende nahe?«

»Es hat schon begonnen.«

»Wie wird es aussehen . . . ich meine: Wie ist es — das Ende?«

»Bitte frag mich das nicht.«

»Gehört das . . . jetzt . . . ich meine diese Stunde auch zum Ende?«

»Nein«, sagte die Frau. »Sie liegt außerhalb, außerhalb alles Voraussehbaren. Niemand hat sie vorausgesehen. Ich nicht, du nicht. Selbst der Major konnte sie nicht einkalkulieren. Wahrscheinlich war es das, was mich dazu veranlaßt hat — etwas außerhalb allen Berechenbaren zu tun. Wir können nicht wissen, was für Folgen etwas hat, aber alles hat Folgen, das ist sicher. Es sind Folgen, die wieder unberechenbar sind und selbst unberechenbare Folgen haben, und so geht das ewig weiter.«

»Und das willst du?«

»Das will ich. Wahrscheinlich bin ich so wie du. Denn auch du wolltest es — wenn auch anders als ich. Du wolltest den Major töten. Im Grunde genommen ist es dasselbe.«

»Kann es verhindern, daß das Ende kommt?«

»Nein, das ist unmöglich.«

»Hat es denn dann noch Sinn?«

»Das Ende betrifft nur einzelne — dich, mich und jeden. Das, was erhalten bleibt, ist etwas anderes — es ist die Hoffnung.«

Sie schwiegen lange, nur ihre Atemzüge waren zu hören. Ganz allmählich verrann die alles silbrig verschleiernde Benommenheit in Abels Gehirn. Sein Blickfeld wurde weiter — er sah nun nicht mehr nur das, was vor seinen Augen lag. Es gab auch das Außerhalb, das Beängstigende, das Üble. Er faßte das Handgelenk der Frau und hob es ein wenig auf — die Armbanduhr zeigte auf 11.45.

»Die Parade ist vorüber«, sagte er. Mit einemmal fühlte er sich wieder müde, trostlos, verloren. Seine Muskeln schmerzten, im Kopf hämmerte etwas monoton. Die Fragen waren nun wieder deutlich, er hätte sie formulieren können, aber das stetig klarer werdende Bewußtsein der Sinnlosigkeit der Fragen, die er hätte fragen können, aller Antworten, die er hätte bekommen können, aller Taten, die er noch tun könnte, errichtete eine Mauer um das matte Aufflackern seines Wünschens. Er stand an einem schwarzen Schacht bodenloser Hoffnungslosigkeit.

»Die Parade ist bald vorüber«, sagte er noch einmal. »Ich gehe in die Zelle zurück. Du weißt, daß es das beste ist.«

Er streifte die Decke zurück und ließ sich nicht anmerken, wieviel Entschlußkraft ihn diese einfache Bewegung kostete.

»Bleib ruhig«, sagte er.

Er spürte, daß er jetzt trotz allem der Stärkere war. Er band den Gürtel seines Bademantels fest, zog die Pantoffeln an. Die Frau lag auf der Couch. Sie hatte sich zur Wand gedreht und hielt die Fäuste vor den Mund gepreßt.

Abel sah nicht hin. Er konnte nicht hinsehen. Er öffnete die Tür und ging.

Niemand befand sich im Vorraum. Er trat auf den Korridor hinaus. Rechts die erste Tür — das war der Eingang zu seiner Zelle. Er öffnete sie nicht. Ein klirrendes Fenster fesselte seine Aufmerksamkeit. Er trat vor und blickte durch die Scheiben.

Die grauen Gebäude lagen wie Felsen unter dem gelben Dunst des Himmels. Die Fenster sahen aus wie Eingänge zu Höhlen. Die grau zementierten Wege schnitten Rechtecke aus dem gelben Boden. Drüben am großen Appellplatz vor dem Waffenmagazin bewegte sich das ganze Bataillon wie ein einheitlicher Körper — ein Tausendfüßler marschierte auf den bebenden Zementwegen in einem geschlossenen Kreis um das Waffenmagazin herum.

Er marschierte an den hundert Korporalen, den zehn Sergeanten und dem Major vorbei. Der Major stand etwas über allen auf einem Postament. Er sah einen endlosen Zug Soldaten an sich vorbeiziehen. Sah er sie wirklich oder blickte er durch sie hindurch, in irgendein aufregendes Geschehen: voll von Mannesmut und Soldatentum? Niemand konnte es wissen. Er stand zu fern von den andern. Er hielt seine Hand grüßend an die Mütze, unbewegt, ein Standbild aus Stein gemeißelt.

Der Boden zitterte. Abel spürte es bis hierher. Abwechselnd stießen tausend linke und tausend rechte Füße mit harten Stiefelabsätzen wie Hämmer auf die Erde nieder. Tausend. Abel fiel es jetzt erst auf: nicht tausend, sondern neunhundertachtundneunzig. Zwei fehlten. Austin und er.

Ein leises Zittern lag in Abels Augenwinkeln, das Zittern eines nicht bis zur Oberfläche durchdringenden Sichregens von Erschütterung. Zwei fehlten — und doch war das Ganze betroffen. Es war nicht mehr vollständig, nicht mehr makellos, es saß etwas in ihm, das weiterwirken würde, über Generationen hinweg, unausrottbar. War das die Hoffnung? Es mußte die Hoffnung sein, von der die Frau gesprochen hatte. Aber es war keine Hoffnung für den einzelnen.

Abel wandte sich um und ging rasch vor, an der Tür zur Zelle vorbei, durch den Vorraum mit den Stahlrohrsesseln, in die Halle mit der Maschinerie. Er trat auf den Platz vor das Pult und legte die Hand auf den Hebel.

»Versinken in der Dämmerung. Bunte Kissen. Die gestreifte Decke. Das Bild an der Wand . . .« Er sprach tonlos, aber laut und deutlich. Der Lochstreifen schlängelte sich summend aus dem

Schlitz.

»... die Wärme. Der Geruch von Tee ... der Geschmack. Das blonde Haar, das Gesicht. Die Augen, der Mund, die Hände. Ihre Hände, ihre Augen, ihr Mund.«

Relais klickten, ein Lochstreifen lief. Dann war es still.

Abels Hand umklammerte den Griff des Hebels. Es blieb still. Er wartete. Jäh packte ihn Angst, die Maschine könnte ihn im Stich lassen ...

Schließlich heulte die Maschine auf. Eine Klappe öffnete sich, und dann raschelte etwas — das Plastiktütchen. Hastig griff er danach und steckte es ein. Dann ging er zurück, durch den Vorraum, in den Korridor. Er sah nicht mehr nach dem Fenster. Er öffnete die Tür zu seiner Zelle und schloß sie. Geistesabwesend sah er sekundenlang das einzige Möbelstück, das eiserne Bettgestell, an. Dann schob er das Kissen zurecht. Es fühlte sich kalt an. Er setzte sich auf den Bettrand, streckte sich lang aus.

Seine Finger zerrten am durchsichtigen Plastikstoff des kleinen Behälters, rissen ein Loch hinein. Fünf Tabletten rollten in seine Hand. Er steckte sie alle fünf in den Mund und schluckte sie. Langsam spürte er sie in den Magen hinuntergleiten. Er hob einen Arm über das Kissen, bettete den Kopf hinein und schloß die Augen.

Jetzt konnten sie kommen. Er war bereit.

Anhang

Dokument 7/12

M (Aufschrift am Anfangsstück des Magnetbandes)
Der Kampf ist der Vater aller Dinge.

Sie haben diesen Satz oft gehört, und doch werden Sie sich der Tragweite der tiefen Erkenntnis, die daraus spricht, kaum bewußt geworden sein.

Der Kampf ist der Vater aller Dinge.

Das beginnt viel früher als bei den Raketenschlachten, den Bombenteppichen, dem Granatfeuer, den Torpedoangriffen. Es begann sogar früher als bei der Muskete, der Armbrust, dem Blasrohr, dem Speer, dem Knüppel, dem Faustkeil. Es begann, als es noch keine Faust gab, kein Horn, keine Kralle, keinen Stachel. Es begann an der Wurzel dieses Lebens, das das unsere ist. Es sitzt so tief in uns, daß es uns nicht gäbe, wäre nicht der Kampf.

Der Kampf ist der Vater aller Dinge.

Das heißt: Der Stärkere gewinnt, der Schwache geht unter. Das klingt grausam, und das ist es auch. Aber es ist die Wahrheit. Es ist die Notwendigkeit.

In der Wissenschaft hat es einen anderen Namen. Es heißt: Prinzip des Überlebens.

Ich bewundere die Naturwissenschaftler. Sie haben sich noch nie um eine Wahrheit gedrückt, so unangenehm sie auch war. Aber man braucht kein Naturwissenschaftler zu sein, um sie zu verstehen. Wer sie nicht tief in sich selbst spürt, die Freude am Kämpfen, die Lust des Siegens und des Vernichtens, der mag sich die Bedeutung dieses Seinselements logisch erklären. Ich weiß nicht, ob dieser Beweis stärker ist und ob Sie ihn verstehen können, aber ich will es versuchen. Es ist sehr wichtig für Sie, daß Sie die lenkende Kraft unseres und auch Ihres eigenen Lebens verstehen.

Die Ausgangsbasis ist die Evolution. Das heißt die Entwicklung der Arten. Einst hat man darüber gestaunt, daß die Erde erstaunlicherweise alles das besitzt, was die Lebewesen brauchen – also etwa Luft, Wasser, Kohlendioxyd, Schwefel, Phosphor und die Metalle Kalzium, Kalium, Eisen, Magnesium und wie sie alle heißen. Das sind nämlich genau jene Bestandteile, aus denen sich die Tiere und Pflanzen zusammensetzen. Und das gilt für vieles andere auch noch – die Temperatur ist die richtige, der Druck, die Schwerkraft und so weiter. Heute weiß man längst, daß es nicht die Erde ist, die sich dem Leben angepaßt hat, sondern das Leben, das sich der Erde angepaßt hat. Durch die Erforschung fremder Himmelskörper mit Raketensonden, aber auch durch Laborversuche wissen wir heute, daß es sich völlig andersartigen, ich wiederhole: völlig andersartigen Bedingungen anpassen kann. Es ist wohl selbstverständlich, daß es dann auch ganz andere Wege geht, zu ganz anderen Formen führt. Der Mechanismus dieser Anpassung ist jener der Evolution.

Sie beruht darauf, daß nicht alle Lebewesen einer Art, ja nicht einmal die engsten Verwandten, völlig gleiche Eigenschaften haben. Wie diese Eigenschaften verteilt sind, darüber entscheidet der Zufall. Nehmen Sie ruhig an, sie würden irgendwie verlost.

Nun kommt dazu, daß die Natur stets mehr Lebewesen zur Verfügung stellt, als zur Erhaltung der Art notwendig sind, ja selbst mehr, als am Leben bleiben können, vielleicht deshalb, weil zu wenig Nahrung da ist oder zu wenig Raum oder zu wenig an irgend etwas anderem Lebenswichtigen. Da nun, um es einfach auszudrücken, jedes Wesen leben will, versucht es das, was es benötigt, zu bekommen; versucht es, sich gegen das, was es daran hindert, zu wehren. Es verteidigt sich oder es greift an. Kurz: Es kämpft. Es kämpft gegen mißliche äußere Umstände – wie gegen Überschwemmung und Frost –, es kämpft gegen den Feind, gegen das andere Lebewesen. Es kämpft gemeinsam mit den anderen seiner Art oder auch allein – gegen Vertreter anderer Arten, die ihm etwas Lebenswichtiges streitbar machen wollen, es kämpft auch gegen den Artgenossen, und wenn nicht direkt, dann indirekt – indem es ihn verdrängt, ihm Nahrung wegnimmt und dergleichen mehr. Das ist das Gesetz der Natur.

Ich möchte wiederholen: Dadurch, daß die Natur zu viele Exemplare einer Art produziert, ist ein Teil von ihnen schon von vornherein zum Tode verurteilt. Wenn sich ein Lebewesen nicht widerstandslos dem Untergang ergeben will, dann muß es kämpfen. Ich hoffe, Sie verstehen jetzt, warum ich den Kampf als etwas Gegebenes bezeichne. Bis jetzt können Sie meiner Erklärung aber nicht entnehmen, warum er lebenswichtig ist und welche grundsätzliche regulierende Rolle er spielt.

So paradox es klingt: Er ist wirklich lebenswichtig. Zwar nicht im Hinblick auf den einzelnen, den er ja tödlich bedroht, sondern im Hinblick auf die Entwicklung.

Ich sprach von den verschiedenen, durch den Zufall gestreuten Eigenschaften der Lebewesen und deren erzwungenem Kampf aller gegen alle. Überlegen wir uns, wie beides zusammenhängt! Es gibt Eigenschaften, die spielen beim Sichdurchsetzen, beim Wettbewerb, beim Überleben keine Rolle; mit ihnen brauchen wir uns nicht zu beschäftigen. Es gibt aber andere, die dabei maßgebende Bedeutung haben: die Stärke, die Schnelligkeit, die Klugheit zum Beispiel, die Leistungsfähigkeit der Sinnesorgane, der Gliedmaßen und des Gehirns – das sind die wichtigsten. Bei der großen Konkurrenz setzt sich natürlich der am ehesten durch, der die günstigsten Eigenschaften mitbekommen hat. Er ist es auch, der überlebt, er ist es, der sich fortpflanzt und daher seine Eigenschaften vererbt. Etwas vereinfacht kann man sagen: Die guten Eigenschaften bleiben erhalten, die schlechten verschwinden. Ich bitte allerdings um das richtige Zeitgefühl für diese Feststellung. Bis sich das Ausleseprinzip auswirken kann, sind natürlich wegen der unzähligen denkbaren Zufälle viele, viele Generationen nötig. Steht aber genügend Zeit zur Verfügung, dann gilt es völlig exakt. Es ist eine statistische Gesetzmäßigkeit – die statistische Mathematik ist die Mathematik der Lebenserscheinungen.

Ich glaube, Sie sehen nun ein, wie sich das Leben auf die Umgebung einstellen kann. Beim Ausleseprozeß verschwinden eben jene Eigenschaften, die den Verhältnissen der Umgebung nicht entsprechen, die den Konkurrenten gegenüber schlechtere Voraussetzungen bieten. Eine Eskimogruppe, die die Kälte der Polarregion nicht gut verträgt, wird nicht nur leicht das Opfer des Eises, sondern auch jenes der tierischen und menschlichen Widersacher.

Dieses Einstellen auf die Situation des Lebensraumes wäre aber nur in äußerst geringem Umfang möglich, und es würde auch bald zum Erliegen kommen, wenn von der Natur nicht immer wieder neue Eigenschaften angeboten würden. Der große Biologe Darwin, dem wir das Wissen um das Ausleseprinzip verdanken, erkannte und formulierte es, ohne zu wissen, woher die neuen Eigenschaften kommen – eine ganz außerordentliche Leistung. Das weiß man erst seit dem Beginn des Zeitalters der Biophysik: Es sind Mutationen, Änderungen in der molekularen Struktur der Gene, der Erbmasse, in der alle kennzeichnenden Merkmale eines Lebewesens, die körperlichen und die geistigen, festgehalten sind. Wahrscheinlich können Sie sich schwer vorstellen, wie das geschehen kann – alle Merkmale eines Lebewesens in mikroskopisch kleinem Raum festgehalten. Am nächsten kommen Sie der Wirklichkeit, wenn Sie annehmen, in den Genen wäre von allen Substanzen, aus denen sich das Lebewesen aufbaut, eine winzige Probemenge, und zwar nur ein einziges Molekül, vorhanden. Wenn aus der Keimzelle ein fertiges Lebewesen heranwächst, dann braucht der Körper nach den vorliegenden Mustern nur genügend Stoff herzustellen und richtig anzuordnen - nach einem ebenfalls in den Genen festgelegten Plan.

Da die Probemengen winzig klein sind, so genügen auch geringfügige Einwirkungen von außen, um sie zu verändern. Ein bekannter Einfluß, der zu solchen Änderungen der Erbmasse, den Mutationen, führt, ist radioaktive Strahlung, die ja allgegenwärtig ist. Ein Strahlenquant, und schon liegt eine Atomkette ein wenig anders im Molekül, und schon hat sich eine neue Eigenschaft gebildet. Nebenbei möchte ich noch bemerken, daß diese allein durch den Zufall neu hervorgebrachten Eigenschaften zum allergrößten Teil schädlich sind und daher durch die Evolution verschwinden. Die wenigen günstigen Eigenschaften aber sind die wichtigen - sie vererben sich, sie setzen sich unter Umständen gegenüber anderen, weniger günstigen durch. Die Natur probiert also sozusagen, von der gegebenen Lebensform ausgehend, alle davon nur wenig unterschiedlichen möglichen Formen aus und gibt jener dann den Vorzug, die sich am besten bewährt. Der Vorgang wiederholt sich, und so wird aus dem Einzeller schließlich der Elefant oder die Ameise oder der Mensch. Oder auch irgendeine der unzähligen Lebensformen, die die Planeten des Alls bevölkern - von denen wir wissen und die wir doch wohl nie erreichen werden.

Verstehen Sie jetzt den Sinn des Lebenskampfes? Ohne ihn, ohne das ewige Ausrotten des weniger Tüchtigen gäbe es keinen Fortschritt. Unterbinden wir den Krieg, so vermehren wir uns nicht nur ins Sinnlose, wir unterbinden auch die Weiterentwicklung. Es erhebt sich jetzt die Frage, ob das auch in der modernen Zeit noch gilt.

Zweifellos gäbe es heute Mittel, um eine sinnlose Vermehrung zu verhindern. Aber das stürzt uns in schwere Konflikte. Es würde Eingriffe in die Grundrechte des Menschen bedeuten. Und doch wäre es immerhin denkbar: etwa durch das Zweikindersystem.

Viel schwieriger aber ist das Problem, ob und wie man die Erbeigenschaften beeinflussen soll. Tut man es nicht, dann verbreiten sich alle schlechten Eigenschaften, die früher im Kampf ums Dasein verschwunden wären. Der Mensch würde sich immer mehr von seinem Prototyp entfernen, er würde nur mit Hilfe künstlicher Mittel am Leben bleiben können, künstlicher Sinnesorgane, künstlicher Gliedmaßen, künstlicher Gehirne. Das Normale wäre die Ausnahme, das Krankhafte die Regel. Die Menschheit wäre dem Untergang geweiht.

Als Ausweg bliebe nur übrig, die Vererbung der Eigenschaften zu kontrollieren. Da gäbe es zwei Möglichkeiten: Erstens, man erhebt die Beibehaltung jenes Menschentyps, der heute als normal gilt, zum Gesetz. Das würde zweifellos alle schlimmen Folgen einer genetisch ungesteuerten Vermehrung ersparen. Aber wir müssen uns darüber klar sein, daß wir dann freiwillig auf die Weiterentwicklung, und das heißt, die Höherentwicklung des Menschen verzichten - eine Lösung, die ich als unbefriedigend empfinde.

Die zweite Möglichkeit wäre es, diese Weiterentwicklung bewußt zu lenken. Aber stellen Sie sich selbst vor, was sich daraus für Fragen ergäben: Wer bestimmt, in welche Richtung sich der Mensch entwickeln soll? Die Politiker? Die Ärzte? Die Naturwissenschaftler? Die Philosophen? Die Geistlichen? Welcher Staat? Welche Rasse? Die Folge wäre das Chaos. Man würde mit der menschlichen Lebensform experimentieren. Man würde den letzten Sinn des Lebens überhaupt mit Füßen treten. Die Unnatur wäre der Trumpf.

In diesem Dilemma von Meinungen und Gegenmeinungen haben wenige klaren Kopf behalten. Der gesunde Menschenverstand verrät die Lösung selbst: Die alte Methode ist das beste. Warum künstlich verändern, was von Natur aus geregelt, und zwar gut geregelt ist? Der Kampf ist der Vater aller Dinge. Wir brauchen keine Geburtenbeschränkung und keine Eugenik. Wir überlassen die Kontrolle dem Kampf, der immer war und immer sein wird.

Es ist selbstverständlich, daß wir heute nicht mehr mit Knüppeln bewaffnet unter Bäumen aufeinander lauern. Wenn wir uns zum Natürlichen bekennen, und das heißt, wenn wir uns zum Kampf bekennen, dann haben wir dieses Natürliche nur richtig verstanden, wenn wir den Kampf auch mit den wirksamsten Mitteln führen, die uns jeweils zur Verfügung stehen. Wir haben aber längst erkannt, daß es dabei gar nicht so sehr auf die Mittel ankommt, sondern auf Waffen, Transportmittel und so weiter. Es kommt auf den Soldaten an, auf die Eigenschaften des Soldaten. Die klassischen soldatischen Eigenschaften sind daher die beste Gewähr zum Überleben. Sie sind die günstigsten Merkmale im Sinn des Darwinschen Ausleseprinzips. Jeder verantwortungsbewußte Mensch, dem das Schicksal von anderen Menschen anvertraut ist, wird es sich daher zur höchsten Pflicht machen, Männer zu Soldaten zu erziehen, ihnen Disziplin, Ordnung, Gehorsam, Pflichtbewußtsein einzuimpfen, Ausdauer und Härte gegen sich selbst.

Einer der wichtigsten Grundsätze für die Erziehung des Soldaten beruht auf dem Pawlowschen Reflexverhalten. Pawlow stützte sich darauf, daß die Speicheldrüsen seiner Versuchshunde, wie die anderer Säugetiere, ihre Tätigkeit bei der Nahrungsaufnahme verstärkt aufnehmen; es rann ihnen sozusagen das Wasser im Munde zusammen. Nun ließ er einige Zeit hindurch stets gemeinsam mit dem Angebot der Nahrung ein Klingelsignal ertönen und stellte später fest, daß die Klingel allein, auch ohne daß er den Hunden zu fressen geben mußte, schon genügte, um die Speicheldrüsen anzuregen.

Dieses reflektorische Verhalten nützte Friedrich der Große schon lange vor Pawlow aus – durch den militärischen Drill. Wissenschaftlich gesehen, ist er das Hervorrufen eines reflektorischen Verhaltens auf ein Kommandowort hin. Nur dann, wenn dem Soldaten diese Verhaltensweise, die ohne Mitwirkung der Denkzentren des Gehirns vor sich geht, anerzogen ist, folgt er ohne Überlegen wie der Pawlowsche Hund dem Befehl. Wenn es sein muß, rennt er auf das auslösende Kommando hin in die Maschinengewehrgarben und den Feuervorhang der Flammenwerfer. Erst wenn er so weit ist, hat er die höchste Stufe der soldatischen Einsatzfähigkeit erstiegen.

Selbstverständlich kann es Situationen geben, die denkbar ungünstig dafür sind, Systeme militärischer Ordnung zu errichten. Es wird aber nirgends völlig unmöglich sein. Die Mittel der modernen Chemie, Physik, Biophysik, Medizin und Technik werden immer und überall einen Ausweg aufzeigen.

Sie werden jetzt verstehen, warum ich sage: Der Kampf ist der Vater aller Dinge. Warum ich die Vorbereitung auf den Kampf als die größte Pflicht bezeichne und warum es das höchste Glück für einen Menschen bedeutet, Soldat sein zu dürfen. Soldat sein bedeutet Träger der Verantwortung sein für eine unübersehbare menschliche Entwicklung in die Zukunft. Soldat sein bedeutet das Höchste sein, dessen ein Mensch fähig ist!

Bemerkungen des Herausgebers

Unsere Heimat ist eine radioaktive Wildnis. Eine trübe Sonne erhebt sich alle zehn Tage über die Schroffenlinie des schwarzen Ringgebirges und streut ihr schwaches rotes Licht in den großen Krater, in dem wir unsere Siedlungen angelegt haben. Ohne Wärme zu hinterlassen, senkt sie sich nach drei Tagen unter den Horizont, und wir bleiben in der Finsternis zurück.

Es war nicht leicht, den Boden von den radioaktiven Glaskrusten zu befreien, deren Ursprung wir nicht kennen. Die Wissenschaftler halten es für möglich, daß hier einst eine Katastrophe stattgefunden hat, ähnlich jener auf unserem Stammplaneten, den man Erde nannte. Zwar hat man hier bislang keine Lebensspuren gefunden, aber das ist wohl auch nicht zu erwarten. Die physikalischen Vorgänge atomarer Kettenreaktionen sind in den hinterlassenen Schriften beschrieben und geben uns keine prinzipiellen Rätsel mehr auf. Viel weniger verständlich sind dagegen für uns die Beweggründe jener Menschen, die sie ausgelöst haben. Es ist möglich, daß das Dokument 7/12 (siehe Anhang), eine auf Magnetband aufgenommene Rede, der Schlüssel dazu ist, aber es ist bis heute noch nicht endgültig gedeutet worden.

Bis jetzt haben wir fünf annähernd kreisförmige Flächen freigelegt und dadurch Platz für unsere Häuser gewonnen. Seit neuestem sind alle fünf durch Seilbahnen verbunden, die sich weit genug über das ungesäuberte Gebiet erheben, um Sicherheit vor der Strahlung zu bieten. Das bedeutet einen gewaltigen Fortschritt gegenüber früher, als wir uns nur mit Schutzanzügen und Geigerzählern durch das Strahlungsfeld tasten konnten — auf engen, gewundenen, schlecht markierten Pfaden, die die Zonen der geringsten Radioaktivität miteinander verbanden. Wehe dem, der sich in der Dunkelheit verirrte! An einzelnen Stellen ist die Strahlung so stark, daß sie in Sekundenschnelle die Haut verbrennt. Jetzt dürfen sogar unsere Frauen die Nachbarsiedlungen besuchen — man braucht nur noch die Sauerstoffmaske aufzusetzen.

Diese Fortschritte dürfen uns nicht darüber hinwegtäuschen, wie schwer wir noch daran zu arbeiten haben, um auf jene Zeit vorbereitet zu sein, zu der unsere Vorräte aufgebraucht sein werden. Das gilt weniger für die Energie: Spaltbares Material für den Reaktor bietet unsere Umgebung in genügendem Maß. Es gilt auch nicht für die Nahrungsmittel, denn die Kapazität unserer Synthetisiereinrichtung würde auch für 50 000 Menschen, also das Zehnfache unserer Bevölkerung, Konzentrate in genügender Menge schaffen. Dagegen haben wir nur noch zehn Tonnen Kombiplast, und nach Ansicht unserer Chemotechniker besteht keine Aussicht, daß wir die Ausgangsstoffe dafür in absehbarer Zeit herstellen können. Gewisse Hoffnung verspricht dagegen die kühne Idee eines Baumeisters, mit der er vor kurzem hervorgetreten ist: Er schlägt vor, inaktives Gestein, wie wir es am Boden unserer Siedlungsflächen freigelegt haben, zerstückelt und zusammengekittet, als Baumaterial zu verwenden. Hoffen wir, daß sich diese Idee verwirklichen läßt! Noch schwieriger ist die Situation unserer Wasservorräte. Trotz der Regeneration, mit der wir auch die geringste verlorene Menge zu erfassen suchen, nehmen sie ständig ab — vor allem liegt es an der Verdunstung an der Oberfläche des menschlichen Körpers. Wir werden versuchen, Wasser aus Mineralien zu erzeugen, aber auch das ist bisher bloß im Labor möglich. Schlimm steht es schließlich mit der Luft; die Atmosphäre enthält nur wenig Sauerstoff. Wir besitzen zwar noch große Vorräte, aber trotzdem müssen wir auch hier danach streben, eine Synthesemethode zu entwickeln, denn unsere Bevölkerung steigt ständig, wir kommen schon jetzt mit der Säuberung und dem Bunkerbau kaum nach; jeder Bunker hat aber ein Fassungsvermögen von 300 Kubikmeter Luft, und trotz der laufenden Verbesserung der Schleusen geht immer wieder ein gewisser

Prozentsatz davon verloren.

In Anbetracht dieser unserer Lage habe ich es für notwendig gehalten, eine Begründung für diese Veröffentlichung zu geben, die nicht nur Zeit, sondern auch Magnetband gekostet hat. Neben meiner Arbeit als Traktorführer habe ich es übernommen, die Geschichte unserer Gemeinschaft aufzuzeichnen, eine Aufgabe, die, seit sie Gilbert gestellt hat, von meinen fünf Vorgängern und mir stets gewissenhaft erfüllt wurde. So besitzen wir heute einen Überblick von unserer Entwicklung seit der Befreiung. Ganz von selbst hat es sich dabei ergeben, daß wir uns gelegentlich auch der Vorzeit zuwandten — immer wieder traten Beziehungen zu jenen seltsamen Ereignissen auf, von denen wir wenig wissen und deren Sinn uns verschlossen blieb.

Am weitesten zurück führt uns die exakte Geschichtsschreibung sicher in der Publikation meines Vorgängers Ernest über die Befreiungstat Gilberts, die er aus den Überlieferungen zusammengestellt hat. Ich möchte betonen, daß meine Arbeit keineswegs eine Herabsetzung von Gilberts Taten zur Absicht hat; sie bleiben nach wie vor der Ursprung unserer Gemeinschaft. Er war es, der sich eines Tages den Anordnungen der Sendestation widersetzte, der in die Zentrale eindrang und die Magnettrommel, von der die Befehle ausgegeben wurden, zerstörte, der die Gewalt übernahm und die Vorräte an schwarzem Gift vernichtete, das die Männer zum Gehorsam gezwungen hatte. Wir wissen, wie es dann zur Spaltung kam, zum Aufruhr und zu den Kämpfen, bei denen die Decke des unterirdischen Gewölbes einstürzte und nur das übrigblieb, was sich in den festen Gebäuden befunden hatte. Welches Glück, daß sie den darauffallenden Massen Widerstand geboten haben und noch bieten — sie sind noch heute unsere Energie- und Vorratszentrale! Wir wissen, mit welch seherischer Voraussicht Gilbert die Frauen geschützt und damit den Fortbestand der Menschheit gesichert hat. Wir kennen die segensreichen Folgen aller seiner Anordnungen — ihm verdanken wir das, was unser höchstes Glück ist: unser friedvolles Familienleben.

Alles das bleibt bestehen, ja, es wird noch unterstrichen — durch einige Informationen, die uns die Wissenschaft unlängst neu zugänglich gemacht hat. Sie betreffen Episoden aus dem Leben eines Mannes, der Abel oder Phil Abelsen hieß und eine Generation vor Gilbert lebte. Unter den Akten, die in einer der Bücherkisten gefunden wurden, befand sich ein Heft mit der unerklärlichen Aufschrift STENOBLOCK, das fremdartige Schriftzeichen enthielt. Sie waren selbst für die alten Männer der ersten von der Erde stammenden Generation unleserlich. Erst im Laufe der letzten Monate ist es gelungen, die Schrift zu entziffern und den Text zu lesen. Es ist jener Text, den ich mit meiner Publikation nun der Öffentlichkeit zugänglich mache.

Wenn nicht alle Anzeichen trügen, handelt es sich um Aufzeichnungen jenes sagenhaften Majors, der einst im Kasernengelände den Befehl führte. Somit scheint es sich um eine Persönlichkeit zu handeln, der tatsächlich jene Schlüsselrolle zukommt, die ihr zugesprochen wurde. Wenn auch noch nicht feststeht, ob die Zeichen in allen Fällen exakt übertragen wurden, so kommt dem Dokument doch ganz entscheidende historische Bedeutung zu. Vor allem berichtet es authentisch von jenen Ereignissen, die vor unserer Zeitrechnung liegen und von denen uns nur wenige Berichte der Überlebenden der ersten Generation vorliegen, die sich überdies vielfach widersprechen. In gewissem Sinn rückt es die Frage nur um ein paar Stationen zurück. Es erklärt, unter welchen Umständen unsere Vorfahren auf diesen Planeten kamen und wie sie hier ihr Dasein begannen, es geht aber so gut wie gar nicht auf die unmittelbare Vorgeschichte ein. Wenn wir uns heute also aus den Überlieferungen und aus Büchern auch eine gewisse Vorstellung von der Lebensweise auf der Erde machen können, so bleiben die Hintergründe jener für uns schicksalhaften Flucht in den Raum verborgen.

Im Mittelpunkt des Manuskripts steht aber vor allem eine Person, jener schon erwähnte Abel; es scheint, als hätte sich der Major über die menschlichen Hintergründe des Geschehens, das er aufgezeichnet hat, klar zu werden versucht. Aus Überschriften und Randbemerkungen, die noch nicht ganz verständlich sind und die deshalb nicht in meiner Veröffentlichung enthalten sind, entnahm ich, daß das Wissen des Majors lückenhaft war. Genaue Ausführungen finden sich nur über Ereignisse, deren Zeuge er selbst war, das meiste von dem, was sich ohne sein Beisein abspielte, ist dagegen nur als Vermutung festgehalten.

In diesem Zusammenhang erschien es mir besonders wichtig, nach ergänzenden Informationen zu suchen. Meine Studien brachten mich zur Überzeugung, daß Abel mit einer nicht namentlich genannten Person identisch ist, die in einigen Aufzeichnungen persönlicher Erinnerungen der ersten Jahre nach der Befreiung auftaucht. Leider handelt es sich um Informationen aus dritter Hand, die dadurch an Klarheit eingebüßt haben; deshalb haben wir ihnen bisher keine besondere Beachtung geschenkt. Erst die neuesten Forschungsergebnisse lassen sie in anderem Licht erscheinen. Sie betreffen eine der vier von der Erde stammenden Frauen und ihre Beziehungen zu einem Mann — eben jenem, der meiner Meinung nach Abel gewesen sein muß. Erst kurz vor ihrem Tod scheint sie sich einer anderen Frau anvertraut zu haben. Sie starb ein Jahr nach dem Major — sechs Jahre vor der Befreiung.

Die vorliegende Bearbeitung richtet sich streng nach den Vorlagen, die mitgeteilten Tatsachen wurden in keiner Weise verändert. Grundlage ist der STENOBLOCK, die darin fehlenden Intervalle habe ich nach dem erwähnten Bericht der Frau ergänzt, soweit sie sich einpassen ließen. Nur an wenigen Stellen war ich auf die Vermutung des Majors angewiesen.

Auch in der Reihenfolge folgte ich dem Manuskript des Majors, der das Geschehen nicht chronologisch verfolgt hat. Seine Ordnung schien vielmehr der Klärung gewisser Zusammenhänge zu dienen. Offenbar waren sie für den Major sogar noch dann wichtig, als Abel ihm nicht gefährlich sein konnte.

Das, was an den neuaufgedeckten Ereignissen für uns so aufregend ist, sind die Verbindungen, die sich zum sechsundzwanzig Jahre später ausgebrochenen Befreiungskampf, vielleicht sogar zur Person Gilberts ergeben. Im Hinblick darauf wird noch ein eingehendes Studium erforderlich sein. Jedenfalls glaube ich verlangen zu dürfen, daß wir Abel zumindest als einen Vorläufer Gilberts betrachten und ehren müssen, obwohl seine Mühe keinen Erfolg gebracht hat und er wieder in der anonymen Masse der Soldaten untergetaucht und verschollen ist. Die Aufzeichnungen des Majors brechen unvermittelt ab. Wir wissen nicht, wann Abel gestorben ist. Trotz intensivster Suche fand sich keine Spur mehr von ihm.

Die Weisung Gilberts, sich mit der Geschichte zu beschäftigen, hat schon bei manchem Widerspruch ausgelöst, da sie Arbeitsstunden wegnimmt, die zur Aufbauarbeit dringend gebraucht werden. Ich glaube aber, daß gerade Forschungsergebnisse wie das vorliegende beweisen, wie recht er auch damit gehabt hat. Dieser Planet, den wir kultivieren, schenkt uns Menschen nichts. Die Luft ist nicht atembar, es fehlt an Wärme und Licht, Rohstoffen und Nahrungsmitteln, der Boden sendet seine tödlichen Strahlen aus.

Aber wir nehmen diese Unannehmlichkeiten gern in Kauf — sie bedeuten nichts gegenüber dem großen Übel des Zwanges, unter dessen unseligem Zeichen unsere Geschichte begann. Ohne Freiheit gibt es keine Menschenwürde. Nur wer weiß, was Unterdrükkung ist und was Freiheit bedeutet, darf sich unserer Gegenwart freuen und auf die Zukunft hoffen!